LA TEORÍA DEL DEL ABSURDO

KEEP
CALM
AND
EAT
CANDY

IDOIA AMO   EVA M. SOLER

© 2018 Eva M. Soler e Idoia Amo
Primera edición: Agosto 2018
Diseño portada: China Yanly
Maquetación: Idoia Amo

ISBN: 978-84-09-04358-3

Depósito Legal: BI-466-18

www.idoiaevaautoras.com

Dedicamos este libro a los videoclubs de antaño, que tantos y tan buenos momentos nos hicieron pasar y que nos abrieron todo un mundo infinito de películas.
En nuestra memoria estará siempre el Abra, en Santurtzi, donde podíamos pasar horas y horas.

¡Gracias!

ÍNDICE

Capítulo 1:
Top Secret

—¡Oh, Dios mío, oh, Dios mío! Gracias, Señor, gracias, por fin has escuchado mis plegarias.

Alissa Morin abrió los ojos con dificultad cuando aquella voz aguda y extremadamente alta le taladró los oídos. ¿Qué demonios era ese sonido? ¿Se habría dejado la televisión encendida por la noche? Aunque no recordaba haber puesto jamás un programa de telepredicadores, que era lo que aquello parecía…

Notó un pinchazo atravesarle el cerebro en cuanto un mínimo rayo de luz llegó a sus ojos, así que los cerró con fuerza mientras la voz seguía resonando en la habitación:

—Ay, perdón, perdón, no esperaba que estuvierais todavía… en fin, celebrando vuestra sagrada unión. Os espero fuera. Dios mío, cariño, ¿ves como rezar sirve? ¡Y tú que me decías que jamás te casarías! La voluntad del Señor es más fuerte que la del hombre.

—Mamá, espera fuera, ¿quieres?

—Claro, voy a meter los *tuppers* en la nevera.

Aquella información no cuadraba con un programa. Ni, ya puestos, la voz masculina que había contestado. ¿De qué le sonaba? Un momento…

Alissa se giró en la cama con brusquedad y se encontró con que no estaba sola. A su lado estaba sentado un chico desnudo, frotándose los ojos con gesto de dolor, y ella emitió un grito de sorpresa.

—¡Callum!

—¿Alissa?

Él la miró con cara de total sorpresa e incredulidad. La chica se sentó y al momento cogió las sábanas para taparse, consciente de que no llevaba ropa encima.

—¿Qué pasa aquí? —exclamó—. ¿Qué haces en mi cama? ¡Lárgate ahora mismo o…!

—Estás tú en mi cama —corrigió él, levantando la sábana para mirar debajo—. Bueno, menos mal.

—¡¿Menos mal qué?!

Alissa tiró de las sábanas para que no siguiera mirando y observó a su alrededor, comenzando a sentir que entraba en pánico. Porque no, no estaba en su apartamento.

—Llevo mis calzoncillos y tú tus bragas —explicó él—. Muy monas, por cierto. Así que dudo que haya habido sexo.

—¡Por supuesto que no ha habido sexo!

—Ah, ¿te acuerdas de algo? Porque yo no.

No, Alissa no se acordaba de nada y aquello la preocupó. Le dolía la cabeza como nunca en su vida, sentía el estómago revuelto, le molestaba la luz y tenía muchísima sed. Todo aquello era una resaca de campeonato, estaba claro, pero no recordaba haber bebido tanto la noche anterior. Había sido la fiesta de fin de año del hospital y era la única en la que solía desmelarse un poco más de lo habitual. Pero un poco más no implicaba acabar en la cama de Callum O'Connor, ni olvidarse de todo lo ocurrido, ni…

—¿Cómo estás tan seguro?

—Bueno, para empezar, no suelo ponerme ropa encima para dormir y para continuar, menos después de haber tenido sexo, no tiene sentido. ¿Tú te vistes justo después de la acción?

Alissa no contestó, pensando en aquello. Entonces recordó las voces de aquella mañana.

—Un momento. —Se frotó la frente—. ¿Quién era esa mujer? La que gritaba… ¿La has llamado mamá?

—Sí, era mi madre.

—¿Y por qué gritaba tanto?

—Pues…

—¿Te trae *tuppers*? Ha dicho algo de eso, ¿no?

—Sí, me suele traer la comida. —Carraspeó—. Pero creo que esto es más importante, por eso estaba tan contenta.

Le tendió un papel que había sobre los pies de la colcha. Alissa se ajustó la sábana bajo los brazos porque sí que llevaba bragas, pero sujetador no y no quería pensar dónde estaba o qué había ocurrido con él. Tuvo que frotarse los ojos para leer porque aún notaba una enorme presión detrás de ellos y no conseguía enfocar las palabras.

—¿Un certificado de matrimonio? —Lo agitó hacia Callum, abanicándole—. Pues estará contenta tu mujer si nos encuentra ahora.

—Creo que no lo has leído bien.

Alissa resopló y volvió a mirar el papel. Pues claro que lo había leído bien: certificado de matrimonio, Callum Adam O'Connor y…

—¿Qué? —Le dio la vuelta y volvió a mirarlo—. ¿Es una broma?

—No, ese es tu nombre, el mío y la fecha de ayer.

—Mira, ya puedes ir sacando las cámaras ocultas porque esto no me hace ninguna gracia. Si piensas que tu grupito de empuja-camillas y tú os vais a reír a mi costa…

—Celadores, perdona. Y no, estoy tan sorprendido como tú. Pero está firmado por Isaac, que se sacó un título por internet hace unos meses.

—Ah, genial, por internet, eso me deja mucho más tranquila.

—¡Cariño, os estoy esperando, estoy deseando conocer a tu esposa! —Oyeron que decía la madre de Callum.

—Joder —murmuró él, pasándose la mano por su pelo corto y rubio oscuro—. Menudo lío.

—¿Qué lío? Es todo un malentendido. Salimos, le dices que estábamos borrachos y se acabó. Esto tiene que poder anularse fácilmente.

—No, no lo entiendes. No puedo darle ese disgusto.

—¿Qué disgusto? ¡Si ni siquiera me conoce!

—Mi madre lleva muchos años deseando que me case y siente la cabeza. Yo, y mis tres hermanos, añado.

—Pues lo siento mucho, pero ahora tampoco se va a llevar una alegría.

—Escúchame.

Se giró hacia ella y le cogió las manos. Alissa se quedó sorprendida, más cuando le vio poner cara de súplica. Así que esa era la mirada de la que hablaban las enfermeras, la mirada de niño bueno que no había roto un plato y que traía a todas de calle. Pues no, no señor, eso no iba a afectarle a ella. Ni esos bonitos ojos azules, ni que el apodo que le habían puesto de «Bíceps-Tríceps» estuviera más que fundado, la verdad. Todo aquello no tenía el más mínimo sentido.

—Callum…

—Mi madre tuvo un ataque al corazón hace seis meses. El médico le ha recomendado reposo, que no se estrese. No sé si la has oído, pero estaba eufórica cuando ha entrado y ha visto el certificado…

—Y más de mí de lo que hubiera querido.

—Sí, eso también. —Empezó a sonreír bajando la vista a la sábana, pero dejó de hacerlo al ver que ella fruncía el ceño y carraspeó—. En fin, escúchame. Ella es muy… muy católica, ¿vale? Muy devota. Está deseando que alguno nos casemos, nada le haría más feliz, así que esto la debe tener bailando en una nube. Hazlo por mí.

—¿Por ti?

—Por ella —rectificó con rapidez—. Finge que estamos casados, por favor. Si le da otro ataque por esto…

Alisa movía la cabeza de forma negativa, pero una vocecita interior le estaba diciendo que no era para tanto. Solo tenía que salir de allí con una sonrisa y marcharse, ¿no? No tenía que volver a verla, ¿qué iba a pasar por unos minutos?

—Si acepto…

—Genial.

—Si acepto —repitió, enfatizando el «si»—, dejarás de darme problemas con los turnos cada vez que organizo el cuadro.

—¿Qué problemas?

—No pongas esa cara de inocente, que estoy harta de cambiar turnos de mis chicas porque quieren coincidir contigo o evitarte, depende de cómo les haya ido en una de tus múltiples citas.

—Pero si yo no tengo la culpa de… —Alissa levantó una ceja—. Vale, vale, haré lo que pueda. Mira, salimos… —Miró al su alrededor y señaló a una esquina en el suelo—. Ah, ahí está tu ropa. Te la presento, cenamos un día con ella y dentro de unas semanas…

—¿Perdona? ¿Se-ma-nas?

—Tiene que parecer real. Si le doy el disgusto mañana será como si lo hiciera hoy.

Alissa abrió la boca para protestar, pero entonces notó algo en el aire. ¿Qué era ese olor?

—Encima nos está haciendo tortitas —siguió Callum, acentuando su mirada de pena—. ¿Lo harás?

—Bueno, mira, vamos a salir y ya veremos.

Quería marcharse de allí cuanto antes y parecía que no iba a poder hacerlo sin hablar con la señora, así que lo haría. Eso de «semanas» desde luego que no, pero ya lo discutiría después. Aquella tarde tenía turno y no iba a tener tiempo, pero al día siguiente buscaría un abogado especializado en divorcios rápidos.

—Genial, ¿vamos?

—¿Qué tal si te das la vuelta para que pueda vestirme?

—Ah, sí, claro.

Se levantó de la cama ante la mirada sorprendida de Alissa, que no pudo evitar quedarse mirándole unos segundos. Sí, los comentarios que había oído por ahí sobre él no parecían exagerar. Buen culo.

—¿Vas a tardar mucho? —preguntó él, cruzándose de brazos.

—No, casi estoy.

Alissa se levantó con rapidez envolviéndose con la manta por si acaso la miraba, no por frío ya que se dio cuenta de que hacía bastante calor en aquel apartamento, y corrió a buscar su ropa.

Mientras la chica se vestía, Callum se mantuvo inmóvil mirando por la ventana. Y ya de paso, su reflejo en el cristal. Si alguien le hubiera dicho que la jefa de enfermeras, la mujer más seria que había conocido en su vida, ocultaba aquel cuerpo bajo el horrible uniforme azul no se lo hubiera creído. Pero claro, tampoco se había imaginado que se despertaría con ella en su cama. ¿Cómo había ocurrido aquello? Por más que intentaba recordar, no podía. Había bebido, cierto, pero nada fuera de lo normal. Y menos aún, tanto como para casarse. Cuando había despertado aquella mañana y había visto una melena castaña a su lado, no recordaba quién era ni cómo había llegado allí. Pero antes de que hubiera podido decir nada o mirar bien, su madr

e había entrado esgrimiendo aquel papel como si fuera el Santo Grial.

Suspiró fastidiado. Menudo lío, a ver cómo salía de él sin que a su madre le pasara algo, que últimamente estaba muy delicada y entre todos los hermanos habían acordado no darle ningún disgusto: solo buenas noticias. Y qué mejor noticia que una boda, sobre todo la de su primogénito, que llevaba años esperando. Tendría que hablar con sus hermanos sobre cómo arreglarlo, a ver si se les ocurría alguna buena idea porque, aunque Alissa había dicho que iba a fingir, no esperaba que lo hiciera durante mucho tiempo.

—Ya puedes mirar. —Oyó que decía ella.

Se dio la vuelta y fue al armario para sacar unos vaqueros y una camiseta.

—Te van a encantar sus tortitas.

—Acabemos con esto cuanto antes, ¿quieres?

Abrió la puerta con decisión, pero no llegó a dar un paso al ver el pasillo. Como salida triunfal había empezado bien, pero teniendo en cuenta que no tenía ni idea de a qué puerta dirigirse…

—Es la primera.

Callum le cogió la mano y ella la apartó al momento.

—¿Pero qué haces? —protestó.

—Parecer casados, ¿qué crees? No vamos a entrar ahí como elefantes en una cacharrería. Sonríe un poco, anda.

Alissa puso los ojos en blanco y le cogió la mano forzando una sonrisa. Por Dios, qué ganas tenía de salir de allí. Iría a la cocina, se disculparía y saldría pitando. Punto.

Callum abrió la puerta de la cocina y allí, poniendo una bandeja de humeantes y olorosas tortitas, estaba una mujer de pelo grisáceo corto. Tenía rasgos agradables y los mismos ojos azules que tan bien sabía usar Callum: ya veía de quién los había heredado. Al verlos, su rostro se iluminó con una enorme sonrisa de felicidad y corrió a abrazar a su hijo. Después, cogió a Alissa por los hombros, le plantó dos besos en las mejillas y la miró con cariño.

—Eres más guapa de lo que imaginaba —comentó.

—No sabía que me imaginara de ninguna manera… —empezó Alissa.

—Callum se merece unos azotes por tenerte escondida todo este tiempo. —Le dio un abrazo—. Ya sabía yo que todas esas citas eran tonterías y que en realidad tenía una buena chica oculta en alguna parte. Lo que pasa es que es muy tímido y seguro que te quería para él solo.

—Ejem, sí, seguro que era eso.

—Cómo me conoces, mamá.

—Venid, sentaos. —Cogió a Alissa de un brazo y la llevó hacia la mesa—. Me tienes que contar todo sobre ti.

—En realidad tengo prisa, tengo turno en el hospital y…

—Oh, qué romántico. No me digas más. —La sentó en una silla y le puso delante un plato con varias tortitas—. Os habéis conocido en el trabajo, ¿a que sí?

—Bueno, sí. —Alissa miró aturullada cómo la mujer le servía una taza de café y echaba nata sobre las tortitas—. No tengo mucha hambre…

—Tonterías. —Le pasó un bote de sirope de chocolate y otro de caramelo—. Cuéntame, ¿dónde trabajas tú?

—Soy jefa de enfermería en urgencias.

—Vaya, qué bien. —Callum se había sentado a su lado y ella le apretó una mano—. Bien hecho, hijo, bien hecho. Por cierto, soy Maeve. Pero puedes llamarme mamá si quieres.

—Maeve está bien.

—He visto que te llamas Alissa, ¿no?

—Sí, Alissa Morin.

—Ahora O'Connor, cariño. —Le dio unas palmaditas mientras le acercaba aún más el plato—. Come, come, que estás en los huesos.

—Bueno, eso del apellido…

—Todavía está pensando si cambiárselo —interrumpió Callum, partiendo un trozo de tortita y metiéndoselo a Alissa en la boca sin miramientos—. Quizá los juntemos.

—Nunca entenderé esas cosas modernas —comentó su madre, sin ver la mirada indignada que Alissa le lanzaba—. ¿Has hablado con tus hermanos? Tenemos que organizar una cena para que los conozcas, te van a encantar.

—Seguro que si se parecen a Callum será así —respondió la chica.

El sarcasmo era patente en su voz, pero la mujer no pareció darse cuenta porque ya había sacado una agenda y estaba mirando lo que tenía allí apuntado.

—Aquí tengo los turnos de mis niños —explicó—. Veamos, este fin de semana coinciden el domingo por la tarde, están todos libres. ¿Cómo lo tienes tú?

—Trabajo. Fijo. Tengo una vida muy ocupada. Ya sabe, por ser jefa y eso.

—Bueno, no pasa nada. Callum me dirá y lo organizamos, ¿te parece?

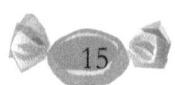

Alissa afirmó, con la boca llena de nuevo. Aunque quería largarse, la verdad era que aquellas tortitas estaban para morirse y su estómago traidor no hacía más que pedirle que lo llenara.

—Verás cuando el padre McDougerthy te conozca —siguió Maeve—. Oh, y tus padres, quiero conocerlos. ¿A qué iglesia van? ¿Y tú? Habrá que organizar algo con las congregaciones…

Por las caras que estaba poniendo Alissa, Callum se dio cuenta de que aquella farsa no iba a poder durar mucho más, así que se levantó y le apartó la silla.

—Otro día lo organizamos, mamá, que Alissa tiene que marcharse.

Ella miró las tortitas que quedaban con pena, pero dejó el tenedor y se levantó.

—Claro, claro, ya me imagino —dijo Maeve—. También tendrás que traer tus cosas, supongo.

—¿Mis cosas?

—Este apartamento está muy bien, ¿no? ¿O es mejor el tuyo y os vais a vivir en ese? Necesito saberlo, todos mis hijos menos uno, que me tiene contenta por eso, pero ya te contaré otro día… no sé qué he hecho para que se vaya tan lejos, pero bueno, eso, todos menos uno viven a unos quince minutos de mi casa, y si Callum se muda tendré que reorganizarme.

—¿Reorganizarte?

—Venga, cariño, que te acompaño a la puerta.

Callum la estaba empujando fuera de la cocina, así que Alissa se despidió. En el mueble de la entrada encontró su bolso y el abrigo, que se puso.

—Ya puedes ir pensando algo y rápido—susurró ella—. Que la veo muy lanzada y luego será peor.

—Que no, que no, solo unas semanas, de verdad. —Cogió un papel de un cajón, escribió con rapidez y se lo entregó—. Mi número. Mándame un mensaje luego para que grabe el tuyo y lo hablamos.

—Me debes una muy gorda.

Callum le abrió la puerta. Alissa lo miró para agregar algo, pero justo vio que Maeve salía de la cocina y se marchó como si la persiguiera el diablo, no fuera la mujer a pedir alguna muestra de cariño.

Cuando llegó a la calle, se quedó en medio de la acera parada, porque se dio cuenta de que no tenía la menor idea de dónde estaba y claro, tampoco era plan de volver arriba a preguntar. Encima había medio metro de nieve en las aceras y apenas pasaban coches por la carretera. A saber si encontraría un taxi, que encima era el primer día del año y Toronto no era precisamente la ciudad más calurosa del mundo.

Sacó el móvil y abrió la aplicación de mapas. Así consiguió saber dónde estaba y pidió un Uber, que por suerte no tardó más de cinco minutos en llegar.

Hasta entonces tampoco había mirado la hora, pero cuando llegó a su casa apenas tuvo tiempo de cambiarse de ropa antes de ir al hospital.

Menudo día. Solo esperaba que el turno fuera tranquilo, porque la cabeza le martilleaba sin cesar. Ya no solo por la resaca, sino por lo surrealista de lo que había ocurrido.

¿Y si lo había soñado todo? Se pellizcó por si acaso pero no, el dolor fue real. Así que se tomó un par de pastillas en la sala de enfermeras y revisó todas las plantillas para asegurarse de que Quinn aún estaba trabajando. Era su mejor amiga y pertenecía al grupo de enfermeras de pediatría. Durante el primer año de trabajo le había dado rabia no tenerla en el equipo, pero con el tiempo supo que era lo mejor: todos los que tenía a cargo, tanto chicas como chicos, se pasaban la vida discutiendo entre ellos por los turnos, y por extensión, terminaban culpándola a ella de casi todos sus problemas.

Sabía que a Quinn le había tocado trabajar porque no había podido ir a la fiesta de año nuevo, así que se encaminó hacia pediatría pensando en cómo explicar a su amiga la mañana tan extraña que acababa de pasar.

«Adivina lo que ha pasado esta noche».

«No te vas a creer con quién me he despertado».

—¡Hola, Morin! —Escuchó aquella voz familiar y se acercó hasta el mostrador—. Por tu cara deduzco que la fiesta estuvo genial, ¿te ha costado mucho arrastrar tu culo hasta aquí?

—Ni te imaginas. ¿Tienes tiempo para un café antes de irte?

—Claro, claro. Dame un minuto.

Alissa se metió dentro para desaparecer de la vista de posibles pacientes. En urgencias todo el personal corría sin mirar en qué

dirección y la gente se apartaba a su paso, pero pediatría era un poco la tierra sin ley. Una zona donde los padres creían tener un pase Vip para interrogar a cualquiera con uniforme, saltarse los horarios de visita o entrar en las consultas sin llamar. Un padre estaba dispuesto a cualquier cosa por su hijo, así que nunca se sabía quién podía irrumpir a voz en grito.

Quinn regresó y, tras comprobar que no había nadie fuera, depositó una bandeja sobre el mostrador haciéndole un gesto. Alissa miró la bandeja y después a la chica.

—¿Qué es esto?

—Un *lunch*, empanada. —Quinn le pegó en el hombro con suavidad—. Mini cena de nochevieja de lujo, cortesía del doctor Sammuels.

Alissa se inclinó con una sonrisa divertida.

—Langostinos, canapés… no ha escatimado en detalles. ¿El «señor polvo primaveral» continúa tratando de conseguir una cita?

—A lo mejor cree el pobre que se va a meter en mi cama vía *catering* —se burló Quinn.

Alissa observó a su amiga con una sonrisa. Esa piel luminosa, a juego con los ojos azules y una perfecta melena rubia, le conferían el aspecto ideal para trabajar en pediatría. Su rostro era dulce y delicado, y causaba una maravillosa impresión tanto en los padres como en los niños. Pero Quinn tenía poco de frágil, bien lo sabían en el hospital. Cargaba con una injusta fama de borde, acentuada por su negativa a ligar en el trabajo o con personal perteneciente a él. Y el hecho de tener marido la había ayudado a que respetaran esa actitud.

—¿Le has rechazado?

—Por supuesto, sabe de sobra que no salgo con compañeros de trabajo.

—Pero te comes la comida que te trae.

—¡Era fin de año! —protestó Quinn, empujando la bandeja en su dirección—. A ver si te crees que podía elegir, o compartía cena con el alergólogo o nada.

Alissa soltó una risita, casi olvidando lo sucedido por la mañana. Cómo le gustaban las historias de Quinn y los intentos de ligue del personal: mientras estuvo casada habían cesado, pero desde que se había filtrado que se encontraba en pleno divorcio, habían vuelto con fuerza.

—Venga, come, tienes cara de fantasma. Cuéntame qué tal la fiesta antes de que todo el mundo empiece a etiquetar fotos en Facebook.

¡Dios santo! Alissa la miró horrorizada. ¡Maldito Facebook y maldita la manía de la gente de registrar fotos de todo! No quería ni imaginar qué instantáneas podían aparecer.

—Me he casado —susurró.

Quinn ladeó la cabeza y se inclinó hacia ella.

—¿Que has llorado? —preguntó, viéndola negar—. ¿Hartado? ¿Azorado? ¿Menguado?

—No busques más rimas… me he casado.

—Te has casado. —Quinn la observó con una mueca escéptica.

—Sí. Y no me acuerdo de nada, Quinn, de nada en absoluto. No se qué demonios ocurrió en la fiesta de anoche, lo último que tengo en mente es el brindis de año nuevo y ¡bum! El resto está en blanco.

La rubia cambió la expresión a una perpleja.

—¿No es coña? ¿Te has casado? ¿Con quién?

—Callum O'Connor —suspiró Alissa, sintiendo que aquel nombre empezaba a atascársele.

—¡No me jodas! ¿Con «Bíceps-Tríceps»? —Quinn trató de reprimir las carcajadas sin éxito—. ¡Te has casado con el irlandés empujacamillas! ¿Por qué siempre me pierdo las mejores fiestas?

La morena escondió la cabeza entre las manos, negando. Claro, ella también se hubiera reído de haberle ocurrido a otra, pero no era tan divertido cuando la víctima era una misma.

—Vamos, vamos. —Quinn dejó de reírse y le acarició el brazo—. Míralo por el lado bueno, vas a ser la envidia de la mitad del personal femenino del hospital.

—¡Eso es lo de menos!

—Tiene un buen culo…

—Quinn, por Dios, necesito alguien que me inyecte sensatez, ¿vale?

—¿Cómo es posible que te hayas podido casar? Esto no es Las Vegas… ¿o ha sido ese capullo de Isaac? —Vio cómo Alissa asentía—. Oh, mierda. Desde que se sacó el permiso no ha dejado de repetir que se moría por usarlo.

La miró con cara de pena, sin dejar de frotarle los hombros para intentar tranquilizarla. Una vez pasada la gracia del asunto —ver casadas a dos personas que chocaban en todo—, lo cierto era que el tema no era divertido en absoluto. La parte de no recordar nada se antojaba una faena y anular ese matrimonio costaría tiempo y dinero. No, como broma era una mierda.

—¿Te has acostado con él?

—¡No!

—Pensé que no te acordabas de nada en absoluto después del brindis de medianoche.

—No, no me acuerdo, pero seguro que no hicimos nada. Él también dice que no cree que pasara nada.

—Seguro que no, amanecer en la cama de «Bíceps-Tríceps» es de lo más tranquilizador en ese sentido.

—¿Tú crees que es posible que lo hiciéramos? —preguntó Alissa, empezando a desesperarse. Como si no tuviera suficiente con el matrimonio, la madre católica y la anulación. No deseaba preocuparse por si había tenido sexo. Eso englobaba otros temores como embarazos o enfermedades de trasmisión sexual… algo que no podía descartar tratándose de un tío que se había acostado con prácticamente todas las chicas solteras del hospital y parte de las casadas—. Dios mío. —Estaba a punto de llorar.

—Cálmate. Estás en un hospital, Morin, lo tienes fácil. Tómate la pastilla mágica por si acaso no usaste condón y hazte unos análisis para salir de dudas.

—No vuelvo a beber, te lo juro. Para una vez al año que voy a una fiesta y me pasa esto, no puedo creer que me haya metido en semejante lío.

—¿Y qué vas a hacer respecto al matrimonio?

—¿Tú que crees? ¡Pedir el divorcio! Mañana mismo, vamos.

—Qué bonito, podremos compartir ese maravilloso proceso juntas.

La joven suspiró, mirando al techo.

—Perdona que hoy no aprecie mucho tu humor, pero es que ha sido su madre la que me ha despertado. Estaba tan feliz de que su polluelo se hubiera casado que casi monta una fiesta… me ha hecho tortitas y todo.

Quinn se cruzó de brazos, mirándola con curiosidad.

—Pero, ¿qué película me estás contando?

—Que sí, te lo prometo. Parece que estaba deseando que su hijo sentara la cabeza, algo que puedo entender. Y he tenido que mantener el tipo, porque según Callum, hace poco tuvo un infarto y no quiere provocarle otro.

Se mordió el labio.

—Así que le habéis mentido a la buena señora —comentó la rubia.

—Solo serán unos días, hasta que él encuentre la manera de decírselo —se apresuró a añadir.

—Tú no dejes que te enrede, que es un liante.

—No, ni de coña, me divorcio pero ya. —Alissa se incorporó, colocándose bien el uniforme y cogiendo aire—. Gracias por la charla, en serio.

—Puedes ir a ver al doctor Creswood, acaba de empezar el turno y él podría sacarte de dudas al respecto de si esta noche has tenido acción o no. Del divorcio no tienes que preocuparte porque hay solución. Aunque no es barata, eso te lo adelanto.

Alissa lo sabía, pero no quería seguir dando vueltas al tema. Las pastillas habían logrado rebajar ligeramente el dolor y no deseaba que este volviera a asomar, cosa que ocurriría si no dejaba de pensar y pensar. Quinn estaba en lo cierto, lo más importante era su salud, el divorcio lo solicitaría el próximo día laborable y arreglado. Hasta que fuera efectivo pasarían unas semanas, y en ese tiempo, Callum tendría que encontrar el modo de contarle a su madre el problema.

—Anda, vete a dormir —dijo—. Cuando salga te llamo.

—Respira, Morin. Has tenido un comienzo de año de tirar cohetes, pero pronto se quedará en simple anécdota. —Quinn le dio unas palmaditas amistosas antes de abrocharse el abrigo y salir por la puerta.

Alissa decidió que lo mejor que podía hacer era ir a ver al doctor Creswood de inmediato. Subió hasta la planta de ginecología y al cruzar por la sala de espera, vio que ya había gente esperando. Aceleró el paso y se acercó al mostrador de citas.

—Buenos días, necesito entrar a ver al doctor Creswood —le dijo a la chica que estaba al otro lado.

—¿Hay algún problema en urgencias?

—No tardaré nada. ¡Gracias!

Se alejó antes de que la chica pudiera detenerla y entró en la consulta del doctor. Este la miró con expresión sorprendida.

—Enfermera Morin, ¿hay alguna urgencia?

—Sí.

El hombre se colocó sus gafas y miró entre los papeles que tenía en la mesa.

—No me han dicho nada.

—No, es para mí. Necesito que me haga una revisión.

—¿Ahora?

—Sí, ahora. —Se acercó a la camilla—. Necesito que me mire para ver si he tenido relaciones últimamente.

—¿Cómo?

—Bueno, no últimamente, anoche para ser exactos.

El hombre la miró con cara de no entender nada, pero Alissa ya estaba quitándose la ropa así que tecleó en el ordenador mientras ella se ponía una bata y se tumbaba en la camilla.

—Dos años desde la última revisión —leyó él—. Muy mal, muy mal. Te dije que vinieras una vez al año al menos.

—Ya, bueno, estoy muy liada.

El doctor se levantó y cogió un taburete para sentarse delante de la camilla. Se ajustó las gafas, se puso unos guantes y acercó una bandeja con el instrumental necesario.

—¿Qué ve? —preguntó Alissa, impaciente.

Él se asomó por encima de la bata, levantando una de sus cejas blancas.

—¿Es una pregunta en serio?

—Me refiero a que si ve algo raro.

—Nada fuera de lo normal. No puedo asegurártelo al cien por cien, pero desde luego aquí no hay rastro de relaciones sexuales en mucho tiempo.

—Hombre, mucho tiempo… —Carraspeó.

—Hija, no sé qué quieres que te diga. Cero erosiones, nada de inflamación cérvico-uterina, no parece haber restos biológicos de…

—Vale, vale, lo pillo.

—Chica, casi tengo que abrirme paso entre las telarañas. ¡Con lo joven que eres!

—Oiga…

—Podría hacer una metáfora con el muro de Berlín, que al final mira tú, lo atravesaron fácil y…

—Que sí, que vale, lo he entendido. ¿Puedo bajarme ya? Tengo trabajo.

—Sin problema. —Echó la silla para atrás y la miró con una sonrisa—. ¿Tiene esto algo que ver con la fiesta de anoche?

—¿Cómo? —Alissa se había incorporado y se quedó petrificada—. ¿Ha oído algo?

—Que estuvo muy animada. Lamento habérmela perdido, pero es lo que tiene estar casado, tener cinco hijos, doce nietos y estar a punto de jubilarte: que no te dejan divertirte.

—Ah.

Alissa balanceó las piernas, asimilando aquella información. Que tampoco era muy nueva, aunque ella se había quedado en el nieto seis. Y lo de estar a punto de jubilarse lo llevaba oyendo desde que había empezado a trabajar allí hacía diez años. ¿Pero cuántos años tenía aquel hombre? A ver si iba a tener que ir a buscar otro a por una segunda opinión, que lo mismo el doctor Creswood no veía bien.

—¿Alguna duda más? —preguntó él.

—Nada, todo bien. —Se puso la ropa con rapidez y tiró la bata en un cubo—. Gracias.

Salió con rapidez, con la imagen de telarañas y el muro de Berlín en su mente. Que vale, andaba un poco de sequía los últimos meses, pero no tanto. O quizá sí, daba igual. Mejor se ponía a trabajar. Era momento de acercarse al tablón en urgencias.

Lo primero que hacía siempre era revisar las cuadrículas para asegurarse de que todos los horarios estaban cubiertos, de manera que empezó a andar en esa dirección. A mitad de camino, se encontró con el jefe de enfermería del hospital, su inmediato superior, que la saludó con una sonrisa.

—Feliz año nuevo, Alissa.

—Lo mismo te deseo, Alec.

—Y felicidades también, que ya me he enterado.

Aquello la congeló en el sitio. ¿Cómo? Giró despacio sobre sus talones, con la sonrisa estática en la cara.

—¿Perdón?

—Ya me han contado lo de vuestra boda anoche. Callum y tú. ¡Quién lo iba a decir!

—En realidad…

—Quería decirte que me parece increíble la forma en que lo habéis llevado. Yo no soy partidario de relaciones en el trabajo, pero desde luego es encomiable la forma en que lo habéis manejado, con discreción total y absoluta. ¿Cuánto tiempo llevabais saliendo? —Ella abrió la boca y la cerró, sin saber qué decir—. No, tienes toda la razón, si hasta ahora no habéis dicho nada, no seré yo quien te interrogue. —Le dio una palmadita en el hombro—. Un punto a tu favor, creo que cuando me jubile dentro de unos meses te recomendaré.

Alissa boqueó de nuevo mientras el hombre se despedía, alejándose. ¿Un punto a su favor? Eso sí que no lo había esperado… a lo mejor no tenía que correr a buscar tan rápido el abogado especialista en divorcios.

Capítulo 2:
El club de los cinco

Alissa salió del hospital a las nueve de la noche, pero en lugar de marcharse a su piso, llamó a Quinn para ver si le apetecía que comprara comida y se pasara por su casa. Después de la pequeña charla que había intercambiado con Alec necesitaba hablar con alguien largo y tendido, porque la posibilidad de ocupar su puesto era demasiado tentadora para pasarla por alto.

Media hora después, Quinn le abrió la puerta y la miró con una mueca recelosa.

—Sigues dando vueltas al tema y necesitas hablar, ¿a que sí?

—¿Qué pasa, no puedo invitarte a cenar para pasar un rato con mi mejor amiga? —respondió Alissa, intentando parecer ofendida.

—No cuela.

—¡Vale, está bien! Tengo que hablar contigo, de verdad. Pero mira. —Agitó la caja frente a ella—. Traigo pizza, tu comida favorita.

—Te odio. —La rubia se hizo a un lado—. Pasa. Y mañana me acordaré de ti cuando esté en el gimnasio quemando esa mierda grasienta.

Alissa entró en el piso de la chica, dejando el abrigo colgado en la entrada. No se había acordado de llevar guantes y tenía las manos heladas, ¡maldito el frío que hacía! Estaba deseando que llegara el verano para tener una temperatura más normal, aunque tampoco es que hiciera mucho calor allí en Toronto.

Entró al salón, donde la televisión permanecía encendida mientras un hombre manejaba los mandos de una consola desde el sofá.

—Hola, Justin —saludó, acercándose un poco—. Aún sigues aquí. —Se giró hacia Quinn y bajó la voz—. Aún sigue aquí.

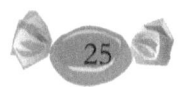

—No me digas —farfulló su amiga, con desdén.

—¡Hola! —él contestó al saludo con una amplia y simpática sonrisa—. ¿Cómo estás?

Alissa se repuso como pudo de la sorpresa de encontrarlo todavía allí. Justin y Quinn estaban «casi» divorciados, solo les quedaba por firmar un par de papeles, pero el chico se veía muy cómodo instalado en el piso de su ex. Demasiado, a juzgar por cómo se repantingaba en el sofá… algo a tener en cuenta, ya que Justin medía casi dos metros y pesaba noventa kilos de puro músculo. Se asemejaba a los chicos de las portadas de novela romántica, con aquel pelo rubio, los ojos azules, los dientes blancos cual pared de hospital y un cuerpo esculpido a base de mancuernas y gimnasio. Perfección que no alcanzaba el mismo nivel en cuanto a intelecto y mucho menos respecto a madurez: Justin se pasaba los días en el sofá jugando a videojuegos al mismo tiempo que vaciaba la nevera y llenaba el lavabo de pelos, situación que tenía histérica a su amiga.

—No le des conversación. —Quinn tiró de su brazo hacia la mesa del comedor.

—¿Qué pasa, no puedo hablar con ella o qué? —protestó Justin.

—No. Morin es de mi bando, no del tuyo. Tú tienes a tus amigos y yo a los míos, mejor no mezclarlos —contestó Quinn de forma tajante.

—O sea, que pretender que me deis un poco de pizza es descabellado, ¿no? —preguntó Justin, mirando la caja con cara de pena.

—Ni lo sueñes. Bastante me arruinas con todo lo que comes… búscate la vida.

Alissa se dejó conducir hasta la mesa, conmovida por los ojitos lastimeros de Justin. Pero en cuanto vio la expresión de Quinn decidió obviarlo. Como bien había señalado, ella pertenecía al equipo de su amiga y no había más que hablar. Había sido testigo durante años del desastroso matrimonio de la chica con su aún más desastroso marido y podía comprender cómo había llegado al punto de hablarle así.

—Pensaba que ya se habría ido —susurró, mientras le entregaba unas servilletas.

—Le marco pisos en alquiler para que vaya a verlos, pero nada. La mitad de los días ni se molesta en disimular que los ha mirado. —Quinn resopló, mirando en su dirección—. Y me empieza a volver loca, es como tener un okupa metido en casa que no hace nada, excepto comer y manchar. Ni siquiera puedo sentarme en el sofá porque siempre está ahí, por no hablar de la televisión. Nos hemos vuelto desconocidas la tele y yo, tanto que apenas la extraño.

—A lo mejor aún no se ha hecho a la idea de que os habéis divorciado —aventuró.

—No, lo que pasa es que tiene la cara más dura que el cemento… Para qué irse, si aquí tiene piso y comida gratis. No se lo toma en serio, para variar, y como sabe que no lo echaré a la calle se aprovecha de eso.

Le lanzó una mirada capaz de incendiar el edificio, pero Justin volvía a estar concentrado en el videojuego y no se percató. Por lo que sabía Alissa, ambos se habían conocido en el instituto para casarse siendo aún muy jóvenes; aunque Quinn maduraba al ritmo que cumplía años, Justin se había detenido en los dieciocho mentales. No tenía ninguna meta más allá de los turnos en la fábrica de sartenes donde trabajaba, y no contemplaba otro ocio que no fueran las visitas al gimnasio, las noches del dos por uno en cervezas del pub de la esquina y las partidas interminables de consola. Obligaciones como limpiar, pagar facturas, comprar comida o cualquier cosa que sonara aburrida le eran ajenas, y Quinn siempre tenía la sensación de tener un hermano pequeño en lugar de un marido. Cuando un día la sacó de sus casillas hasta el punto de romper media vajilla de pura frustración y terminó gritándole «Quiero el divorcio», sintió el alivio más puro de toda su vida. Justin había quedado en *shock*, sin llegar a comprender realmente lo que iba mal, pero tras unos cuantos intentos por hacerle cambiar de opinión, había optado por firmar los papeles. Luego pidió algo de tiempo para organizarse y encontrar un piso que pudiera pagar, algo a lo que Quinn no encontró forma de negarse.

Y como llevaban meses así, temía volver a acabar estrellando algo contra las paredes si Justin no se largaba pronto de su piso.

—Puede que debas acompañarlo a buscar —sugirió Alissa, cortando porciones de pizza mientras hacía esfuerzos por no quemarse—. A veces solo necesitan un empujón.

—Un empujón le daría, sí, delante de un precipicio —gruñó la rubia, negando con la cabeza—. En fin, dispara. ¿Has venido para hablar del tema de tu boda sorpresa?

Alissa supo que no tenía sentido negarse, de modo que asintió.

—Pensaba que la idea era divorcio exprés —comentó Quinn, mientras mordía un trozo de pizza con cara de satisfacción.

—Y así era, pero… bueno, me he cruzado con Alec y adivina lo que me ha dicho, así como quien no quiere la cosa.

—Teniendo en cuenta lo conservador que es, me espero cualquier burrada.

—Está muy impresionado por la discreción con la que hemos llevado la relación. Al parecer, eso me hace digna de ser recomendada para su puesto.

Quinn puso cara de asombro.

—¿De verdad?

—Y tanto que de verdad. Sabes cuánto deseo conseguir su puesto.

—Y crees que si te divorcias dejará de sentirse impresionado y tus posibilidades de acabar siendo jefa-jefa desaparecerán tan deprisa como rápidas van las cataratas del Niágara, ¿no?

Alissa afirmó con lentitud. Qué buena era Quinn simplificándolo todo, debía admitir que su amiga era muy práctica.

—En resumen, ahora dudas de si divorciarte es lo más inteligente.

—Serían solo unos meses. Una vez el puesto sea mío, me divorciaría al instante.

—¿Has pensado bien todo lo que conlleva mantener ese matrimonio?

—Pero sería falso —objetó Alissa.

—Ja. Falso de puertas hacia adentro y en algunas cuestiones, en otras te aseguro que tus obligaciones serán muy reales. Mira, esto es fácil.

Quinn se levantó mientras ella la observaba encaminarse hasta la cocina. Justin saltó a la velocidad del rayo del sofá, corrió hasta la mesa y atrapó un trozo de pizza. Se puso un dedo sobre los labios con gesto suplicante. La morena miró hacia otro lado como si no lo hubiera visto, aunque seguro que su amiga lo pillaba, no le daría tiempo a comerse aquello en segundos…

Justin regresó a su lugar en el sofá, con los carrillos inflados como si fuera un hámster con la boca llena de pipas. Alissa estuvo tentada de echarse a reír, pero logró controlarse al ver que la rubia volvía con un bloc y un bolígrafo entre las manos. Volvió a sentarse para abrir el cuaderno ante ellas.

—Hagamos algo que siempre funciona —dictaminó con firmeza—. La lista de «pros» y «contras».

—¡Buena idea! —exclamó ella, apartando un poco la caja de pizza para acercarse—. ¿Por cuál empezamos?

—Seamos positivas, vamos con los «pros».

Alissa permaneció pensativa unos segundos mientras se devanaba los sesos. Seguro que Callum tenía muchas cualidades, solo que… en ese momento no se le ocurría ninguna. Curiosamente, le venían varias para la columna contraria.

—Tendrías vistas de su culo diarias —sugirió Quinn—. Eso es un punto a favor.

—Hombre, no es lo que más me quita el sueño, pero vale… la damos por buena. —Dejó que Quinn escribiera aquello bajo los «pros»—. ¡Ah! Las bromitas respecto a mi soltería y los treinta gatos que envejecerán conmigo se terminarían.

Quinn asintió, escribiendo también aquello.

—Y el puesto de jefe sería mío.

—¿Qué más?

Ambas guardaron silencio unos segundos, sin dejar de dar vueltas a la cabeza. Pero a ninguna se le ocurría nada positivo que añadir a aquel matrimonio, y Alissa temía que la lista se desequilibrara en exceso al comenzar con los «contras».

—De acuerdo, cambiemos de columna. ¿Cuál es la parte mala del matrimonio?

—Lo primero, es «Bíceps-Tríceps» —contestó Alissa al momento—. Es un ligón empedernido, así que me ganaré unas cuantas enemigas. Y está lo de su madre religiosa chiflada.

Quinn copió ambas frases, asintiendo al mismo tiempo.

—Es un inmaduro y no tiene pinta de ocuparse de nada, porque parece que su mamá le lleva la comida para toda la semana. Apuesto a que le hace la colada…

—Uffff.

—Y sus bromitas que no tienen gracia. Además, si me caso perderé cualquier oportunidad de que Scott me pida una cita.

Quinn dejó de escribir para alzar la mirada y escudriñarla con atención.

—¿El doctor Bouchard? ¿«Mr. Loki[1]»? —preguntó, y Alissa afirmó.

—No entiendo ese mote, pero sí.

—Con esos aires que se da de atractivo inalcanzable con su punto borde, le pega que ni pintado. Pero bueno, ¿desde cuándo le llamas Scott? ¿Acaso ha pasado algo que yo deba saber?

—No, pero es mejor ir bajándolo del pedestal poco a poco, ¿no crees?

—Scott Bouchard no quiere bajarse del pedestal, cielo. Son los hombres como él los que inventaron los pedestales, para subirse encima por siempre jamás.

—Pero en *Anatomía de Grey* el médico sexy y distante siempre termina fijándose en la joven y discreta enfermera que…

—Eso es ficción, Morin, y además, nunca se ha liado un médico con una enfermera en esa serie… —Frunció el ceño, pensativa—. Creo que solo una vez, se lían con los internos, así que mira, ni en la ficción pasa, ¡espabila!

Quinn le dio un empujón, sacándola de su ensoñación momentánea en la que ya se veía conviviendo con el irresistible y atractivo doctor Bouchard, reputado neurocirujano cuyos saludos se reducían a un leve gesto de cabeza si coincidían por los pasillos, y a un «Hola, Patricia» si el espacio en que coincidían era más estrecho, como el ascensor.

Bueno, soñar era gratis. Mientras el doctor estuviera soltero, existía esperanza. Quizás un día no muy lejano ella le pasara unas pinzas por encima de un paciente y él la miraría a los ojos para devolvérselas con una gasa empapada en sangre…

—¡Despierta! —exclamó Quinn, agitando el cuaderno ante sus ojos.

—Jo, Quinn, te noto muy amargada en temas amorosos…

—Porque me he topado con la realidad de frente, por eso. ¿Seguimos?

—Está bien, está bien. Perdona. —Volvió a fijar su atención en el papel, notando como la lista se había desviado, efectivamente,

---

[1] Película: *Thor* (2011)

en el lado de los «contras»—. La convivencia puede ser una pesadilla a su lado, porque es todo lo que no soporto.

Quinn depositó el bolígrafo sobre la mesa y alzó la libreta para que la viera bien, por si acaso se había despistado.

—¿Ves la diferencia? —preguntó, señalando de una columna a otra—. ¿Lo ves? Pocos «pros», muchos «contras».

Alissa se mordió el labio. No podía negar lo evidente, pero el puesto de jefa…

—A lo mejor podríamos numerar también cada cosa, por importancia. No tiene el mismo valor ver su culo que conseguir el puesto, por ejemplo.

—Mira que te gusta complicar las cosas… —Miró la lista de nuevo—. Hablando de convivencia, hay otro punto que puede ser una ventaja o desventaja.

—¿Cuál?

—¿Dónde viviríais?

Alissa parpadeó un par de veces, dándose cuenta de aquel detalle. Porque había pensado poco en la convivencia, como algo intangible, pero claro, en la realidad no sería así.

—Su madre también lo preguntó. Bueno, más bien dio por hecho que me iría con él, dijo algo de que todos sus hijos vivían cerca de ella. Menos uno, recalcó.

—Pues es algo para poner en las dos columnas. Por un lado, si te vas con él, te ahorrarías el alquiler un tiempo. Pero por el otro, sería su piso y por lo que dices, con madre incluida. —Escribió en las dos columnas—. No, esto no ha solucionado mucho.

Alissa volvió a mirar la lista. Demasiados «contras», pero quería aquel puesto. Repasó las frases, dándose cuenta de que la palabra «madre» aparecía unas cuantas veces.

—Creo que ya sé cómo hacerlo —comentó, pensativa—. Callum insistió mucho en la enfermedad de su madre, que no quieren disgustarla y tal. Si le digo que no me importa fingir una temporada, no sé, pongamos seis meses, me deberá una gorda.

—Ajá, veo por dónde vas. Y así no tendrá más remedio que bailarte el agua para que no sueltes la liebre.

—Más o menos, sí.

—En resumen, aunque la lista sale que no, te decantas por los puntos del sí. Pues vaya pérdida de tiempo.

—Es que es el puesto, Quinn. EL puesto, con mayúscula y enmarcado. —Cogió la lista y la dobló para guardársela en un bolsillo—. Vale doble o triple, por lo menos.

—¿Y sobre el piso?

—Le diré que voy al suyo, imagínate que ofrezco el mío y está demasiado lejos para su madre. O peor, que luego no hay forma de echarlo.

—Sí, ya, mira tú, esa es una situación que no puedo ni imaginarme. —Puso los ojos en blanco señalando el salón con la cabeza y cogió un trozo de pizza—. Anda, si dejas el tuyo libre, se lo puedes decir al vegetal este. Más fácil imposible.

—Ni hablar, mi casera solo quiere mujeres solteras.

—Mierda. ¿No crees que con una peluca…? —Alissa negaba con la cabeza, divertida—. ¿Por qué tiene que medir dos por cuatro el cruasán este? En fin, vamos a terminarnos esto, anda. ¿Cuándo vas a ir a hablar con él?

—Probaré ahora de camino a casa. Espero que esté, no sé cuándo tenía turno, pero por la tarde no.

Cogió otro trozo y, una vez terminaron, Quinn la acompañó hasta la puerta.

—Buena suerte —le dijo, al despedirse—. Y cuéntame todo luego.

—Descuida.

Se puso el abrigo maldiciendo de nuevo por haberse olvidado los guantes. Seguro que había por lo menos diez grados bajo cero en la calle, pero eso no iba a impedirle ir al piso de Callum. Si lo dejaba para el día siguiente, seguro que no dormía dándole vueltas al tema y no le apetecía volver a la lista de marras.

En efecto, cuando salió a la calle el viento helado le congeló la piel de la cara al instante. Para consolarse siempre decían que aquello tenía que ser bueno para no envejecer, pero en aquellos momentos cambiaría un par de arruguitas por unos guantes y una megabufanda. Corrió hasta su coche soplándose las manos y puso la calefacción a tope en cuanto arrancó. Al salir del piso de Callum había mirado la calle donde estaba, así que la puso en el GPS del móvil para guiarse porque no tenía ni idea de cómo llegar desde allí.

Diez minutos después, aparcaba frente al portal. Pero cuando llegó a él, se quedó mirando los pisos sin recordar la planta ni el número de la puerta y no había nada marcado en ellos. Colocó las manos en el cristal de la puerta para ver el interior, pero los buzones estaban demasiado lejos como para ver lo que ponía en ellos. Pues nada, tendría que ir llamando de uno en uno.

Descartó la primera planta y empezó por la última. Pulsó un botón y nadie contestó, así que le dio al siguiente, donde contestó una voz femenina.

—Hola, ¿me puede abrir? Busco a…

—No queremos publicidad, gracias.

Y escuchó el chasquido que indicaba que habían colgado. ¿Publicidad? ¿Pero cómo iba a estar nadie repartiendo publicidad a esas horas? Movió la cabeza y probó con el de al lado.

—No he pedido nada —contestó una voz masculina.

—Hola, busco a…

Y de nuevo aquel chasquido. Pulsó en la siguiente planta, que ni siquiera le dieron tiempo a contestar.

—No compro Biblias —dijo una voz, antes de colgar.

«¿Pero qué tipo de gente viene a este edificio?» pensó.

Llamó al siguiente y escuchó una voz de mujer.

—Hola, busco a…

—¡Hable más alto! —gritó la señora.

—¡Hola, busco a Callum O'Connor!

—No, no tengo cromos, ¿pero qué clase de persona busca cromos a estas horas de la noche?

—¡O'Connor, Callum O'Connor!

—¿Calle Ocoros? Señorita, no existe nada así, no son horas de bromitas.

—¡¡Busco a Callum O, Connor!!

—¡Pero qué poca educación! ¿Se puede saber por qué chilla así? Es el piso de al lado.

Alissa escuchó un zumbido y empujó la puerta, sorprendida.

—¡Gracias! —gritó, cerca de altavoz.

—¿Gracias por qué? ¿Quién habla? Señor Perkins, ¿te puedes creer que estaba llamando una especie de loca? Pienso sacar el tema en la próxima reunión de vecinos.

De fondo se podía oír el maullido de un gato, así que Alissa dedujo que la señora ni se había dado cuenta de que le había abierto la puerta y estaba hablando con el minino. Visto que aquello no iba a ninguna parte, decidió seguir al interior; ya se daría cuenta la mujer de que había dejado el telefonillo sin colgar.

Una vez en el interior, comprobó por si acaso los buzones antes de subir al ascensor hasta la planta de Callum. Se quedó parada delante de la puerta, pensando en cuál sería la mejor forma de iniciar la conversación.

Al diablo, ya se le ocurriría algo. Extendió la mano y llamó al timbre, manteniéndolo pulsado unos segundos.

Pero la puerta no la abrió Callum, sino otro chico, y ella retrocedió un paso para mirar el número que había sobre la jamba. Sí, era el correcto.

—Perdón, busco a Callum —dijo.

—¿Es mamá otra vez? —Escuchó que alguien decía desde el fondo—. ¿Se habrá olvidado algo?

Y entonces apareció un segundo chico al lado del primero. Vale, tenían el mismo color de ojos que Callum, ¿serían esos hermanos que había mencionado la madre?

—No, es una chica —contestó el primero.

Un tercero apareció por el pasillo, seguido de Callum, que, al verla, apresuró el paso para llegar hasta la puerta. Cogió unos abrigos que estaban colgados tras ella y los tiró sobre los tres chicos.

—Hale, que ya es hora de iros —dijo—. Mañana hablamos.

Los empujó para que salieran mientras con la otra mano cogía a Alissa de la muñeca para meterla dentro del piso. Tras unos segundos de tiras y aflojas, cambios de abrigo y miradas curiosas, Alissa se encontró en el pasillo, con Callum apoyado en la puerta como si la estuviera sujetando.

—Es que tienen llave —dijo, al ver su cara.

—¿Y el pestillo? —señaló ella.

—Sí, muy buena opción. —Se giró y lo pasó—. Es que nunca lo uso. Eran mis hermanos.

—Me lo he imaginado. —Carraspeó—. ¿Puedes ponerte algo de ropa cuando hablemos?

Él se miró. Llevaba una camiseta y un bóxer.

—Estoy vestido.

Alissa se quitó el abrigo, resoplando.

—¿Siempre tienes tanto calor aquí?

Se quitó el jersey también y se quedó quieta. A ver si por eso se había quitado la ropa el día anterior, porque con el calor que hacía, le daban ganas.

—Siempre, veinticinco de media —contestó él. Pegó la oreja a la puerta, pero no se oía nada—. Creo que se han ido. Podemos hablar tranquilos.

—¿No vendrá tu madre?

—No, acaba de irse.

—¿En serio? —Lo miró, sin poder creerlo—. ¿Desde esta mañana?

—No, ha venido por la tarde. Se le había olvidado la ropa.

—¿Qué ropa?

—¿Qué ropa va a ser? La mía, la sucia.

«Eso me pasa por preguntar», pensó Alissa siguiéndolo al salón.

—¿Quieres tomar algo? —preguntó él.

—No, estoy bien. ¿Entonces no vas a vestirte?

—¿Qué tiene de malo esta ropa?

Volvió a mirarse. Alissa movió la cabeza y le señaló el sofá.

—Da igual. Siéntate, vamos a hablar.

Callum obedeció, muerto de curiosidad. Había esperado que lo buscara en el hospital al día siguiente, que lo llamara… hasta se había imaginado un abogado en su puerta, pero no que fuera a verle tan rápido. Apenas si había podido hablar del tema con sus hermanos porque su madre había estado con ellos casi todo el tiempo, así que solo se habían enterado de la boda en general y de lo poco que les había podido decir cuando ella no los oía, con lo cual no tenía muy claro que se hubieran enterado bien. Principalmente, porque Alissa se había presentado en medio de su explicación. La observó mientras la chica se paseaba de un lado a otro del salón, pensativa. Callum tenía preparadas mil explicaciones sobre su madre, estaba preparado para hacer todo lo posible para convencerla, hasta pedir un informe médico si era necesario.

—He tomado la decisión de hacerte el favor de seguir casada contigo —soltó ella.

Vaya, pues sí que había sido fácil. Callum empezó a sonreír, pero dejó de hacerlo al ver que ella estaba muy seria y seguía hablando.

—No quiero ser la responsable de que algo le ocurra a tu madre, así que, tras meditarlo mucho, he pensado que puedo sacrificar seis meses de mi vida en esto.

—Hombre, sacrificar…

—No he terminado.

—Perdón.

—Visto lo ocurrido esta mañana, lo mejor será que me venga aquí a vivir. ¿Tienes más habitaciones?

—Un despacho.

Omitió que estaba lleno de ropa desperdigada, elementos de gimnasia y libros tirados aquí y allá. Pero tener, tenía otra habitación.

—¿Con sofá?

—Creo que no. —Ella lo miró, frunciendo el ceño, y al mismo tiempo él dudaba si debajo de las mantas y sábanas nórdicas que tenía allí había algo—. No, no, no hay nada.

—Bueno, pues ya pondremos uno y tú duermes allí. Una cosa es fingir y otra compartir habitación, cosa que no va a ocurrir.

Callum pensó en decirle que ella podía usar el despacho y el supuesto sofá, pero no estaba en posición de poner condiciones, así que se quedó callado.

—Cuando pasen esos meses miraremos la mejor manera de divorciarnos, por supuesto, para que en cuanto pase el plazo se haga todo de la forma más rápida posible. —Él afirmó con la cabeza—. Tendremos que hablar con Isaac, ya que nos ha casado seguro que sabe cómo deshacerlo.

—Claro, no hay problema.

—No he terminado, tenemos que hablar de las normas.

—¿Normas? —Aquello ya no le sonaba tan bien.

—Claro, las normas de convivencia. —Agitó la mano hacia él—. Como esto, no puedes andar sin ropa por ahí.

—Y dale, que estoy vestido.

—La ropa interior no es ropa.

—¡Si lo dice la propia descripción! —Ella se cruzó de brazos—. Vale, vale, sigue.

—Nada de traerte chicas aquí, aunque sea falso no quiero rollos. En el hospital mantendremos las distancias, ni se te ocurra hacerme arrumacos ni cosas raras.

—Los arrumacos no son cosas raras… —Otra mirada fulminante. Él suspiró—. Si mi madre tiene el más mínimo atisbo de que sea todo mentira…

—¿Suele ir al hospital?

—A veces.

—Da igual, somos profesionales y como tal nos comportaremos, aunque estemos casados. Eso no le extrañará a nadie. Tendremos que repartir el tema de compras, colada…

—¿Compras? ¿Qué compras?

—Las del supermercado. Haré una planificación, estoy acostumbrada a manejar horarios así que esto será pan comido, no te preocupes.

—No, si no me preocupo.

O hasta entonces no lo estaba, porque cuanto más oía, más se preguntaba si la salud de su madre merecía todo aquello. Aquello iba a parecerse a un castigo después de clase, solo que no tendría cuatro desconocidos con él sino solo uno y encima, duraría más de un día[2]. Al momento se dio un pescozón mental, parecido al real que su madre les daba cuando se enfadaba. La familia era lo primero.

—¿Has dicho seis meses?

—¿Te parece poco?

—No, no, creo que será suficiente.

—Bien, pues entonces estamos de acuerdo. Prepararé una lista de normas para que miremos juntos. Hablaré con mi casero, pero como justo ha empezado el mes, no creo que tenga problemas para dejar el piso. ¿Te viene bien si me mudo mañana? Tengo libre.

Callum se había quedado con la palabra «lista» resonando en su mente, pero reaccionó y afirmó con la cabeza.

—Sí, mañana, perfecto. Pero escucha, hay que añadir alguna cosa a esa lista que vas a hacer.

—¿Como qué?

—Tendremos que comer con mi madre, hacer alguna cosa en familia… ¿Cuánto hace que no vas a misa?

—No soy católica.

—Eso, por ejemplo. Ni se te ocurra decirlo delante de mi madre que le da algo.

---

[2] Película: El club de los cinco (1985)

Alissa suspiró fastidiada. ¿Iglesia? No recordaba haber pisado una en su vida.

—Bueno, supongo que alguna vez podré ir. Ya puliremos los detalles. —Miró el reloj—. Huy, qué tarde es, mejor me voy ya.

Mejor salir corriendo ya que llevaba ventaja en la lista de convivencia, que si Callum empezaba a añadir cosas lo mismo no salía tan beneficiada del trato como había pensado.

Callum se apresuró a levantarse para acompañarla hasta la puerta.

—Muchas gracias por esto, Alissa.

—De nada. Me debes una, pero de las grandes.

—Lo sé, lo sé. —Le entregó el abrigo—. ¿No traías nada más?

—No, ¿por qué?

Callum abrió un cajón del mueble de la entrada y sacó un par de guantes de lana.

—Toma, son de mi madre, así que te valdrán. —Cogió una bufanda de una percha—. Y esto para el cuello. Habrá quince grados bajo cero ahora mismo.

—Algo así.

Alissa se lo puso todo, sorprendida por aquel gesto amable. No, si al final no iba a ser tan mal chico…

—Y tranquila, que no interferiré con tus enfermeras estos meses. Tengo algún cabo suelto que atar, pero…

Y adiós al pensamiento agradable. Alissa abrió la puerta con gesto brusco y salió, molesta.

Callum cerró tras ella sin entender por qué se había enfadado cuando se iba, si era ella la que había ido a verlo con su lista de normas y su oferta de seis meses. En fin, nunca había entendido a la jefa de enfermeras, no iba a empezar en ese momento. Le bastaba con saber que había cedido e iba a ayudarlo. Solo temía todo lo que tendría que hacer para compensarlo.

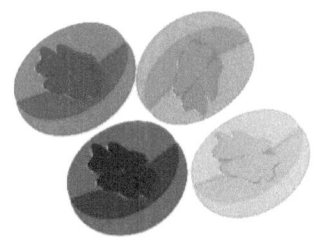

Capítulo 3: El clan de los irlandeses

El timbre retumbó en el apartamento de Callum, haciendo que este se levantara del sofá donde charlaba con sus hermanos. Les lanzó una mirada de disculpa y dejó el vaso de café sobre la mesa del salón.

—Debe ser Alissa, para traer sus cosas. —Escuchó murmullos de protesta—. ¡Escuchad! Esto tampoco es lo que yo quería, ¿de acuerdo? Pero ya no tiene remedio. Salí de fiesta, me emborraché tanto que no recuerdo nada de esa noche y amanecí casado. Mamá la vio antes de que pudiera arreglarlo y ahora estoy metido en este lío. Ojalá tuviera un Delorean[3] pero es lo que hay. ¿Os vais a comportar?

Fue a apretar el timbre, tratando de obviar las quejas que provenían del salón. Comprendía a sus hermanos, pero quería que ellos hicieran lo mismo: ¡había sido un accidente!

Regresó sobre sus pasos para apoyarse en el dintel de la puerta, cruzándose de brazos.

—Eres gilipollas —comentó Malachy, negando con la cabeza—. Es como si hubieras abierto la veda, ahora mamá no hace más que decir que debemos seguir tu ejemplo y sentar la cabeza.

—¿Qué parte de «estaba borracho y no sabía lo que hacía» no entiendes?

—Y tú, ¿qué parte de «gracias por meternos en este lío» no entiendes? —protestó Cian, con el ceño fruncido.

---

[3] Película: *Regreso al futuro* (1985)

—Bueno, calma —intervino Brennan—. ¿Dices que viene ahora a traer sus cosas? ¿No piensas echarle una mano?

Callum se frotó la frente, confuso.

—¿Ayudarla? No creo que haga falta, traerá su ropa y ya está.

Brennan lo miró con suspicacia. Callum, hermano mayor y ejemplo para todos, estaba a punto de recibir una ducha de realidad al tener que convivir con una mujer, siendo su madre la única fémina a la que había permitido permanecer junto a él durante períodos de tiempo relativamente largos. El hecho de creer que su «esposa» iba a llegar acompañada de un par de bolsas de ropa le daba la pista de lo poco que conocía el tema.

Llamaron a la puerta y el chico miró a todos con gesto severo.

—Ahora, comportaos. ¿*Capisci*?

Cian y Malachy asintieron de mala gana. Brennan en general solía ser más comprensivo, quizás también porque era el menos mimado.

Se acercó para abrir la puerta y allí estaba Alissa, con una maleta y una bolsa. Parecía agitada y sin aire, con cierto rubor en las mejillas.

—El ascensor se ha parado dos veces —comentó.

—Ah, sí. Bueno, a veces pasa, pero suele volver a ponerse en marcha. —Se apartó para que entrara con una sonrisa amable.

Hizo ademán de cerrar, pero ella lo detuvo.

—No, no cierres, tengo que subir el resto.

—¿El resto? —Callum se detuvo y la miró, desconcertado.

—Claro, el resto de mis cosas. Te recuerdo que me he ido de mi apartamento —informó ella, hablándole como si fuera idiota—. He dejado lo más grande en un trastero que tengo, pero el resto he tenido que traérmelo. Quinn llegará en un rato con su furgoneta, un par de amigos nos han ayudado a cargar todo a primera hora.

Se quitó la chaqueta y pasó a su lado para encaminarse al salón. Callum no reaccionó, pensando en que su piso iba a parecer un mercado árabe lleno de trastos. Pero no se le ocurría la manera de evitar aquello, él no tenía trastero, así que tendría que aguantarse. Se recordó que Alissa le estaba haciendo un favor, así que cogió aire y fue tras ella.

La joven se detuvo frente al salón, sorprendida por encontrar otra vez a los tres chicos del día anterior. Recordaba que eran sus hermanos, ¿es que siempre estaban allí?

—Hola —saludó, sin saber bien cómo reaccionar.

Veía con claridad que Callum llevaba una vida de soltero típica. El piso estaba bastante desordenado, aunque no sucio… mucho temía que la madre se encargara de limpiarlo, aparte de lavar su ropa y preparar comidas. ¿Haría lo mismo para todos? Porque de ser así, era un trabajo a tiempo completo. Y no quería ni imaginar lo horrorosa que podía ser la convivencia con un hombre acostumbrado a que le hicieran todo desde niño.

Estudió a los hermanos mientras ellos le devolvían el saludo entre gestos de cabeza y carraspeos. Todos eran muy irlandeses, con el cabello oscuro, los ojos azules y la piel clara, y, en general, agraciados. Se notaba que compartían rasgos con Maeve, pese a no haber visto ninguna foto del padre. Pero, a pesar de tener aspectos físicos en común, también eran muy diferentes entre sí. Alissa no era capaz de calcular la edad de ninguno, no parecía que hubiera diferencias de edad significativas…

—¿Quieres un donut, o eres de esas flacas que no comen nada? —preguntó uno de ellos a bocajarro, el que tenía una mata de pelo envidiable que le llegaba por los hombros.

Ella frunció el ceño al escucharlo.

—Malachy… —advirtió Callum, con una mirada de advertencia.

—Perdón. —El chico le tendió el plato—. Vamos, adelante. Si vas a vivir con Callum es mejor que te acostumbres a los dulces.

Entonces ella descubrió que estaba en lo cierto. En el centro de la mesita había un cuenco enorme lleno de todo tipo de caramelos: ositos de gominola, malvaviscos de todos los tamaños y colores, chocolatinas y piruletas. Acababa de irse a vivir con un hombre que, a sus más de treinta y cinco años, aún se comportaba como un crío de diez.

—Este es Malachy. —Callum le palmeó los hombros a su hermano con una sonrisa—. Es el pequeño, acaba de cumplir treinta y uno. Es bombero, ¿a que es emocionante?

Alissa estaba recorriendo el salón con la mirada, pero al escucharlo volvió a dirigir la atención al tal Malachy. Sí, se veía a la legua que estaba en buenísima forma, casi podía imaginar los abdominales que había bajo aquella camiseta. Sin duda era el más guapo de los cuatro y lo sabía, lucía ese punto de arrogancia que caracterizaba a las personas que lo tenían todo.

Iba a responder cuando se fijó en que junto al teléfono había una cesta llena de caramelos de frutas. Aquello no era normal, ¿no se daba cuenta de que si seguía así…?

—Hola, yo soy Cian. —El hermano sentado en medio extendió la mano hacia ella—. No tendrás alguna amiga soltera, ¿verdad?

Hubo risitas que hicieron a Alissa regresar al presente, olvidando los dulces.

—Cian es el tercero —informó Callum—. Tiene treinta y tres, es el policía más joven de su distrito.

Cian llevaba el pelo oscuro muy corto, era fuerte y fibroso, y a pesar de sus ojos claros, su sonrisa destacaba por encima del resto.

—Soy un experto en bromas de polis —dijo, en tono divertido—. Así que ya sabes, si cuento alguna tienes que reírte, que hay que mantener el ego.

—Encantada de conocerte. —Alissa estrechó su mano, correspondiendo a aquella amplia y brillante hilera de dientes.

Desde luego, si quería mantenerla mejor que no metiera la mano en aquellos cuencos. Justo acababa de divisar otro bote de gominolas junto a los mandos de la televisión.

—Soy joven, con trabajo estable, voy al gimnasio y nunca me ponen multas, así que si tienes una amiga soltera puedes presentármela, soy un buen partido.

—¿Qué? Oh, vale… —murmuró ella, dándose cuenta de que iba a tener que empezar a reírse de sus chistes en aquel preciso instante—. Muy ingenioso.

Callum soltó un resoplido, negando con la cabeza como si estuviera harto de escuchar comentarios como aquel.

Alissa fijó su atención entonces en el hermano que quedaba, que no se parecía en nada a los demás. Se le podía calificar de guapo de manera objetiva, pero no poseía el lote de perfección de los otros tres: era delgado, agradable y no se atisbaba en él arrogancia alguna. Eso sí, en el sorteo le habían tocado los mejores ojos, de un azul tan cristalino que casi parecían irreales.

—Soy Brennan. —Le tendió la mano—. Nos alegramos de conocerte, en serio.

—Gracias, lo mismo digo —respondió ella, y decidió que era su hermano preferido desde ese mismo momento, ya que parecía el único normal en la habitación—. ¿En qué lugar estás?

—Ah, soy el segundo. Callum me lleva dos años, tengo treinta y cinco.

Así que Callum tenía treinta y siete, estaba bien saberlo. Suponía que rondaba esa edad, pero nunca había estado segura. Demasiado mayor para continuar comportándose como lo hacía, ligando cada día con una chica distinta, comiendo porquerías y dejando que su madre fuera la criada.

—¿Y tú a que te dedicas? —preguntó—. ¿Eres piloto o algo así? Por no desentonar.

—Qué va, es poco interesante… trabajo como repartidor para hospitales. Ya sabes, traslado órganos, muestras, cosas así. No todos podemos ser super héroes, ¿no crees?

—Desde luego —asintió Alissa con una sonrisa, relajándose.

Malachy y Cian se miraron a la vez, negando con la cabeza. Nunca terminaban de entender por qué Brennan tenía la habilidad de hacer que la gente se sintiera cómoda, siendo ellos más altos, guapos y musculosos. No tenía sentido.

En cambio, a Alissa sí le parecía interesante su trabajo. Ella no tenía nada en común con policías y bomberos, más allá de lo idealizadas que estaban esas profesiones en general, pero las personas que transportaban órganos destinados a quirófano… con ellos sí podía sentirse identificada. Al final, todos trabajaban para salvar vidas en el ámbito de la medicina.

—¿Sueles venir por el St. Mary? —preguntó—. Creo que no te he visto nunca.

—Sí, algunas veces. Voy de un lado a otro sin parar —contestó él—. Pero no se me ve mucho que digamos, soy un poco invisible, la verdad. —Ella se echó a reír—. Lo digo en serio, si hasta mi madre se confunde siempre y me llama por otros nombres… —Escuchó risas de sus hermanos—. ¿Lo ves? Con ellos no le pasa.

—Te está castigando por haberte mudado lejos de su radio de visitas —dijo Callum, sentándose a su lado y apretándole con afecto hasta que lo oyó protestar—. Anda, no seas quejica, flacucho. Bueno, pues ya conocéis todos a Alissa, mi… en fin, mujer. Esto significa que a partir de ahora no podréis estar tanto tiempo aquí.

Empezaron a escucharse protestas. Alissa se preguntó que querría decir Callum exactamente con «tanto tiempo». ¿Significaba que los tendría en casa metidos de manera permanente, aunque fueran menos horas? No es que no le gustaran, parecían majos, pero no era lo deseable. Había compartido años de universidad con chicos y con eso tenía suficiente, no deseaba convivir con cuatro tíos.

Tenían que hablarlo, pero justo cuando iba a hacer un comentario al respecto su móvil vibró.

—Es Quinn, está abajo. —Se levantó a toda prisa—. Tengo para algún viaje que otro.

Se encaminó hacia la puerta, con varios pares de ojos que no la perdían de vista. De pronto oyó un carraspeo acompañado de un quejido y se dio la vuelta para ver que Callum se frotaba el costado mientras Brennan señalaba la puerta.

—Esto, sí… ¿necesitáis ayuda? —Callum volvió a carraspear y luego hizo un gesto que abarcaba a los hermanos—. O sea, podemos…

—Yo tengo que ir al baño de forma urgente —se excusó Malachy, desapareciendo tan deprisa que apenas tuvieron tiempo de verlo.

—Y yo debo llamar a central. —Cian sacó su móvil para encaminarse a la cocina—. Mejor hablo a solas, ya sabéis. Discreción profesional.

A Alissa no le sorprendió en exceso, todos los tíos que conocía también eran unos vagos de campeonato. Siempre dispuestos a comer, beber y salir de fiesta, aunque la cosa cambiaba cuando debían asumir obligaciones. De cualquier forma, no podía culparlos: acababan de conocerla, sabía que no les importaba tanto como para ponerse a sudar subiendo cajas pesadas. Con excepción de Callum, claro, que él debería haberse ofrecido sin recibir un codazo.

—Me pondré los vaqueros —dijo este, metiéndose en el cuarto a toda prisa.

Salió un minuto después, con pantalones y una gruesa sudadera con capucha.

—Os echaré una mano —dijo Brennan, saliendo con ellos.

—Pero, ¿tantos bultos traes? —El tema inquietaba a Callum, su piso no era muy grande y temía tener que acabar tirando sus pesas o guardando la consola en el mueble del salón.

Si eso ocurría, estaba perdido. Sabía que no podría volver a sacarla y, por extensión, se quedaría a medio camino de terminar la cuarta parte de *Fall Out*. ¡Era una tragedia, joder!

—No, tranquilo, cuatro cosas de nada —contestó ella, concentrada en pulsar el botón del ascensor.

Callum miró a su hermano, que negó con la cabeza. Vamos, que «cuatro cosas de nada» significaban que en su baño iban a aparecer trastos como cera depilatoria, secador de pelo, botes de maquillaje y tarros de crema a granel. Y a saber qué más sorpresas desagradables le esperaban, no se atrevía ni a calcularlo.

Cuando salieron del portal, se quedó parado delante con los ojos abiertos como platos al ver la furgoneta allí aparcada. Era enorme, solo esperaba que no estuviera llena de cajas, porque entonces iban a necesitar otro piso.

—¡Morin, estoy aquí detrás! —Escucharon a Quinn hablando desde algún punto de la gigantesca furgoneta de color verde.

—¿Esto lo has alquilado para la mudanza? —preguntó Brennan.

—Qué va, es la furgoneta de Quinn —explicó la chica.

Ella se había acostumbrado, pero la gente siempre se sorprendía de que su amiga condujera aquel trasto, más cuando se enteraban de que no tenía familia numerosa, ni intenciones de tenerla. Pero Quinn se había enamorado de ella ocho años atrás al verla en un concesionario de coches y la había comprado por impulso, descubriendo después que era muy útil a pesar del tamaño: además de mudanzas, podía irse de viaje con total tranquilidad, que dentro cabían cuatro, y cinco si eran de su tamaño.

Alissa bordeó la furgoneta seguida por los chicos, y encontró a la rubia en la parte trasera, con las puertas abiertas de par en par.

—¿Qué piso es? —preguntó esta al verla, antes de reparar en los dos chicos que la seguían—. ¡Ah, vaya, si has traído mano de obra! Hola, empujacamillas.

—Hola —masculló Callum—. Aquí no se puede aparcar.

Odiaba aquel mote y siempre había sospechado que lo llamaban así a sus espaldas, como a todos los celadores, pero que se lo confirmaran en plena cara no resultaba agradable en absoluto. Sin embargo, no se le ocurrió nada ingenioso con que responder, así que se limitó a resoplar.

—Solo serán unos minutos mientras descargamos. A ti te conozco —comentó Quinn, al descubrir a Brennan—. Te he visto por el hospital, ¿no vas a por ahí con hígados y riñones metidos en una nevera?

—Bingo —contestó él con una sonrisa—. Y tú eres enfermera, ¿no?

—Ajá, en pediatría.

—Ah… ¿y eso, es vocacional? ¿Te gustan los niños?

—¿Qué? No, qué va. En realidad, detesto a esos pequeños cabrones —respondió Quinn—. No hacen más que dar guerra y revolver todo, pero es lo que hay. Vamos, hay un montón de cajas.

Se giró hacia la parte trasera y Brennan y Callum la siguieron, perplejos. Estaba claro que las apariencias engañaban: uno la veía rubia y delicada y segundos después descubrían que nada más alejado de la realidad. Y la música infernal que les llegaba desde la radio no hacía sino confirmar aquello.

Callum se había asustado al escuchar lo del montón de cajas, pero al final descubrió que no era tanto como había temido. Aunque no tenía la menor idea de cómo iba a lograr meter todo aquello en su piso… pero al menos ya tenían un sofá cama.

—¿Has comprado uno? —quiso saber.

—Me lo ha prestado Quinn —contestó Alissa, depositando la última caja en la acera justo antes de golpear un lado de la furgoneta—. ¡Ya está todo abajo!

—Genial, voy a aparcar esto en una zona permitida y vuelvo para echar una mano. Que se quede alguien abajo para controlar las cajas y empezad a subir, no tengo todo el día.

Se subió a la furgoneta y se alejó calle abajo. Brennan miró las cajas y a su hermano.

—En fin, habrá que subirlas, ¿no? —comentó.

—Sí, habrá que —repitió él.

Justo en aquel momento vieron que su madre giraba la esquina y se acercaba hacia ellos. Cogieron una caja cada uno y Callum abrió la puerta del portal.

—Mejor te quedas aquí abajo a esperar a tu amiga —le dijo a Alissa, antes de introducirse con rapidez al interior.

«Cuando quiere cómo corre, qué cabrón,» pensó ella.

Pero no podía dejar las cajas allí sin más ni pegarle cuatro gritos, principalmente porque los dos hermanos habían desaparecido en

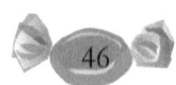

el ascensor. Maeve estaba casi a su altura, así que le mostró una sonrisa amable.

—Hola —saludó.

—¡Ay, mi nuera favorita! —exclamó ella, acercándose para darle un abrazo.

—Bueno… —Alissa le dio un par de palmaditas en la espalda, sin tanta efusividad como la mujer—. Soy la única nuera que tiene…

—De tú, por favor, no me trates de usted que me haces sentir mayor. —Se separó y miró las cajas—. Qué bien, veo que estás trayendo todo.

—Sí, una amiga me está ayudando.

—Anda, qué bien. ¿Y está soltera?

—Esto…

¿Qué le decía? Porque no creía que a aquella señora le pareciera bien una divorciada como opción para uno de sus hijos, y aunque así fuera, tampoco quería meter a Quinn más en aquella historia. Que bastante tenía la pobre con lo suyo. Ya le había comentado más de una vez que lo último que quería en aquel momento era otro hombre en su vida.

—Están todos tus hijos arriba —dijo, buscando cambiar de tema.

—Ay, qué bien, así puedo hablar con todos a la vez. Te subiré una caja.

Se agachó y probó con varias, hasta coger un neceser con artículos de maquillaje. Sacó una llave de su bolso y entró al portal, hecho que no pasó desapercibido para Alissa. El día de la boda de marras también había entrado sin llamar, aquello tenía pinta de ser una costumbre y no algo puntual.

—¿Le pasa algo a la puerta? —comentó Quinn, apareciendo a su lado—. No le quitas ojo.

—Acaba de llegar la madre de Callum y ha entrado sin más.

—Como el otro día, ¿no?

—Sí. Tendré que comentarlo con él porque vamos, eso de entrar así como así no lo veo.

Malachy y Cian salieron del portal y, al ver a Quinn, pasaron junto a las cajas sin mirarlas siquiera y se acercaron cada uno con su mejor sonrisa.

—Soy Malachy.

—Soy Cian.

Se miraron con el ceño fruncido al hablar a la vez. Quinn los miró de arriba abajo, pensando que se parecían bastante a Callum: guaperas, de gimnasio y casi seguro, con poco cerebro. Señaló las cajas con una sonrisa deslumbrante.

—Genial, y esto son unas cajas que están esperando a que las llevéis. —Se cargó una bolsa al hombro y le pasó una maleta a Alissa—. Nosotras vamos subiendo.

Cogió a Alissa del brazo y la llevó hasta el ascensor sin darles tiempo a replicar.

—No tendrán problema en cargar las cajas —comentó Alissa, pulsando el botón del piso—. Ya has visto que están cachas.

—Por eso mismo los he dejado ahí. Aunque eso no es una garantía, que Justin no levanta nada que no tenga aspecto de pesa. ¿Qué tal son?

—Todos iguales, por lo que he podido ver. —El ascensor se paró—. Por cierto, la madre de Callum…

—Tu suegra.

—Sí, ya, es que no me sale decir eso. Pero vale, mi suegra. Quiere saber si tengo alguna amiga soltera. Supongo que será para alguna de las otras tres joyitas que tiene.

—Huy, pues yo casi estoy divorciada así que no cuento como soltera.

Salieron y se dirigieron al apartamento, que tenía la puerta abierta. Callum se asomó desde el salón al oírlas entrar.

—Te he dejado todas las cosas en mi… la… nuestra habitación —dijo—. Cariño —añadió con rapidez, mientras su madre se colocaba a su lado.

—Genial —contestó Alissa—. Cariño. —Usó su mismo tono.

—Oh, cuánto amor —replicó Quinn, agitando las pestañas.

Alissa le dio un pequeño empujoncito disimulado hacia la habitación principal y fueron a dejar lo que llevaban. Quinn abrió el armario, mirando con ojo crítico el espacio que había libre.

—No sé si te cabrá todo aquí —comentó.

—Qué remedio.

Abrió los cajones de una cómoda hasta encontrar uno vacío. De tres que tenía el mueble, Callum solo le había dejado uno. ¿En qué estaba pensando aquel hombre? ¿Se pensaría que iba a llevar cuatro cosas?

—Habrá que reorganizar todo esto —suspiró.

Malachy y Cian llegaron a la vez con las cajas y tardaron unos segundos en atravesar la puerta —ya que los dos querían entrar el primero—, y al final la atravesaron como un corcho: primero se quedaron atascados y después salieron disparados hacia delante.

—¿Necesitas que te echemos una mano? —preguntó Malachy a Alissa, aunque mirando a Quinn—. Soy bombero, puedo ayudarte con las cosas pesadas y tal.

—Anda qué bien, un bombero. —Quinn puso los ojos en blanco.

—Y yo soy policía. —Cian se adelantó para ponerse delante de su hermano y se tocó la sien—. Ya sabes, no solo músculo, usamos esto para resolver crímenes.

—Pero qué crímenes, si pones multas…

—¡Chicos, venid aquí! —llamó Maeve—. Que tengo que hablar con todos. ¡Y tú también, querida nuera!

Malachy y Cian suspiraron resignados mientras salían de la habitación. Quinn reprimió una risita, acercándose a Alissa.

—Vete, querida nuera, que tiene pinta de ser una reunión familiar.

—Tú te vienes conmigo.

La cogió del brazo ignorando sus protestas y así fueron hasta el salón, donde estaban los cuatro hermanos, todos con alguna golosina entre las manos. Al ver llegar a las chicas, Maeve dio unas palmaditas entusiastas.

—Perfecto, ¡adoro ver a toda la familia junta! —dijo—. Así no tenemos que estar hablando por eso que os gusta tanto, el *waspop*.

—WhatsApp —corrigió Brennan.

—¿Y qué he dicho? Da igual, es incomodísimo tener que estar escribiendo, ¡se tarda una eternidad! En fin, a lo que iba. ¿Cuándo cenamos todos juntos? Tenemos que celebrar la boda, no todos los días se casa el primogénito de la familia.

Le pellizcó la mejilla a Callum como si fuera un niño pequeño para enfatizar sus palabras, y los otros tres hermanos se miraron entre ellos.

—Yo tengo turno en la estación —contestó Malachy.

—Yo trabajo también —replicó Cian.

—Seguro que tengo órganos que trasladar —añadió Brennan.

—Si no he dicho la fecha todavía —dijo Maeve, cruzándose de brazos con el ceño fruncido.

—Es que es un mes muy malo, mamá —dijo Malachy, al tiempo que todos los hermanos afirmaban con la cabeza.

—No me puedo creer que no tengáis ni un solo día en el que coincidáis todos. —Sacó su agenda y miró a Alissa—. ¿Qué turnos tienes? Al final la importante eres tú, así que mejor me dices tú una fecha que te venga bien y seguro que mis niños se pueden adaptar.

—Ah… esto… es… —Alissa tartamudeó, sin saber cómo salir de aquello—. Tendría que revisar el cuadro, no recuerdo ahora mismo…

—Pues entonces ponemos una fecha y lo arregláis todos para venir. —Revisó su agenda—. El sábado que viene, cena en mi casa. Todos a las ocho allí.

—Huy, el sábado que viene fatal —replicó Cian, mirando su móvil—. Tengo una visita a un colegio que…

—¿En sábado?

—Es un colegio interno.

—Me da igual, lo cambias.

—Yo creo que tengo un traslado… —empezó Brennan.

—Ay, hijo, tú siempre poniendo pegas, de verdad. Ni que tuvieras un trabajo tan difícil como el de tus hermanos, Brandon.

—Brennan —corrigió él, mirando al techo.

—Pero cómo te gusta llevarme la contraria. Ni que no supiera tu nombre. —Miró a Quinn, bolígrafo en mano—. Querida, ¿cómo te llamabas?

—Quinn.

—Apuntado. ¿Alguna alergia?

—¿Perdón?

—Para la cena. Así sabré qué cocinar.

—Pero si yo no…

—Anda, qué cosas, la visita del colegio es otro sábado —dijo Cian—. Puedo ir sin problema.

—Yo no tengo nada ese sábado tampoco —añadió Malachy.

—Genial entonces, todo arreglado. Mis niños, mi nuera favorita y su mejor amiga. ¡Lo vamos a pasar en grande! —Cerró la agenda—. Y el domingo a misa, que nuestro pastor quiere conocerte. ¡Va a ser un fin de semana estupendo!

—Esto… —empezó Alissa.

Pero Maeve ya la estaba abrazando otra vez, siguió con Quinn, que le correspondió divertida con todo aquello, y continuó por todos sus hijos.

—Cariño, te he dejado un *tupper* en la nevera —le dijo a Callum—. Ahora llevo los vuestros, Malachy y Cian. —Miró a Alissa—. A Brennan no le llevo por eso que te conté de que vive tan lejos. No me da tiempo, a ver si se muda más cerca porque esto no puede ser. ¿Te parece normal tenerme así? Pues a mí no, este hijo mío…

—Mamá, que estoy aquí —suspiró él.

—Ya lo sé, pero como a mí no me escuchas, pues a alguien tendré que contárselo. ¿A que tengo razón, Alissa?

—Yo creo que iré a deshacer las maletas, tengo muchas cajas que colocar. Encantada de verte.

Y agarrando de nuevo a Quinn del brazo, se la llevó a la habitación y cerró la puerta tras ellas con cara de susto.

—¿Cena? —repitió.

—Perdona, que eso debería decirlo yo, que no sé cómo ha pasado, pero parece que iré. Yo mejor diría: ¿misa?

Alissa movió una mano quitándole importancia y colocó una de las maletas sobre la cama para abrirla.

—Eso ya veré cómo esquivarlo, no me preocupa. ¿Me ayudas con esto?

—Claro. —Abrió de nuevo el armario—. ¿Hacemos hueco?

Cogió un par de pantalones de Callum y se los pasó. Alissa los dejó sobre un lado de la cama: le buscaría sitio en la otra habitación. Cuando Quinn le dio otros dos, sacudió la cabeza.

—Pues con toda la ropa que tiene, no entiendo esa manía de andar en ropa interior por la casa.

—Bueno, tampoco vamos a sacarle pegas a todas sus costumbres, ¿no?

Alissa le sacó la lengua y empezó a vaciar su maleta. Consiguió colocar toda su ropa entre el armario y el mueble, aunque eso sí, sacando una buena parte de la de Callum. Viendo la forma en que Maeve entraba en aquella casa no le extrañaría que supiera hasta cómo guardaba Callum la ropa. Si la veía en la otra habitación pondría la excusa de que aquella era muy pequeña para los dos y habían tenido que guardar cosas allí, eso tenía lógica.

—Iré a decirle que guarde lo suyo —comentó, mirando el montón que había quedado encima de la cama.

—Y yo a casita, que es hora de dejar a los recién casados solos.

—Ja, ja.

Regresaron al salón, donde estaban los cuatro hermanos sentados en el sofá. Callum y Malachy cada uno con un mando de la consola y la vista fija en la pantalla, Brennan y Cian con unas cervezas y un bol de gominolas.

—Te he dejado cosas encima de la cama —informó Alissa, consiguiendo solo un movimiento de cabeza por parte de Callum—. Para que la guardes en la otra habitación, todo lo mío no cabía.

—Ya, ya, espera que terminamos la partida.

—Yo me voy —dijo Quinn, levantando la mano a modo de despedida—. Encantada de conoceros.

—Te acompaño al coche —se apresuró a decir Cian, dejando la cerveza y las gominolas.

—Y yo —añadió Malachy, soltando el mando.

—¡Que nos matan! —exclamó Callum antes de que la pantalla se llenara de imágenes de algo explotando—. Adiós misión.

—Mañana la hacemos otra vez, tranquilo.

Corrió a alcanzar a su hermano, que ya estaba escoltando a Quinn hacia la puerta. Brennan se terminó su cerveza de un trago, se metió un par de gominolas en la boca y se levantó del sofá.

—Me voy también, tengo que madrugar. Que os vaya bien, tortolitos.

Salió tras sus hermanos. Callum apagó la consola y se levantó en dirección a la cocina.

—¿Qué haces? —preguntó Alissa.

—Ir a cenar. Mi madre seguro que ha puesto para los dos en el *tupper*, no te preocupes.

—No, si eso no me preocupa. —Sacudió la cabeza—. Bueno, sí, pero por otros motivos. Antes sería mejor que recogieras tu ropa, ¿no?

—Está bien.

Callum no quería empezar con mal pie la convivencia, así que pensó que lo mejor sería seguirle la corriente por el momento. Y, de todas formas, no sería mucho lo que tendría que cambiar. Eso era lo que pensaba hasta que se asomó a su habitación y vio la cama cubierta de su ropa. Abrió el armario y la cómoda por si acaso, pero, efectivamente, estaba todo lleno de la ropa de Alissa.

—¿Seguro que has traído todo lo que necesitas? —preguntó con sarcasmo, elevando la voz para que le oyera.

—He tenido que dejar cosas en un trastero, pero sí, gracias, tengo lo que necesito —contestó ella—. Voy a ver qué hay y pongo la mesa para cenar, ya miraremos cómo hacer turnos. Ya sabes, para las compras y hacer la comida, limpiar…

Callum cogió una brazada de ropa y se la llevó a la otra habitación, repitiéndose que todo aquello era por su madre. Y también que solo iban a ser seis meses.

«Que pasen rápido, que pasen rápido, por favor», pensó, observando el sofá. Que sí, que tenía pinta de cómodo y cada uno iba a tener su espacio, pero temía que se le fuera a hacer eterno.

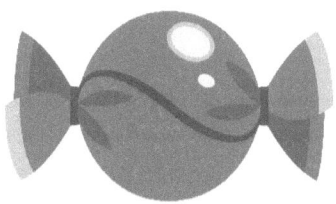

Capítulo 4: El jovencito Frankenstein

El lunes, Alissa apagó el despertador malhumorada y se levantó. Había dormido regular, pero no era solo por estar en una cama que no era la suya, sino gracias a su «marido», el cual había estado jugando a la consola en el salón hasta las tantas de la madrugada. Ni tapándose la cabeza con la almohada había dejado de escuchar pitidos, golpes y una extensa variedad de expresiones como «¡Sí!», «¡Toma!» o «¡Estás muerto, cretino!».

Medio dormida, garabateó al final de la lista un párrafo confuso sobre horas límite para hacer ruidos y después se quedó mirando el cuaderno.

La lista. Esa lista que no dejaba de crecer por momentos. No podía creer que hubiera tantísimas cosas de Callum que la irritaran, pero así era, y solo había necesitado un fin de semana para comprobarlo.

Asomó la cabeza con precaución por si andaba por allí, pero solo la recibió el silencio. Callum no daba señales de despertarse, aunque sabía que tenía turno de mañana, como ella.

A la porra, no era su madre, no iba a andar tras él para que cumpliera sus responsabilidades. Y menos después de haberse dormido tan tarde.

Corrió al baño, donde cerró la puerta con pestillo. Se duchó sin estar del todo tranquila, temía que él se le apareciera de repente a pesar de que sabía que no podía entrar. Por suerte no sucedió, y con el mismo sigilo regresó a la habitación donde se vistió y cogió

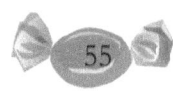

la bolsa que contenía su uniforme, limpio y planchado del día anterior.

Antes de ir a la cocina se asomó al salón y lanzó un gruñido al ver su estado: los mandos de la consola tirados en el suelo, un plato con restos de comida encima de la mesita, recipientes con gominolas esparcidos a lo loco…

Alissa usó su móvil para hacer una foto y después fue a hacerse el desayuno. La cocina no estaba en mejor estado, pero no había tiempo de ponerse a limpiar: tenía que sentarse con el chico y poner horarios, aquello no podía continuar así.

Llevaba la mitad de su taza de café cuando escuchó ruidos: alguien se desperezaba de manera ruidosa en otra habitación. Escuchó pasos, una puerta cerrarse, el agua correr en la ducha y una puerta abriéndose. Bueno, estaba claro que Callum se había levantado, con suerte se vestía y a lo mejor incluso llegaba a tiempo a trabajar…

Callum entró en la cocina con una toalla enrollada en la cintura y aún goteando agua. Alissa lo vio pasar junto a ella y poco le faltó para escupir el bocado de tostada que tenía en la boca.

—¡Por Dios! —exclamó, haciendo que el chico casi lanzara la taza que había cogido por el aire.

—¡Joder, qué susto me has dado! —exclamó, al verla sentada en la mesa—. Chica, sí que eres sigilosa, no te he oído levantarte ni nada.

—Aunque no sea tan escandalosa como tú vivo aquí —replicó ella con una mueca, tratando de no mirarlo directamente.

No debería pasearse por el piso casi desnudo, ¿no se daba cuenta de que no tenía el menor decoro?

—¿El qué? —Lo oyó preguntar.

Alissa parpadeó. ¿Había hablado en voz alta?

Callum se había apoyado contra la encimera, junto al fregadero, y estaba cruzado de brazos esperando una respuesta. Ella trató de no fijarse en toda aquella piel que exhibía, incómoda.

—Decoro —repitió—. ¿No sabes lo que significa? Comportamiento adecuado y respetuoso correspondiente a cada categoría y situación.

—Oh, vaya. —Se miró, entendiendo a qué se refería—. Perdón, es la costumbre. Pero llevo una toalla, no te preocupes. No suele caerse.

Fue a la nevera para abrirla, acercándose tanto que la joven tuvo que alejarse un par de centímetros para no acabar con la cara pegada a su cadera.

—¿Te importa…? —murmuró, fastidiada.

—Lo siento. —Callum contuvo una risita.

Pero se cortó muy deprisa cuando echó un vistazo al interior del frigorífico. Las baldas aparecían ordenadas y la distribución había cambiado, y no era lo único: un montón de productos estaban etiquetados con el nombre de Alissa.

Se giró para mirarla, alzando una ceja.

—¿Y esto? ¿Le has puesto tu nombre a la comida?

—Exacto —respondió la chica.

—¿Por qué?

—Pues porque mi comida es mía, punto. Al menos, hasta que vea que participas en hacer la compra, tanto de forma económica como presencial.

—¡Pero si yo también aporto comida!

—Meter en la nevera los *tuppers* de tu madre no es aportar comida —contestó Alissa al momento, mirándole con seriedad—. Si hay leche es porque yo la he traído, lo mismo con el azúcar y el resto de cosas que tienes ante tu cara.

Callum entrecerró los ojos, asimilando sus palabras.

—Entonces, ¿me estás diciendo que no puedo coger nada de la nevera que tenga tu nombre?

—Exacto.

—¿Ni aunque me muera de hambre?

—Tienes tu lado.

—¡Pero está casi vacío! —se quejó él.

—Y ahí reside la importancia de esa tarea poco glamurosa, pero necesaria, que es hacer la compra. ¿Qué te parece si esta tarde nos sentamos y terminamos la lista? Pero cuando digo terminar, me refiero a poner días y horas, y cumplirlo.

Callum tenía una mueca de disgusto tan cómica que Alissa tuvo que hacer verdaderos esfuerzos por no echarse a reír.

—Y si digo que no, ¿no podré tocar ni tu mantequilla ni tu mermelada? ¿Ni en caso de urgencia?

—Los compañeros de piso no se roban la comida unos a otros.

—No somos compañeros de piso, estamos casados. Los matrimonios comparten todo.

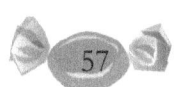

—No somos un matrimonio de verdad, sino uno de conveniencia. Por eso hay que poner reglas y respetarlas, sino esto será un caos. Y no queremos que me dé un colapso y pida el divorcio antes de tiempo, ¿verdad?

Él la fulminó con la mirada.

—No —refunfuñó.

—Nos entendemos —respondió Alissa, disfrutando de su mohín.

Iba a añadir que recogiera el salón cuando escuchó una llave y el sonido de la puerta principal abrirse. Durante unos segundos su corazón se detuvo al pensar que un ladrón estaba entrando en el apartamento, pero entonces Callum sacudió la cabeza.

—Es mi madre, tranquila.

—¿Tu madre?

Callum no tuvo tiempo de contestar porque Maeve apareció en la cocina, cargada con dos bolsas y una enorme sonrisa.

—¡Buenos días! —exclamó—. Los lunes son un asco, pero seguro que estos bollos os ayudan.

Depositó una de las bolsas de papel encima de la mesa. Callum lanzó una mirada burlona a Alissa y cerró la puerta de la nevera para buscar algo para desayunar que no implicara listas, trabajo o reprimendas.

Ella no podía creer aquello. Maeve no podía presentarse así como así e interferir en la vida de un matrimonio, debía saber que estaba mal. ¿Y si hubieran estado desnudos en la cama? Que vale, el matrimonio no era real, ¡pero ella no lo sabía!

Le dio una patada a Callum por debajo de la mesa. Él emitió un quejido y se giró en su dirección, pero no pareció comprender las insistentes miradas que Alissa lanzaba de su madre a su persona; estaba muy ocupado comiéndose dos bollos en apenas tres bocados.

—Te he traído la ropa limpia y planchada —informó Maeve—. Y la comida de hoy. Alissa, ¿quieres que me lleve la tuya para lavarla?

—Por supuesto que no —contestó ella, al momento—. No es necesario, la lavandería está en el sótano y funciona a la perfección. ¿No es así, Callum?

Este la miró, con los carrillos inflados mientras masticaba y cara de no comprender hacia dónde se encaminaba aquel comentario.

Su madre siempre le había lavado la ropa y no veía el motivo de cambiar eso, si así todo funcionaba. Además, ¿de qué estaba hablando? En su vida había bajado al sótano.

—¿Tenemos lavandería? —preguntó, después de tragar.

—Pues claro que tenemos. O sea, que no hace falta que nos laves la ropa, Maeve, en serio. Es obligación nuestra.

La mujer quedó fuera de juego al oírla, sorprendida, pero en seguida reaccionó.

—Oh, claro. ¡Cielos, que tonta soy! A partir de ahora se la lavarás tú, cierto.

Dios mío. Alissa no tenía tiempo para soltar un discurso sobre el machismo, tendrían que hablar sobre el tema, pero en ese momento debía ir a trabajar.

—Llego tarde, luego hablaremos de esto —dijo, lanzando una mirada agria a Callum, que tragó saliva sujetando el bollo a medio masticar.

—Espera, dame tu móvil —pidió Maeve, extendiendo la mano.

—¿Para qué?

—Para guardarte mi número, por si necesitas llamarme.

Su sonrisa tenía un aire de inocencia que justo le causaba la sensación contraria a Alissa, pero no quería discutir y se lo entregó con la agenda abierta.

Maeve escribió y, antes de devolvérselo, se llamó a sí misma.

—Así ya tengo yo el tuyo también.

—Genial —dijo Alissa, guardándoselo en el bolso—. Me voy, que es tarde. —Miró a Callum—. Luego hablamos, que no se te olvide.

Maeve sonrió como si aquello no tuviera nada que ver con ella, recogiéndose las mangas del jersey para abrir el grifo. Era evidente que pensaba ponerse a fregar. Alissa apostaba diez contra uno a que tendría el piso impecable cuando regresara del trabajo.

—¿No vais juntos? —preguntó la mujer.

—Bueno, es que todavía está sin vestir y a mí me gusta llegar pronto, así que...

—Claro, querida, se nota que eres muy seria y responsable.

La chica no supo si lo decía como halago o como algo malo, así que sacudió la cabeza y fue a ponerse el abrigo tras dedicar un saludo a Callum a modo de despedida. Pues ya tenía una cosa más en la lista: conseguir que Maeve no entrara allí como si estuviera en su casa. Ya veía que aquel punto sería complicado, por lo visto llevaba toda la vida haciéndolo con sus hijos, pero la mujer debía ser razonable. Uno de ellos estaba casado, debía respetar eso.

Llegó al hospital temprano, como siempre. Le gustaba cambiarse sin prisa y poder tomarse un café con Quinn cuando compartían turno; aquello de aparecer jadeando como si llegara de correr una maratón al estilo Callum no era lo suyo. Y de paso repasaba que el cuadro de horarios estuviera correcto, por si acaso.

—Hola, Morin. —Escuchó la voz de Quinn y se giró—. Sé que es lunes, pero menuda cara tienes.

—He dormido mal —respondió Alissa, mientras esperaba que su café saliera de la máquina—. ¿Lo de siempre?

—Poca leche y sin azúcar. ¿Y eso? —Quinn se estiró en el sofá que tenían en la sala de descanso.

—El empujacamillas, que a su edad sigue portándose como un adolescente. Hasta las tres de la mañana jugando a los marcianos —resopló—. Con razón luego llega tarde y está medio empanado en el trabajo, ahora lo entiendo.

—Bienvenida al club —masculló la rubia.

—¿Tú qué tal? ¿Sin novedades?

—Si novedades significa que Justin se haya largado… pues no, no hay novedades.

Se bebió el café de un trago sin inmutarse, pese a que salían ardiendo. Alissa no lograba entender cómo podía hacer eso, pero Quinn siempre decía que una enfermera de pediatría estaba inmunizada frente a todo y debía ser cierto.

—Encima su madre se ha presentado así, sin más, sin avisar y usando sus llaves —continuó—. Como si fuera la mujer de la limpieza o algo parecido.

—¿Qué dices?

—Es alucinante, pero Callum se porta como si fuera de lo más normal que tu madre irrumpa en tu piso sin previo aviso. Yo que sé, no es un matrimonio normal, pero eso ella no lo sabe.

—Exacto, podría haberte pillado haciendo el sesenta y nueve. —Quinn sonrió—. Que tú no, pero «Bíceps-Tríceps» tiene pinta de hacer esas acrobacias, con todo lo que practica.

—Conmigo no va a hacer ni una, descuida.

—¿Qué piensas hacer con su madre? Es obvio que la quieren y que ella cree que siguen teniendo doce años, pero tienes que frenarlo. Callum está más cerca de los cuarenta que de los treinta y solo un paso lo separa de que su mami le limpie el culo.

—¿Hay alguna manera diplomática de decirle a Maeve que no venga a limpiar, traer comida o lavar ropa?

Quinn se quedó pensativa unos segundos, para después encogerse de hombros.

—Quizá si se lo dices con amabilidad y usando jerga religiosa lo acepte mejor. —Vio como Alissa se echaba a reír—. Oye, ¿y la cena esa qué? ¿De veras tengo que ir?

—Sí. No te eches atrás, necesito algo de apoyo o me volveré loca… además, hay un montón de chicos guapos que parecen muy interesados en ti.

Quinn puso expresión rara, así que Alissa insistió.

—Deberías ir pensando en tener alguna cita. Sé que Justin te quita las ganas de todo, pero tienes que avanzar.

—Que pereza me da volver al mercado…

—Yo no descartaría tan pronto a los hermanos. El pequeño es muy guapo, bombero además. Es como un sueño hecho realidad.

Quinn no parecía muy convencida, así que Alissa decidió no insistir. Sabía que la situación por la que estaba pasando su amiga era una pesadilla, pero tampoco quería que estuviera amargada para siempre, que era una chica muy divertida y ese rasgo cada vez lo apreciaba menos.

—Hablando de romances, hoy está trabajando «Mr.Loki». —Quinn sonrió al decirlo.

—¿De verdad? —A Alissa se le iluminó el rostro.

—No olvides que eres una mujer casada —se burló la rubia, levantándose—. En fin, me voy a batallar con esos pequeños cabrones. ¿Nos vemos aquí en tres horas?

—Hecho. —Chocó la mano con la suya, sonriendo—. Paciencia.

—Si no la tuviera ya me habría tirado por la ventana. Hasta después.

Quinn abandonó la sala de descanso, dejándola sola mientras Alissa terminaba el café. Cada vez que el doctor Bouchard coincidía con ella, se pasaba el día nerviosa y alterada por la posibilidad de que coincidieran en alguna parte. Vale, no era lo habitual, él no

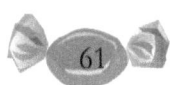

se mezclaba mucho con personal que no fueran médicos, pero siempre cabía la posibilidad de cruzarse en el pasillo o en la máquina de café. O en el ascensor. Aunque la llamara Patricia no le molestaba si eso le traía unos minutos a solas con el guapísimo cirujano. Porque claro, los ratos en el quirófano no contaban, y eso que ya se había metido en unas cuantas operaciones con él. Pero entre los gorros y las mascarillas, no tenía muy claro ni que supiera qué enfermeras estaban dentro, que justo se les veían los ojos y poco más. Por no hablar de que todas sus operaciones eran de alto riesgo y el doctor apenas si levantaba la vista de las cabezas que operaba. En fin, Alissa se lo tomaba como una especie de maratón. Quién sabía, quizá un día le pasara un trepanador y al cruzarse sus miradas se quedara prendado de ella.

Cosas más raras se habían visto.

Tiró el vaso de plástico vacío a una papelera y sacó sus apuntes de los horarios para revisar el panel situado en la pared. No había cambios sobre lo que había actualizado el día anterior, así que cogió su propio horario y preparó el carrito para comenzar la ronda por las habitaciones.

Cuando estaba atravesando el pasillo, notó que su móvil vibraba avisando de la llegada de mensajes y lo sacó del bolsillo.

Maeve te ha agregado al grupo Familia O'Connor.

Parpadeó, pensando si aquello era una broma. Pero ya le aparecía arriba «Maeve escribiendo…», y se dio cuenta de que había caído en una trampa. ¡En qué momento se le había ocurrido dejarle el móvil para que grabara su número! No tenía escapatoria, que pocas cosas había más difíciles que salirse de un grupo de Whatsapp sin ofender a los que estaban dentro.

Malachy y Cian le estaban enviando mensajes de saludo con emoticonos entusiastas, así como Brennan, que le dio la bienvenida. Mientras, el ominoso «Maeve escribiendo…» la mantenía con la vista pegada al móvil. Como fuera a ponerle alguna frasecita sobre la ropa, iba a tener que contenerse para contestar. Escribió un simple «hola», tampoco quería parecer una borde.

Genial tenerte en el grupo, cariño.

El mensaje era de Callum, acompañado de un emoticono con un beso. Lo cual la obligó a contestar con uno igual, por si acaso. Lo que le faltaba, fingir por Whatsapp. Menos mal que no había entonación en los mensajes porque seguro que alguno le saldría en plan sarcástico.

Por fin, llegó el mensaje de Maeve.

Hole. Bienvanida.

Alissa se quedó esperando. Pero nada, de nuevo salía que la mujer estaba escribiendo. Dos minutos después, llegó el siguiente:

Teléfono mal. Hola. Bienvenida.

La chica puso los ojos en blanco y se guardó el móvil, que tenía muchas cosas que hacer y no podía seguir perdiendo el tiempo de esa forma. Ya se pondría al día después, que a ese paso en un par de horas seguro que tenía otros dos mensajes más.

Terminó con esa planta y se dirigió al cuarto de suministros para reponer lo que necesitaba antes de continuar. Dejó el carro a un lado y abrió la puerta, pero la cerró al momento al ver que dentro estaba una pareja muy acaramelada. Aunque… aquellos bíceps…

Frunció el ceño y abrió de nuevo, encontrándose con que sí, el que estaba abrazando a una de sus enfermeras no era otro que su flamante marido.

—¡¿Pero tú de qué vas?! —gritó.

—¡Jefa! —La chica se apartó a toda prisa—. Perdón, no estábamos… Bueno, no es lo que parece, y es mi descanso, y…

Alissa señaló la puerta con el dedo.

—¡A trabajar, Lisa!

—Tranquila, jefa. No es mi culpa que salgas tan mal en las fotos de la fiesta que se han subido al Facebook.

—¿Fotos, qué fotos? ¿Habéis subido fotos sin pedir permiso?

Lisa era buena enfermera y muy trabajadora, pero los cotilleos le perdían. Siempre estaba al día de cualquier salseo, tanto si ocurría en Hollywood como en el propio hospital. Al empezar a trabajar allí, Alissa y Quinn habían salido con ella de juerga, pero esas salidas se habían ido reduciendo al darse cuenta de que Lisa era adicta a los testimonios gráficos con propagación pública de los mismos.

—Vaya humos —comentó Callum.

Había pensado salir detrás, pero Alissa estaba bloqueando la puerta así que se quedó donde estaba.

—¿Quieres hacerme el favor de ponerte algo encima? ¿Es que ni en el trabajo puedes estar vestido?

—Tampoco hace falta que te pongas así… —Alissa cogió la parte superior del uniforme de Callum, que estaba hecho una bola en el suelo junto a sus pies, y se la tiró al pecho—. Vale, vale.

Qué manía tenía esa mujer con que se tapara. Justo lo contrario que le pasaba normalmente, pero por la cara que tenía ella en aquel momento no le pareció que se fuera a tomar aquel comentario a chiste.

—¿Estás tonto? ¡Esto es muy poco profesional!

—Oye, no empecemos a insultar. ¿Qué más te da lo que haga con mi vida privada?

—Pues me da, porque te recuerdo que estamos casados.

—Pero no es un matrimonio real.

—Si lo es para obligarme a ir a vivir contigo y fingir delante de tu madre, lo es para que no me pongas los cuernos por ahí.

—No lo entiendes, es que ya había quedado con ella.

—¿De qué estás hablando?

—Tengo unas cuantas citas pendientes, no puedo dejar plantadas a mis amigas así sin más.

—¿Unas cuantas? Ya puedes ir llamándolas a todas, Callum. Como no arregles esto, cojo y me largo de tu casa.

—Vale, vale, mujer, tampoco te pongas así. Supongo que puedo aplazarlas hasta que acabemos con esta farsa.

Lo dijo con tal tono de pena que cualquiera diría que le había pedido que le donara un riñón.

—Más te vale. —Se cruzó de brazos con gesto hosco—. Esto no puede ser, hay un montón de cosas que tienes que cambiar y esta es la primera de la lista.

—¿Es una extensión de la lista de tareas del hogar?

—Desde luego, hay material para dos…

—¿Por ejemplo?

—Ya no es solo que tu madre te lave la ropa o te traiga *tuppers*, ¡es que entra con su llave cuando le da la gana!

—No veo el problema en…

—Tienes que madurar, Callum.

—Ah, no necesitas preocuparte por eso. —Se encogió de hombros—. No va a pasar.

Ella lo miró por si estaba bromeando, pero no, Callum permanecía serio. Ni siquiera parecía preocupado.

—Dime cómo no voy a preocuparme si es justo lo contrario de lo que te he dicho.

—Es muy sencillo, querida esposa. Es mi filosofía de vida.

Aquello terminó de descolocar a Alissa. Jamás hubiera imaginado que la palabra «filosofía» pudiera salir de su boca, para empezar. Y menos que tuviera alguna razón detrás de su negativa a madurar. Lo de que esa razón fuera lógica ya era otro tema.

—La vida es absurda.

«Tú sí que eres absurdo», pensó Alissa, pero no lo dijo, esperando que continuara.

—¿No conoces a Albert Camus? —preguntó Callum.

—Me suena.

—Pues deberías leerlo algún día. Te abrirá la mente. No pienso madurar porque no merece la pena, todo es un absurdo y no hay necesidad de estar en conflicto.

—Pero qué tiene que ver…

—Tú escucha. De acuerdo a la teoría del absurdo, aunque la vida no tiene sentido los seres humanos están enfrentados con el dilema de anhelar por el significado en un mundo sin sentido.

Alissa notó que se le había abierto la boca y la cerró. ¿Entonces iba en serio? ¿Pero cómo iba a ir en serio algo que se denominaba absurdo en sí mismo? No tenía ningún sentido. Es que era… sí, ¡absurdo!

—Entonces Camus dice que hay tres maneras de resolver este dilema: Cometer suicidio, que va a ser que no; creer en una realidad trascendental más allá de lo absurdo… Camus rechaza esto como un suicidio filosófico porque equivale a la destrucción de la razón, que es tan fatal como el suicidio del cuerpo. Y la última opción y verdadera: aceptar El Absurdo. —Hizo un gesto como si enmarcara las palabras—. Con mayúscula, ¿eh?

—Aceptar el Ab-surdo —repitió, incrédula.

—Bueno, eso ha sonado en plan ab-normal, doctor Fron-kostin[4]. —Alissa le miró sin entender nada—. Pero sí, lo has pillado. Uno debería continuar viviendo mientras acepta y aun adopta lo absurdo de la vida. La vida, de acuerdo a Camus, puede «ser vivida del todo mejor si no tiene sentido».

—Me tomas el pelo.

—Que no. Yo estoy en armonía con el universo porque paso de estar en conflicto con nada, ¿para qué? Así que si el universo ha decidido que mi madre me traiga los *tuppers* y me lave la ropa, ¿quién soy para llevarle la contraria?

—¡Pues un tío de treinta y siete años que no sabe hacerse ni la cama!

—Ni falta que hace, si total, se va a deshacer luego al dormir otra vez. ¿Ves? Otra cosa absurda. No puedes rebatir mi lógica.

Alissa ahí no pudo contestarle. Porque si su lógica se basaba en la absurdez de todo, poco había que discutir, que más absurdo que su matrimonio y situación no había nada. Tendría que leer a Camus para ver por dónde dar la vuelta a todo aquel sinsentido, aunque desde luego que no iba a aceptar aquella teoría absurda para que el chico se librara de todas las tareas. Que la verdad, en eso sí tenía que darle razón, el nombre le venía que ni pintado.

Aprovechando que Alissa estaba distraída dándole vueltas a todo lo que había dicho, Callum se había ido moviendo hacia la puerta y la abrió con disimulo.

—Te dejo que tengo trabajo.

Y salió con rapidez para que no tuviera tiempo de contestar. Una vez en el pasillo, se apresuró a desaparecer escaleras arriba por si a Alissa se le ocurría seguirlo. Cómo se había puesto por unos besos de nada, que solo se estaba enrollando con ella. Ni que fuera la primera enfermera con la que tenía una aventura, si eso Alissa lo sabía de sobra. Claro que antes ella lo veía solo como algo incómodo para sus horarios, ya se lo había dicho más de una vez. A ver si era que estaba celosa… Sacudió la cabeza. No, eso fijo que no, porque con el rollo que le había soltado después de madurar le había dejado claro que era otra cosa.

Lo cual le recordó la lista que había mencionado. Le daban temblores solo de pensarlo, ya con lo de poner etiquetas a la comida

---

[4] Película: El jovencito Frankenstein (1974)

le había dejado descolocado. Por no hablar del comentario a su madre sobre la ropa, mucho dudaba que ella fuera a encargarse o no hubiera mencionado la lavandería. Qué cosas, ni se había parado a pensar que pudiera haber una en su edificio. A ese paso se veía aprendiendo a lavarse la ropa.

Empezó a sonreír pensando en lo absurdo del asunto, pero dejó de hacerlo al pensar de nuevo en aquella lista y en la forma en que Alissa le había hablado.

Suspiró con resignación. Las cosas que uno hacía por su madre. Hasta tendría que acabar vistiéndose en su propia casa, lo veía venir, a no ser que se ganara a su mujer. Aunque de momento con ojos de enamorada no le miraba, más bien todo lo contrario. Quizá si intentaba alguno de sus trucos, alguna miradita aquí y allá…

En fin, cosas más raras se habían visto.

Capítulo 5: Pesadilla en Elm Street

—Os lo digo en serio, me está dando hasta miedo volver a casa por si me está esperando con la lista en la mano.

Malachy levantó una pesa, guiñando un ojo a una chica que pasaba por delante de ellos mientras Cian ajustaba la máquina en la que Callum ejercitaba los brazos, lamentándose de todo lo ocurrido aquel día.

—Peor sería que te cambiara la cerradura —comentó Malachy, una vez la chica hubo pasado.

—¿Crees que sería capaz de eso?

—No veo otra forma de que mamá no vaya cuando quiera.

—Se lo pediré amablemente.

—Claro, eso suele funcionar —intervino Cian—. Cuando yo le pedí que no me echara cebolla en las ensaladas, pasó de mí con el tema de que es saludable. Tengo que estar quitándola siempre.

—Ya. —Callum le fulminó con la mirada—. Eso es exacto a mi situación.

—Bueno, salvando un poco las distancias, tampoco te pongas tan digno. Además, ya has dicho que mamá asume que ella te va a lavar la ropa…

—… cosa que no hará…

—… así que, si le cuentas que te va a hacer la comida y tal, no tendrá necesidad de aparecerse sin más.

—No sé si se fiará, pero bueno, algo tendré que decirle.

—Le diremos que nos hace más falta a nosotros, no te preocupes —añadió Malachy—. Podemos hacer menos cosas en nuestros apartamentos.

—Ah, pero, ¿vosotros hacéis algo?

Ellos se miraron, ambos con caras pensativas, para acabar negando. Callum movió la cabeza, suspirando.

—También podemos convencer a Brennan para que se mude más cerca de ella y así ya tendría dónde ir —sugirió Cian.

—Sí, eso es una idea genial, si no fuera porque: uno, Brennan no se va a mudar ni de broma y dos, mamá está mosqueada con él y no le hace tanto caso como a nosotros.

—Mira, Callum, van a ser solo seis meses, ¿no? —siguió Malachy—. ¿Cuánta ropa se ensucia en ese tiempo? No creo que sea tanta, tú síguele la corriente a Alissa y ya está, seguro que no es para tanto.

—¿Y la compra?

—Pues cuando haga la lista lo coges todo *on line* y precocinado.

Callum no había pensado en eso, pero por fin sacaba algo útil de toda aquella conversación. Claro, la gente ya compraba todo por internet, no tenía ni que molestarse en recorrer esos pasillos interminables. Y sobre la ropa sucia, Malachy tenía razón: no era para tanto, ¡si él se pasaba la mitad de su vida con el uniforme! Terminó su tabla de ejercicios más animado, porque la verdad era que entre la escena que había vivido recién levantado y luego la pillada en el cuartucho del hospital, se había quedado un poco preocupado por si todo el plan se iba al traste a causa de la convivencia.

Dejó a sus hermanos con sus rutinas respectivas y se fue a la ducha antes de marcharse a su piso.

Abrió la puerta despacio, como si temiera encontrarse a Alissa justo detrás, pero el pasillo estaba vacío y le llegó el aroma de comida. Sorprendido, se dirigió a la cocina, donde se encontró a la chica sentada, cenando con un libro abierto sobre la mesa junto a su plato de pasta.

—Hombre, ya estás aquí —dijo ella.

—Vengo del gimnasio, suelo quedar con mis hermanos algunas tardes a la semana.

Ni siquiera sabía por qué le estaba dando explicaciones, pero por la cara de extrañeza que ella tenía, dedujo que tampoco las

había esperado. O eso, o Alissa había supuesto que estaba con alguna otra chica. Lo cual también podía haber sido cierto si no se hubiera tirado un par de horas revisando su agenda y anulando citas con el móvil. Iba a estar fuera de juego seis meses, solo esperaba que aquello no le perjudicara de cara al futuro… aunque la carta del triste divorciado abandonado por su esposa también podía ser útil, si que se paraba a pensarlo.

—… nevera —decía ella.

—¿Qué? —Callum volvió a la realidad y la vio señalando la puerta—. ¿Que me has guardado la cena en la nevera?

—¿Qué dices? Ni de palo, hasta que no hagamos turnos no pienso hacerte nada. Te decía que tienes los *tuppers* de tu madre en la nevera.

—Ah, sí, claro, voy a ver.

Alissa cerró el libro y recogió lo que había utilizado para cenar, metiéndolo en el lavavajillas.

—Cuando metas lo tuyo lo ponemos —le dijo.

—¿Meter lo mío?

Callum se dio la vuelta con el *tupper* de su madre en la mano, confuso por aquella frase. ¿Qué suyo tenía que meter dónde para poner qué? Aquello le sonaba a algo sexual, pero por la cara de Alissa, de pie junto al lavavajillas —máquina que no había ni llegado a abrir nunca—, dedujo que no era ponerla a tono a ella, desde luego.

Alissa abrió la puerta del lavavajillas y señaló el interior.

—Aquí. —Le señaló a él—. Todo lo que manches. —Volvió a señalar el aparato—. Dentro.

—No hace falta que me hables en indio, que ya lo he pillado.

—Por si acaso. Y después bajamos al sótano.

—Pero si no tengo ropa sucia…

—Para cuando la tengas, así no se acumula.

Cogió el libro y salió de la cocina. Callum metió el *tupper* de su madre en el microondas, refunfuñando para sus adentros. A él lo que le apetecía cuando llegaba a casa era cenar y jugar un rato a la consola, a veces incluso hacía las dos cosas a la vez. Ya veía que, por lo menos aquel día, aquello no iba a poder ser.

Se comió la cena directamente del *tupper*, así tenía menos cosas que recoger, y después lo metió en el lavavajillas como si fuera la basura: abrió la puerta y lo lanzó al interior junto con el tenedor.

Fue a paso lento al salón arrastrando los pies, pero su cara de desgana no pareció hacer efecto en Alissa, que se levantó del sofá, dejó su libro y dio un par de palmadas como si bajar a un sótano fuera lo más emocionante del mundo.

—Genial, ya verás, te va a encantar.

—Seguro, ver una lavandería es la emoción de mi vida.

La siguió con las manos en los bolsillos del pantalón, ya aburrido del tema sin haber siquiera salido de casa. Se metieron en el ascensor y vio que Alissa pulsaba el menos dos. Una planta a la que no había ido nunca, ni siquiera se había planteado que hubiera algo allí.

En cuanto se abrieron las puertas del ascensor, lo primero que le vinieron a la mente fueron imágenes de películas de miedo: ante ellos había un pasillo iluminado por una luz fluorescente que parpadeaba como si fuera a apagarse en cualquier momento, por el techo había cables sueltos y las paredes tenían humedad.

—Espero que no salga Freddy[5] —comentó, mirando a su alrededor.

—¿Quién, algún vecino?

—Sí, Krueger, el que vivía antes en Elm Street.

Alissa lo miró, sin entender. Como si a ella le hubiera dado tiempo a conocer a todos los vecinos y supiera de quién estaba hablando.

—Otro día me lo presentas —le dijo—. Que tampoco estaría mal saber quiénes son mis vecinos, para saludar y tal.

Callum abrió la boca para contestar, pensando que le estaba tomando el pelo, pero no, la chica parecía no haber pillado de quién estaba hablando y ya estaba abriendo una puerta sobre la que había un cartel que ponía «*Lavand ría*». Genial, hasta el letrero daba mal rollo. Y ella tan feliz, no entendía nada.

La siguió al interior, casi esperando una cámara de tortura, pero lo que había dentro eran varias máquinas que supuso eran lavadoras y secadoras —no sabía cuál era cuál—, unos asientos y, por supuesto, otra luz parpadeante. Que bueno, aunque no era una cámara de tortura medieval *per se*, le parecía lo mismo en versión moderna.

---

[5] Película: Pesadilla en Elm Street (1984).

—Callum, te presento a la lavadora —dijo ella, con gestos elocuentes—. Lavadora, Callum. Seguro que pronto os hacéis amigos. Y esta… —Se acercó a otra máquina—. Es una secadora. Es muy fácil, primero lavas y luego lo metes aquí. Y te sale listo para ponértelo, no tendrás ni que planchar.

—¿Planchar?

—No pongas esa cara de susto, que va en serio. No creo que uses muchas camisas, que son lo único que podría necesitar un repaso. Pero si hace falta, ya te enseñaré también, he traído mi plancha de casa.

—Vaya, pensaba que como habías traído pocas cosas, justo esa no la tenías.

—Mira aquí, acércate. —Decidió ignorar su último comentario—. Aquí te vienen las instrucciones para la lavadora.

Callum se acercó con cuidado, por si aquella cosa le daba corriente o algo parecido, y vio que tenía una pegatina encima con instrucciones y dibujos. No parecía muy difícil, la verdad, solo ponía cuatro cosas.

—Hasta tiene el jabón incluido —añadió Alissa—. No tienes que pensar nada.

—Supongo que no…

—Perfecto entonces, tu siguiente colada te la haces tú, verás qué bien.

—Estoy impaciente, sí.

Alissa le dio una palmadita de ánimo en el brazo, aunque apartó la mano con rapidez. Sí que estaba duro el tío… Carraspeó, dirigiéndose a la puerta.

—Pues eso es todo, ¿ves que no era para tanto?

De nuevo atravesaron aquel pasillo del terror como si estuvieran dando un paseo por el parque y regresaron al ascensor.

—¿Le has dicho a tu madre lo de la llave? —preguntó Alissa, pulsando el botón del piso.

—No, todavía no. Estoy buscando la forma.

—Seguro que se te ocurre algo. Si no, ya le diré yo en la cena.

Callum no tenía claro si sería una buena idea. Su madre estaba encantada con Alissa, eso por descontado, pero lo mismo algo así viniendo de ella le sentaba mal… No estaba seguro, se movía en terreno pantanoso. Como en los últimos días, a decir verdad.

Entraron en el apartamento y Callum enfiló hacia el salón, dispuesto a matar su ración de zombis diaria, pero de pronto Alissa se dio la vuelta y lo miró con gesto pensativo.

«Ay, Dios, qué estará tramando ahora…», pensó él.

—Oye, una cosa sobre la cena… ¿Tu madre espera algo?

—¿Algo como qué?

—Un postre, unos bombones… no sé, ¡algo!

—Nosotros nunca llevamos nada.

—Ya me imagino, seguro que ni flores le regaláis nunca.

—En el día de la madre…

—Eso no cuenta.

Callum frunció el ceño, pero no, si se paraba a pensarlo nunca le llevaban nada a menos que fuera una ocasión especial.

—La gente hace esas cosas —siguió Alissa—. Pero yo no tengo tiempo de hacer una tarta; cogeremos algo de postre.

Así también si le soltaba ella lo de su forma de entrar en casa, seguro que se lo tomaba de mejor manera si le daba algún detalle. Tampoco quería tener ningún enfrentamiento. Al menos Quinn estaría allí acompañándola.

—Lo que tú consideres —cedió él.

—Genial. —Callum dio un par de pasos en dirección al salón—. ¿Vas a jugar?

—Sí, ¿por?

—Ponte cascos o quita el volumen, y procura no radiar cada asesinato o lo que sea que hagas, que necesito dormir. —Le sonrió—. Buenas noches.

Se metió en su habitación pensando que, al menos, el día había acabado bien después de lo mal que había empezado y que, encima, no se había ni llegado a cruzar con su adorado doctor. ¿Qué pasaba últimamente que la gente no se partía la cabeza, ni necesitaba una operación de urgencia? Ni que estuvieran funcionando de verdad aquellas campañas para que la gente usara casco… Que no era que se alegrara de los accidentes, se dijo, no era eso, claro que no, pero una brecha en la frente no venía mal de vez en cuando como excusa para que bajara a urgencias.

Callum esperó a que se metiera en su habitación para quitar la sonrisa amable de su cara. Lo que le faltaba, matar zombis susurrando, ¿en qué cabeza cabía? Y si no los oía, ¿cómo demonios iba a jugar? Tendría que comprase unos auriculares. Qué duro se estaba volviendo todo aquello…

Preparó el juego y se tumbó en el sofá con el mando, pero al cabo de cinco minutos tuvo que apagarlo porque sin música ni ruido de disparos ni de gruñidos asesinos, aquello no era lo mismo. Seguro que Alissa habría sido feliz en los años del cine mudo.

Quinn pasó a buscarlos el día de la cena. Ella misma se había ofrecido a llevarlos, así tenía una excusa perfecta para salir corriendo en cualquier momento sin tener que depender de nadie.

—Anda, ¿qué llevas ahí? —preguntó al ver subir a su amiga con una caja cuadrada.

—Una tarta.

—¿Has hecho una tarta? —Miró a Callum, que estaba subiendo al asiento trasero—. ¿Llevas antiácido?

—Vete a la porra, que no la he hecho yo —contestó Alissa, dándole un manotazo—. Tampoco iba a ir sin nada, ¿no?

—No, un detalle para la suegra, aunque sea falsa, nunca está de más. ¿De qué es?

—Chocolate y fresas —contestó Callum—. Y tiene nubes de adorno, a mí y a mis hermanos nos encanta.

—Claro, vivís en una nube… —murmuró ella, haciendo que Alissa riera.

—¿Qué?

—No, nada, que me encantan las nubes también.

—Te paso lista de sitios, si quieres. Conozco todas las pastelerías de la ciudad y los sitios donde venden las mejores gominolas.

—Mejor me dices ahora por dónde ir, ¿está muy lejos?

—No, ya sabes, a quince minutos.

Quinn y Alissa pusieron los ojos en blanco mientras Callum le daba indicaciones para llegar hasta la casa de su madre, en un barrio cercano. Era una zona de edificios antiguos, y Maeve vivía en un adosado. Callum les explicó que su madre decía que se le hacía muy grande sin hijos ni, como a menudo añadía, nietos que la visitaran los fines de semana, y que conservaba sus habitaciones como las dejaron por si necesitaban volver.

Cuando Maeve abrió la puerta, los abrazó como si hiciera años que no los veía y volvieran de algún largo viaje.

—Oh, cómo os he echado de menos… —dijo.

—He traído una tarta —comentó Alissa, entregándole la caja.

—Si es que eres la mejor nuera del mundo, no me canso de decirlo. Pasad, pasad, que os enseño la casa. Quinn, mis otros tres niños ya han llegado, están en el salón viendo un partido. Están deseando verte.

—Estoy segura de ello.

—Genial, voy con ellos —dijo Callum, pasando de largo.

Quinn y Alissa siguieron a Maeve mientras esta llevaba la tarta a la cocina, donde había un montón de cazuelas y sartenes con comida, además de estar el horno encendido.

—No sé si llegará o sobrará, pero bueno, así luego reparto en los *tuppers* —dijo Maeve.

—A nosotros ya sabes que no hace falta que nos lleves —se apresuró a decir Alissa, aprovechando el comentario.

—¿Seguro que no? No puedo creer que mi hijo haya encontrado a la mujer perfecta, si hasta le cocinas y todo.

—Sí, claro, ejem.

—Os enseño el resto.

El dormitorio principal estaba lleno de retratos familiares, con fotos de los hermanos desde que eran bebés.

—Me tienes que traer fotos tuyas y con Callum, te buscaré hueco —le dijo Maeve a Alissa, que solo asintió con la cabeza, sin comprometerse.

Las habitaciones de los chicos, tal y como Callum había dicho, estaban sin tocar, parecía que se hubieran marchado hacía solo unos días en lugar de años. Pero no pudieron cotillear mucho porque ya las estaba llevando escaleras abajo, hacia al jardín trasero cubierto de nieve.

—Alguna vez hemos hecho barbacoas. Ya sabéis, con el tiempo que hace aquí… En fin, voy a terminar con la comida, ¿os traigo algo de beber?

—Estamos bien, gracias.

Pero Maeve se fue a la cocina y salió al poco con un par de tazas de té, que no les quedó más remedio que aceptar.

—Pasad al salón —ofreció—. Ya sabes que los chicos están deseando verte, Quinn.

Regresó a la cocina, y ellas se metieron en el comedor, que parecía preparado para una boda más que para una cena informal.

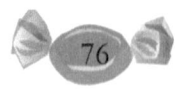

—Vaya, qué té más bueno —comentó Quinn, dando un sorbo—. Bien, cuéntame esa historia sobre el absurdo, que con tus mensajes no me he enterado bien.

No habían vuelto a coincidir en sus turnos desde el día que Alissa había pillado a Callum en el armario y el chico le había contado aquella teoría, así que tenían que ponerse al día. Se sentaron con los tés y Alissa le contó todo, mientras Quinn la escuchaba pensativa.

—¿Y tú crees que en serio sabe lo que está diciendo? —preguntó la rubia, al final.

—Lo dijo todo un poco literal, la verdad, pero se ve que le funciona.

—Quizá tengamos que intentar un ataque conjunto. Ya sabes, le preguntamos las dos a la vez y le sacamos de su zona de *confort*.

—Con Justin no funcionó.

—Porque es un caradura y le resbala todo. Tiene sordera selectiva. Callum bajó contigo a la lavandería, cosa que Justin no ha hecho en la vida. Prefiere comprarse ropa nueva a tener que lavarla.

Se oyeron unos golpes en la puerta y Callum asomó la cabeza.

—¿Todo bien por aquí? —preguntó—. Quinn, mis hermanos se preguntan si...

—Oye, cuéntame eso de la teoría del absurdo —pidió ella.

Callum soltó su discurso con una sonrisa. Vaya, si Alissa se lo había contado, eso significaba que lo había escuchado. Y que Quinn preguntara de nuevo solo podía ser bueno, seguro que le había parecido interesante y quería aplicarlo también.

—Entonces, según tú, es el universo el que ha decidido que tu madre te lave la ropa —resumió Quinn.

—Y que le haga la comida —añadió Alissa.

—Algo así, pero...

—Entonces si tu madre se rompe una mano y no te la lleva, es porque el universo ha pensado que ya te la puedes hacer tú.

—¿O el universo se alinea de nuevo y te cae del cielo?

—No, claro, llamaría para pedirla o ya estás tú para... —intentó Callum.

—No, yo no estoy para eso. Quizá el universo me ha enviado para que cambies algunas cosas, ¿no?

—Exacto, para restaurar la armonía —corroboró Quinn—. Si quieres evitar conflictos, te tienes que adaptar a las nuevas situaciones, ¿no?

—Sí, pero…

—Igual que en el hospital —siguió Alissa—. Los turnos que te tocan, ¿los discutes?

—Depende de si…

—Pero te los ha puesto el universo —arremetió Quinn.

—No, el universo no, mi jefe.

—Y la comida y la ropa, no te lo hace el universo, sino tu madre —dijo Alissa—. Ya no, claro, pero si lo miras así, la verdad es que el universo es caprichoso, ¿no?

—No, es absurdo —corrigió Quinn.

Las dos lo miraron expectantes. Callum tragó saliva y retrocedió hacia la puerta.

—Voy a ver cómo va el partido…

Se escurrió hacia el salón sin mirar atrás. Ellas brindaron con sus tazas de té, satisfechas.

—¡A cenar! —escucharon que gritaba Maeve.

Entró en el comedor con una bandeja llena de alitas de pollo y la dejó en el centro de la mesa.

—Quinn, tú allí y tú, Alissa, a mi lado. —Sus cuatro hijos entraron y ella fue señalando sillas—. Malachy y Cian, ahí, Brennan aquí y Callum a mi otro lado.

Quinn se encontró sentada entre Malachy y Cian, con Brennan frente a ella. Maeve presidía la mesa, con Callum a su derecha y Alissa a su izquierda.

La mujer hizo unos cuantos viajes más para llevar el resto de cazuelas y bandejas, hasta cubrir cada centímetro de la mesa, y cuando se sentó juntó sus manos.

—Bendigamos la mesa —dijo—. ¿Quieres hacerlo tú, Alissa?

—Esto…

—Huy, es su gran ilusión —intervino Quinn, con una sonrisa.

Alissa la fulminó con la mirada, pero no dijo lo que pensaba porque Maeve la miraba expectante. Juntó las manos imitando a Maeve y los hermanos y miró al techo en busca de inspiración.

—Ehm… Señor, gracias por… toda esta comida, seguro que está todo muy bueno, aunque habría que darle las gracias a Maeve por cocinarla, no a ti…

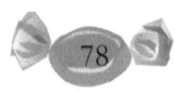

—El Señor me ha inspirado —intervino ella.

—Pues gracias por inspirar a Maeve y crear... las patatas y la berza, aunque la berza en realidad tampoco es un gran invento... pero bueno, eso, y los hornos para cocinar... y el vino, que está muy bien para acompañar.

—La sangre de Cristo —añadió Maeve.

—Exacto, con esa imagen en mente una lo bebe mucho mejor —dijo Quinn, afirmando con la cabeza muy seria.

—En fin, gracias. —Alissa decidió que ya había agradecido suficiente—. Esto... ¿Amén?

—Amén —contestaron todos.

Empezaron a pasarse las fuentes y servirse la comida. Quinn pronto vio su plato lleno, aunque no había llegado a decir lo que prefería, pero entre los tres hermanos solteros ya se habían ocupado de repartirle raciones de todo.

—¿Qué tal tienes los turnos esta semana? —preguntó Cian.

—Mejor no le contestes —se apresuró a interrumpir Malachy—. Solo lo quiere saber para invitarte a cenar y que no le puedas decir como excusa que esa noche la tienes ocupada.

—Vaya, gracias por el aviso —dijo ella.

—Claro, y tú has dicho eso para quedar bien —refunfuñó Cian—. Y ganar puntos para invitarla tú.

—Vaya, ¿lo teníais ensayado? —preguntó Brennan, a lo que Quinn emitió una risita.

—¿Y tú? —preguntó ella—. ¿Cuál es tu frase ensayada?

—No tengo ninguna. Realmente contra estos dos no hay nada que hacer.

—Exacto —corroboró Malachy—. Y eso te pasa porque no vienes al gimnasio con nosotros, que está lleno de tías con las que... —Miró a Quinn—. Esto, mujeres interesantes. Pero ninguna tanto como tú, claro.

—Claro.

—Deberías aprender de tus hermanos —intervino Maeve, solícita—. Ellos sí que saben hablar a las mujeres. Sé lo que estás pensando, Quinn, y te entiendo.

—¿En serio se imagina lo que estoy pensando?

—Claro. ¿Cómo elegir entre un bombero y un policía, además tan guapos y simpáticos los dos? Las hijas de mis amigas se los rifan.

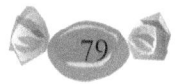

—Ya. Estoy segura.

Claro que la pregunta sería por qué no estaban con ninguna de aquellas hijas de amigas, pero la respuesta se la imaginaba Quinn: estaban muy bien solos, encima con su madre haciendo todo por ellos. Se llenó la boca de comida para no decir nada más, mientras los dos hermanos comenzaban a contar sus aventuras de aquellos días en sus respectivos trabajos, en plan competición para intentar llamar su atención.

Por el otro lado de la mesa, Maeve estaba hablando con Alissa y Callum sobre temas de la iglesia, sobre todo de las actividades que había para ver si Alissa se quería apuntar a alguna.

—No tengo tiempo, la verdad —se disculpó Alissa. Al menos en eso no mentía—. Ya sabes, con los turnos y encima siendo jefa…

—Lo entiendo, lo entiendo. —Maeve le dio unas palmaditas en una mano—. No pasa nada, ya habrá tiempo de hablar sobre tu trabajo en el futuro porque claro, con ese ritmo no puedes continuar. —Alissa la miró sin entender—. Ya sabes, con los niños.

Callum rodeó los hombros de Alissa con el brazo al ver la cara de la chica y habló antes de que contestara.

—No hay prisa, mamá, queremos disfrutar de unos años nosotros solos.

—Eso no es algo que me guste mucho, esas cosas modernas de ahora. Si la gente se casa es para tener familia.

A Alissa se le ocurrían mil motivos más por los que la gente se casaba o dejaba de hacerlo, incluyendo una borrachera mal llevada, pero claro, tampoco podía decir nada al respecto así que decidió seguir el ejemplo de Quinn y llenarse la boca de comida. Ya preveía que así iban a acabar todas las comidas familiares: poniéndose morada para no hablar. A ver cómo llegaba al verano…

Para cuando llegó el momento de la tarta estaban todos bastante llenos, aunque sobró mucha comida que Maeve se apresuró a asegurar que metería en *tuppers* para que se llevaran todos a casa. Incluida Quinn, quien trató de negarse sin éxito, aunque Maeve le dijo que se iba a llevar uno sí o sí, así tenía la excusa para volver a otra cena… De la cual Quinn suponía que saldría con otro, entrando así sin comerlo ni beberlo en un círculo vicioso sin salida.

Mientras se producía el reparto de los interminables *tuppers*, Malachy aprovechó para acercarse de nuevo a Quinn.

—Al final no hemos podido hablar a solas —le dijo, con una cara de pena que Quinn dedujo que tenía perfectamente ensayada—. Aunque no sea una cena, ¿tiempo para un café tendrías?

Ella se lo pensó unos segundos. Lo último que quería era comenzar a salir de nuevo, y menos con un tío que tenía toda la pinta de ser parecido a Justin. Pero también recordó lo que Alissa le había dicho y tenía razón: era hora de empezar a salir. Malachy era simpático, guapo y, aunque pegado a las faldas de su madre, al menos tenía trabajo. Y de bombero, nada menos. Que seguro que alguna de las historias que había contado eran algo exageradas, pero si salía con él no se aburriría, eso seguro.

Extendió la mano, preguntándose si se acabaría arrepintiendo.

—Dame tu móvil.

Malachy se lo pasó con una sonrisa satisfecha y Quinn le grabó su número.

—Mándame un mensaje y ya veré si tengo tiempo.

—Genial.

Callum y Alissa se acercaron para ir hacia la puerta, con Maeve detrás con cara triste.

—Qué poco rato habéis estado —se quejó.

—Otro día volvemos, mamá, no te preocupes.

—Podemos hacerlo una costumbre, un día a la semana, ¿no?

—Ya lo hablaremos.

—¡Claro! —La cara de la mujer se iluminó—. En el grupo de *waspop*, os mandaré fechas.

—¿Un grupo de *waspop*? —preguntó Quinn, divertida.

—Calla y corre —susurró Alissa, empujándola hacia la puerta—. Que a este paso te añade a ti también.

Quinn se despidió con la mano apresurándose a salir, sin dudar de las palabras de Alissa. Se sentó al volante y notó que su móvil vibraba, por lo que le echó un ojo mientras la pareja se sentaba.

Vaya, sí que era rápido Malachy… Se guardó el móvil con una sonrisa al ver al chico asomado a la puerta. Seguro que se lo había enviado para asegurarse de que no le había dado un número falso.

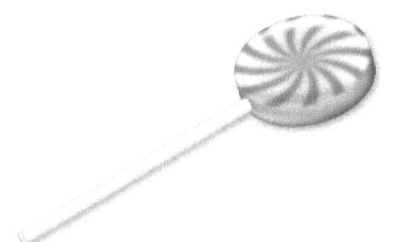

Capítulo 6:
Una proposición in-decente

Como todas las mañanas, Alissa llegó media hora antes para poder tomarse un café con Quinn antes de entrar a trabajar. Tenía que aprovechar, no siempre les coincidía el mismo turno como esa semana, así que compró los cafés en el WaFFle CoFFe que había cercano al hospital y subió a pediatría. Encontró a su amiga en el mostrador de admisiones, charlando con Lisa y el doctor Sammuels, al que ambas ignoraban. Los espió durante unos minutos, disfrutando del hecho de cotillear porque aún no la habían visto.

—Entonces, ¿de verdad va a estar fuera seis meses? —Quinn movía la cabeza con expresión de incredulidad—. No sabía que Isaac podía permitirse estos lujos, como siempre anda de juerga en juerga…

—Eso dice, pero mira. —Lisa le arrimó el móvil—. Ha subido fotos nuevas de la fiesta de nochevieja. —Sintió al alergólogo tras ella y pegó un respingo—. Doctor Sammuels, por favor, ¿no sabe lo que es el espacio personal?

—Perdón. —El alergólogo dio un paso hacia atrás, intentando ver las fotos desde esa distancia.

—¿Esa es Valentina, la de rayos? —Quinn soltó una carcajada—. ¡Por favor, no imaginaba que fuera tan flexible!

—¡Y mira Joshua! ¿Cómo demonios se las apañó para raparse media cabeza?

—¿Los de maternidad están jugado a la botella? —insistió Quinn, divertida.

—Yo también estuve —añadió el doctor Sammuels, sin moverse de su posición.

Las dos se giraron sobresaltadas, recordando que el médico continuaba tras ellas como si de un fantasma se tratara.

—No le veo en ninguna foto —comentó Lisa—. Ni nadie lo ha etiquetado. ¿Seguro que estuvo en la fiesta, doctor?

—Un rato. Luego robé parte del *catering* y lo traje aquí —informó él, lanzando una mirada de lo más a significativa a Quinn.

—Vaya, vaya, así que robando comida, doctor Sammuels…

Alissa decidió intervenir antes de que las dos enfermeras le subieran los colores al pobre alergólogo, o algo peor. Carraspeó y alzó la voz mientras se aproximaba.

—Doctor, creo que por su planta lo están buscando —carraspeó.

Él agachó la cabeza y abandonó la recepción saludando a Alissa al pasar. Ella se sacudió, como si aquel pobre hombre le diera repelús, y después depositó los cafés sobre el mostrador con una sonrisa.

—Hola, chicas. —Le tendió uno de los cafés a Quinn—. Lo siento, Lisa, no sabía que estarías.

—No te preocupes, jefa. —Lisa se guardó el móvil a toda velocidad—. Lamento mucho lo del otro día, es que no había hecho mucho caso a los rumores sobre ese matrimonio porque es taaaaaan increíble que Callum… bueno, yo…

—Lo entiendo —respondió Alissa, de forma tranquilizadora—. Fue un malentendido, con que no se repita es suficiente.

—Prometido. —Lisa puso cara solemne mientras se llevaba la mano al pecho—. Como que me trago todos los programas de salseo que no volveré a acercarme a tu marido.

—Genial.

—Me bajo a urgencias para ir preparando el material, ¿vale?

Lisa se despidió con una sonrisa, dejándolas solas. Quinn se cruzó de brazos, no muy segura de que aquella expresión de relax en la cara de su amiga fuera real.

—Muy comprensiva, Morin.

—¿Y qué quieres que haga, que la mate? Es normal que no se lo creyera, ni yo me lo creo… —Agarró su café para darle un sorbo.

—¿Ha mejorado un poco la convivencia?

—La montaña de ropa para lavar en su cuarto es tan alta que el día menos pensado nos saludará —suspiró la morena, negando con la cabeza—. Veremos qué ocurre cuando se le acaben los calzoncillos limpios, porque es capaz de llamar a su madre para que se los lave.

—Pero ya hablaste con ella para que no lo hiciera, así que no va a tener otro remedio que espabilar. —Quinn le frotó el brazo, comprensiva—. Quizá si se queda sin calzoncillos deje de pasearse con ellos…

—Claro, iría sin nada, que le veo capaz. Y no me digas que sería una gran visión que ya lo sé.

—¿Lo sabes?

Quinn levantó una ceja y Alissa suspiró fastidiada, dándose cuenta de cómo había sonado.

—Sé que ibas a decirlo, no que sea una gran visión, por muy perfecto que sea su culo. —Se dio cuenta, por la sonrisa divertida de su amiga, que en lugar de arreglarlo se estaba enredando más—. Da igual. El caso es que de momento no ha visitado la lavandería.

—Venga, anímate, que la semana que viene es tu cumpleaños. ¿Lo celebramos?

—No tengo mucho humor para fiestas.

—Morin, ¡cumples treinta y seis, hay que hacer algo!

—No sé si estar más cerca de los cuarenta que de los treinta es motivo de celebración, pero…

Iba a terminar con una frase lapidaria sobre la no celebración de cumpleaños cuando las puertas del ascensor se abrieron y apareció el doctor Scott Bouchard. Se acercó hasta la recepción con su característico paso, que nada tenía que envidiar al que empleaban los modelos de pasarela, y Alissa estuvo a punto de dejar caer el vaso de café. Quinn lo agarró a tiempo, solidarizándose con ella. Seguro que, en su cabeza, su amiga veía todo aquello a cámara lenta, muy lenta.

—Buenos días —saludó él, al llegar hasta donde ambas se hallaban.

—Doctor —Quinn le devolvió el saludo en tono comedido.

—Hola, doctor Bouchard —murmuró Alissa, tragando saliva y rezando por no estar poniendo demasiada cara de tonta.

—Patricia —asintió él, para acto seguido alargar una carpeta hacia Quinn—. Van a bajar al chico que acabo de operar aquí, te dejo su historial y me voy a urgencias, que me han avisado al busca.

—Gracias, Mr… doctor. —Quinn agarró el historial y le dio un codazo a Alissa—. ¿No tienes que entrar tú también?

—¿Qué? Oh… ¡sí, sí, claro! —exclamó ella, despertando de pronto—. Pues… bajo con usted si le parece bien, doctor.

El médico hizo un gesto con la cabeza que podía significar cualquier cosa, así que Alissa miró a su amiga antes de salir a toda prisa tras él. La oportunidad de compartir tres minutos a solas con su adorado cirujano no se presentaba todos los días, tenía que ser rápida.

Se apresuró para alcanzarlo y allí estaba el cirujano, dentro del ascensor y sin pulsar el botón para darle tiempo a llegar. Entró con un jadeo, para acto seguido darse cuenta de que no podía ahogarse en voz alta o el doctor se llevaría una mala impresión. Cerró la boca para recuperar la respiración lo más silenciosamente posible mientras él consultaba sus mensajes. Estupendo, tenía tres minutos y dos los había perdido por tener una capacidad pulmonar de mierda. O por no hacer ejercicio nunca. O por la suma de ambas.

—Doctor Bouchard —se atrevió a decir, una vez recuperado el aire.

—¿Sí, Patricia?

«Y dale con Patricia», se dijo ella para sí misma, aunque sin atreverse a sacarlo del error.

—Quería decirle… bueno, que admiro mucho su trabajo y que estaría encantada de poder trabajar de vez en cuando con usted en alguna operación. Sería un gran honor estar cerca del mejor neurocirujano de Toronto.

—De Ontario —corrigió él, con media sonrisa.

—Eso quería decir, de Ontario —se apresuró a corregir Alissa, aliviada al notar que los halagos daban resultado.

El doctor Bouchard guardó el busca en el bolsillo de la bata y la observó.

—Usted es enfermera, ¿verdad?

—Sí, en urgencias. Bueno, soy la jefa de enfermeras, en realidad. Yo…

—¿Y le gusta la neurocirugía?

—Muchísimo. Es… es una inspiración verlo en el quirófano, con su gran capacidad de concentración y esa expresión que tanta confianza da.

Scott levantó una ceja al escucharla.

—No creo que nadie pueda confiar en mi expresión, si con la mascarilla solo se me ven los ojos.

—Bueno, ya solo verle los ojos es una suerte…

Alissa notó que se ruborizaba al darse cuenta de que lo había dicho en voz alta. ¡Mierda! Demasiado directa, demasiado adolescente de instituto, ¿qué iba a pensar el doctor de ella diciendo aquellas sandeces a la menor oportunidad? ¿Y qué tal si se abría un agujero allí mismo y se la tragaba para escupirla en Filipinas?

Entonces se dio cuenta de que él había captado el tonteo y estaba sonriendo. No como si le hubiera dado una sorpresa genial y se le fuera a declarar, sino como si estuviera escuchando algo divertido. Pero daba igual, mejor una sonrisa socarrona que una denuncia por acoso sexual en el ascensor.

—Vaya, Patricia, ¿usted no estaba casada? No creo que a su marido le haga mucha gracia que vaya coqueteando con otros médicos.

—Sí, pero no, es que en realidad no es un matrimonio de verdad —soltó, aturullada.

Se tapó la boca con la mano, pero aquello no tenía solución, lo había soltado. La culpa la tenía el dichoso «Mr. Loki», que esa sonrisa que nunca había visto acababa de fundirle los plomos en tiempo récord.

—¿Perdón?

—De conveniencia, se trata de un matrimonio de conveniencia —aclaró.

—¿Eso todavía se practica? —preguntó el médico, con gesto curioso.

—Ya sé que suena raro, pero en la fiesta de año nuevo bebimos demasiado y nos casó un compañero que tenía el permiso. Fue una estupidez, pero ahora resulta que la madre está encantada y como ha tenido un ataque al corazón su hijo no quiere disgustarla con un divorcio. O algo así. —Alissa frunció el ceño al recordarlo.

El doctor Bouchard necesitó unos segundos para procesar la información, para acto seguido contemplarla como si le faltara un tornillo.

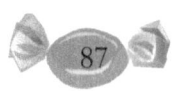

—¿Y por qué mantiene la farsa?

—Me sentiría culpable si a esa mujer le da otro ataque. Además, al supervisor de enfermería le encanta que me haya casado y eso me hace sumar puntos de cara a poder optar al puesto.

El médico sopesó si hacer algún comentario respecto a esa última información, pero todo el personal conocía a Alec y cómo mezclaba el trabajo con su espíritu tradicional. En lugar de eso, carraspeo y repitió:

—Así que, es un matrimonio de pega.

—Exacto, no es real. Es más, ¡no aguanto a mi marido! Es… inmaduro, vago, charlatán y sin ambiciones. Dentro de seis meses estaré divorciada.

La joven notó que el ascensor se detenía y lanzó un suspiro.

—En ese caso, será mejor que deje el coqueteo para dentro de seis meses, Patricia —comentó el doctor, haciendo un gesto de despedida con la cabeza.

Alissa permaneció muda, asimilando sus palabras. ¿Aquello significaba que le daba vía libre para volver a coquetear? ¿O era una forma sutil de decirle que ni lo intentara, que iba a ser una pérdida de tiempo? ¿Por qué los hombres tenían que mandar mensajes tan confusos? ¡Luego decían que las complicadas eran las mujeres!

Vio cómo las puertas se cerraban y empezó a apretar los botones, frenética. Se había quedado tan embobada que no había atinado a seguirlo, seguro que podía haber estado con él, fuera cual fuera el motivo por el que lo habían llamado a urgencias.

Pero el ascensor subía de nuevo, ¡mierda! Y acababa de perder esa oportunidad, aunque después de la charla que acababan de tener tampoco estaba segura de que no hubiera resultado incómodo.

Por fin volvió a su puesto y un par de urgencias graves la tuvieron ocupada hasta el momento de tomarse otro café, pero en cuanto se sentó frente a Quinn en la cafetería del hospital, el momento-ascensor regresó a su cabeza con fuerza.

—Antes de que me hagas un interrogatorio nivel Guantánamo, deja que te diga que ha ido regular —murmuró, apoyando los codos sobre la mesa.

—Come. —Quinn le alargó su propio sándwich—. Creo que lo necesitas.

—He dicho todas y cada una de las cosas que no hay que decir, empezando por expresar una admiración que rayaba en lo absurdo, seguido de confesar que mi boda es falsa.

—¿Qué? —exclamó la rubia horrorizada—. ¡Pero Morin! ¡No puedes ir contando eso a todo el mundo!

—No ha sido a todo el mundo, solo a él. Y me queda el consuelo de que como apenas habla con nadie, excepto con cirujanos de su estatus…

—Con ellos no hablará de pormenores. Siempre me he preguntado sobre qué charlan estos doctores tan técnicos cuando quedan para tomar unas copas.

—Del sistema nervioso periférico y demás —bromeó Alissa, aunque aún estaba inquieta por todo lo que había revelado sin querer—. ¡Fue un accidente! ¡Sus ojos me dejaron bloqueada y empecé a hablar sin conocimiento!

—Y dicen que el romanticismo ha muerto. A ver si vamos a tener que cambiarle el nombre, de Loki a Meduso… —Quinn notó que su móvil pitaba en su bolsillo, así que lo cogió y sacudió la cabeza—. Bombero macizo al ataque. Quiere una cita mañana por la noche, ¿qué le digo?

—Es viernes, ¿por qué no? —respondió Alissa con rapidez, feliz de poder pasar de su vida sentimental a la de su amiga.

Quinn no parecía muy convencida, lo cual no le extrañaba en absoluto. No había duda de que Malachy cumplía al cien por cien los requisitos para ser el sueño de cualquier mujer, pero Quinn ya había tenido uno de esos en casa y no se dejaba engañar tan fácil por unos músculos o una cara de perfecta simetría. Cuando la dejadez y la vaguería se extendían en el tiempo durante años, los cuerpos cincelados en el gimnasio y las caras bonitas dejaban de surtir efecto.

—¿Estás segura de que es buena idea salir con «Pelo de Anuncio»?

—Un momento, espera, ¿ya le has puesto mote? ¿Por qué pelo de…? —Alissa se quedó pensativa unos segundos, para terminar asintiendo—. Sí, es cierto, tiene buena melena. ¿Y el resto de los hermanos también han sido bautizados?

—El poli es «Sonrisa de Estrella» y el chico sin nombre, «Ojos Bonitos».

—No digas eso, pobrecillo, ¡claro que tiene nombre!

—¿Cuál es?

—Pues… pues se llama… ese no es el tema que estábamos tratando —cortó Alissa, antes de quedar en evidencia por no ser capaz de recordar en ese momento el nombre—. Te viene bien salir, aunque sea para recordar lo que es el tonteo. Además, no es del hospital, que es una de tus condiciones.

Estudió el rostro de la chica para ver si sus palabras surtían efecto, mientras Quinn hacía girar el móvil entre los dedos, valorándolo.

—Puede que tengas razón, o a este paso terminaré aceptando las propuestas del pervertido de Sammuels. —Escribió algo en el teléfono y lo depositó sobre la mesa—. Listo, veremos con qué me sorprende. No creo que sea con una charla sobre el deshielo de los polos, pero…

Quinn se calló de golpe, frunciendo los labios.

—Conozco esa mirada. ¿Qué se te ha ocurrido?

—¿Y si lo invito a subir a mi piso para ver si Justin reacciona y se larga?

—Si lo invitas en la primera cita creerá que quieres «todo». Es decir, si funciona y por un milagro Justin se marcha, vas a tener que darle algo.

—Si Justin se marcha soy capaz de hacerle hasta el sesenta y nueve —se burló su amiga.

Alissa soltó una carcajada que hizo que los ocupantes de la mesa paralela la miraran, molestos. Bajó el tono limitándose a emitir una serie de risitas, pero entonces sonó su busca y lanzó un suspiro.

—Me necesitan abajo —refunfuñó—. Luego hablamos por WhatsApp.

—Hecho. Que sea leve. —Quinn la despidió con una sonrisa.

Observó cómo Alissa desaparecía de regreso a Urgencias y revolvió su café, aún pensativa respecto al tema del bombero. Acababa de confirmar la cita sin saber qué se iba a encontrar, pero no le haría daño salir con alguien una noche, ¿no? Si después resultaba que el chico era un pelma, con no volver a aceptar otra vez era suficiente.

Ya que Alissa no estaba, era el momento de pensar ideas para la fiesta de cumpleaños, de manera que sacó una libreta y un bolígrafo, además del móvil por si tenía que buscar información en internet.

No había escrito ni dos frases cuando vio que alguien se detenía junto a ella. Aquel era el *modus operandi* del incansable doctor Sammuels, que debía creer que si ejercía la suficiente presión manteniéndose estático junto a ellas iba a tener suerte... pero cuando iba a decir algo, alzó la vista y se encontró con el chico sin nombre, también conocido en su cabeza como «Ojos Bonitos».

—Hombre, qué casualidad —saludó él con una sonrisa.

—¡Hola! —exclamó Quinn, aliviada por no tener que despachar al alergólogo dos veces en el mismo día—. ¿Qué haces por aquí?

—Acabo de dejar unas cosillas por ahí. —Brennan le guiñó un ojo—. ¿Y tú qué, haciendo deberes?

—Mucho peor, estoy escribiendo un ejercicio titulado «Cómo dar una fiesta sorpresa a alguien que no quiere una fiesta sorpresa» —murmuró ella.

—Ya veo. Espero que no te juegues la nota final en ese capítulo.

—¿Quieres sentarte? —Ella miró alrededor para asegurarse de que el chico no iba acompañado y le estaba poniendo en un compromiso—. ¿O tienes prisa?

—He entrado a por una dosis de café, pero hasta dentro de un rato no tengo que recoger el siguiente reparto —comentó él.

Se sentó enfrente y no a su lado, detalle que agradó a la enfermera. Significaba que era amistoso y que no pensaba invadir su espacio sin más. Le daban ganas de presentárselo al doctor Sammuels, a ver si así este aprendía educación.

—¿Cuánto rato llevas con la lista? Porque solo has puesto el título... eso sí, muy bien decorado. —Ella soltó una risita—. La de horas que pasábamos en clase haciendo eso.

—En mi defensa diré que acabó de ponerme y solo porque Alissa ha tenido que ir a urgencias. La fiesta es para ella, que va a ser su cumpleaños. En fin, no sé qué hacer, odia las fiestas, y más sin van con sorpresa.

—Últimamente parece que su vida está repleta de incógnitas, así que seguro que se ha vuelto más flexible al respecto —dijo Brennan—. ¿Y si contratas a un grupo de payasos?

Quinn estuvo a punto de escupir su café.

—¿Estás loco? ¡A todo el mundo le dan pavor!

—Por eso lo digo, sería una fiesta muy distinta a lo que nadie espera.

A la rubia le pareció detectar cierto tono de burla en su voz, pero decidió dejarlo correr porque lo cierto era que la idea de meter a un montón de payasos en un piso para aterrorizar a los invitados tenía mucha gracia. Claro que no podía hacerlo, ¿verdad?

—No conozco a una sola persona a la que le gusten los payasos. Cada vez que sale el tema en alguna fiesta infantil, alguien se estremece y dice: ¡Dios, odio a los payasos, me dan un miedo atroz!

—Hasta hay un nombre para eso, ¿no?

—Coulrofobia, sí.

—Así que te gusta usar palabras raras. —Brennan se recostó sobre el asiento sin abandonar el tono socarrón—. Mucha suerte en tu cita con mi hermano, vas a tener que traducírselas todas.

—¿Cómo sabes que tengo una cita con él? —preguntó ella, sorprendida—. ¡Si acabo de confirmárselo hace diez minutos!

Él se encogió de hombros sin dejar de sonreír.

—¿El grupo de *waspop*? —aventuró Quinn—. No me digas que lo ha puesto ahí, por favor.

—Sí, sí, con un montón de emoticonos. La medalla, las copas de champán, el brazo sacando músculo y unos labios con corazoncitos.

—¡Qué hortera! ¿Cómo se humilla de esa manera un bombero cachas?

—Está en familia, la humillación es algo habitual. —Brennan volvió a mirar el cuaderno con gesto pensativo—. Yo conozco un sitio con un *catering* genial que está muy bien de precio, tienen todo lo necesario. ¿Quieres que te pase el número o que hable con ellos sobre la fiesta?

—¡Sí! Te agradezco que me facilites el trabajo. Aunque no tengas mucho tiempo, la gente siempre espera una comida impecable, una decoración original y una tarta de primera. No se dan cuenta del curro que supone.

—No te agobies, yo te ayudo. La comida la tenemos, y la decoración la montamos el mismo día en un par de horas; respecto a la tarta estoy más perdido.

—Podemos buscar en Google pastelerías próximas —sugirió Quinn.

Al momento notó que lo había incluido en los preparativos y temió que se molestara, porque una cosa era que se incluyera él y otra que ella lo diera por hecho, pero como Brennan no puso cara rara ni hizo ninguna matización al respecto, siguió hablando.

—Y la lista de invitados —suspiró—. Esta es la parte difícil.

—No es tan complicado, verás. —Brennan le acercó el bolígrafo—. Empieza por la familia más cercana. Viva, claro.

—Eso es importante, sí. —Sonrió la joven—. No sé si le hará mucha gracia que invite a sus padres, aunque lo cierto es que son geniales, muy divertidos. Espero que puedan venir, viven en Montreal.

—Son sus padres, vendrán —afirmó Brennan con rotundidad.

—¿Por qué estás tan seguro?

—Lo acabo de decir: porque son sus padres. Es lo normal en una familia.

—Mi madre no vendría a una absurda fiesta de cumpleaños ni loca. Pero bueno, realmente mi familia no puede considerarse normal. —Quinn sacudió la cabeza y escribió en el papel los nombres de los padres de Alissa en primer lugar.

Él señaló el folio con la cabeza.

—¿Hermanos, primos?

—Es hija única y no conozco a sus primos, pero seguro que cuando llame a sus padres podré conseguir esa información.

—¿Amigos y gente del hospital?

—Seguro, de eso hay a patadas, más con comida gratis.

La rubia empezó a hacer una lista que le llevó diez minutos, y después se la pasó a Brennan para que le echara un vistazo, aunque justo antes de que la leyera recordó una cosa y la anotó al final.

—¿De verdad vas a contratar payasos? —preguntó él, tratando de reprimir la risa al leer lo último que la enfermera había escrito.

—¡Si ha sido idea tuya! —protestó Quinn.

—Puede que no debamos tomar café juntos, parece que no sale nada bueno.

Quinn se guardó la libreta, sin dejar de sonreír. Le gustaba que la gente tuviera sentido del humor, en aquel chico no le sorprendía porque alguien que trabajaba repartiendo órganos ensangrentados debía tener mucho.

—Tengo que volver al trabajo. Tu hermano no reventará la sorpresa, ¿verdad? —preguntó, recordando de pronto que Callum formaba parte de la vida de su amiga, y, por extensión, también de sus planes.

Brennan se encogió de hombros.

—Quizá lo mejor sea que le comentes lo de la fiesta, seguro que si está invitado hace lo posible por no estropearla, a menos que sea de forma inconsciente.

—¿Invitado? —Quinn frunció el ceño y entonces entendió a qué se refería—. Ah, ya, claro… es su marido y el dueño del apartamento, sería lo más lógico que estuviera invitado.

—Buena idea, sí —respondió Brennan, como si la sugerencia no hubiera sido suya.

—Entonces iré a hablar con él. —Quinn cogió su bolso y resopló—. Solo espero no encontrarlo metido en el armario con alguna enfermera.

Brennan la miró sin comprender, pero decidió que aquella parte de la vida de su hermano mayor no le interesaba en absoluto y se despidió con una sonrisa antes de desaparecer de regreso a su trabajo.

Un par de minutos después de que Brennan hubiera salido de la cafetería, Quinn se dio cuenta de que no tenía su número de teléfono. ¿Cómo iba a avisarlo para preparar la fiesta de Alissa? Que igual se volvían a ver por casualidad, como había ocurrido ese día, pero a lo mejor no. ¿O se había ofrecido por mera cortesía, pero sin tener intención alguna de presentarse? Podía pedírselo a Malachy cuando salieran el viernes, pero iba a ser un poco extraño si hacía eso.

Quinn sacudió la cabeza, molesta. Ese tipo de cosas eran precisamente en las que no quería pensar, líos que tuvieran que ver con chicos y en si uno de ellos se sentiría molesto si le pedía el número de su hermano, aunque no fuera con intenciones ocultas. Dios no quisiera que de pronto apareciera el tercero en discordia y terminara por redondear la partida, porque entonces le iba a parecer que Justin era un dechado de virtudes.

La joven suspiró y organizó sus ideas con rapidez: uno, buscar a Callum para ponerle al corriente sobre la fiesta secreta. Si debía arrastrarlo en calzoncillos por los pasillos del hospital lo haría, cualquier cosa para que no fastidiara la sorpresa.

Y dos, contactar a todas las personas que había escrito en la lista, empezando por los padres de Alissa. Ya estaba deseando que estuvieran allí, eran muy alocados y no tenían nada en común con su hija, ninguno sabía cómo les había salido una chica tan seria y responsable.

Solo esperaba que Alissa se lo tomara a bien y no la matara por organizar aquello. No estaba segura de que la combinación de padres más payasos más marido gilipollas no terminara siendo un desastre de proporciones épicas.

Capítulo 7: Cita a ciegas

Quinn terminó de vestirse y se miró en el espejo de cuerpo entero de su habitación. Llevaba tanto tiempo sin tener una cita propiamente dicha que le había costado decidir qué ponerse. Tampoco tenía ni idea de qué planes tenía Malachy para aquella noche, si algo en plan informal —que le pegaba más—, o elegante —por dar el pego en la primera cita—. Al final se había decidido por unos pantalones negros y una blusa —la temperatura exterior tampoco invitaba a ponerse vestido—, un maquillaje ligero y el pelo suelto.

Malachy le envió un mensaje para avisarla de que ya estaba en el portal, así que cogió su bolso y su abrigo y se asomó al salón.

—Salgo —dijo.

Justin se metió un puñado de palomitas en la boca y le hizo un gesto con la cabeza, sin apartar la vista de la televisión. Junto a él, en el sofá, estaban unos cuantos anuncios de pisos que Quinn había imprimido, pero que estaban en la misma posición en la que se los había dejado, señal clara de que ni los había mirado. Le daban ganas de cortar la luz a ver si así apartaba la vista de los malditos juegos, pero claro, entonces ella tampoco tendría, por lo que no valía como solución.

Sacudió la cabeza y salió del apartamento con decisión. Tenía una cita y pensaba pasárselo bien, al carajo su ex, ya lo tenía bastante en mente —y en presencia física a todas horas—, aburriéndole la vida.

En la calle comenzaba a nevar, pero Malachy había aparcado justo frente al portal y Quinn solo tuvo que dar una pequeña carrera para subirse al coche.

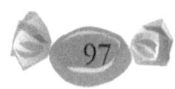

—Estás muy guapa —dijo Malachy.

—¿En serio me vienes con frases tópicas? Si ni has visto lo que llevo debajo del abrigo.

—Bueno, eso da igual, me gusta cómo llevas el pelo.

Le guiñó un ojo y Quinn puso los suyos en blanco. Si es que tenía una cara de sinvergüenza encantador que no podía ser. Por no hablar de ese pelo, que seguro que le había dedicado más tiempo que ella al suyo.

—¿Dónde vamos? —preguntó.

—A un sitio de récord.

—Qué críptico.

—He pensado que esta cita va a ser merecedora de estar en los récord Guinness por lo genial que va a ser, así que… cuando lleguemos lo entenderás.

Quinn se abrochó el cinturón, intrigada, y Malachy puso el coche en marcha. La verdad era que había conseguido captar su atención. Solo esperaba que no la llevara al primer McDonald's inaugurado en Toronto o algo así.

Pero, unos minutos después, se dio cuenta de que no iban hacia el centro, sino dirección a la zona del puerto. La torre CN se encontraba cada vez más cerca, hasta que Malachy se desvió y se metió en el aparcamiento que había al lado.

—¿Vamos a subir a la torre? —preguntó Quinn, cuando bajaron del coche.

—Exacto. —Malachy dobló el brazo con una sonrisa de oreja a oreja y ella se lo cogió—. Paseo por el mirador y cena. Paseo corto, que no sé si has subido alguna vez, pero hará un frío de tres pares de… que pela.

—Pues no, no he estado nunca.

Y era verdad. Al final, al vivir en la ciudad y ver los sitios turísticos todos los días, uno se hacía tanto a ellos que perdía el interés. Había pensado mil veces en subir, pero nunca lo había hecho.

Malachy la guio hasta el interior y fueron a unos ascensores, donde había varias personas esperando. El chico entregó sus tiques y poco después, estaban en lo alto de la cúpula, en el balcón circular que la rodeaba y desde donde se podía ver toda la ciudad.

—Récord número uno: este es el paseo exterior más alto del mundo —explicó Malachy—. Récord número dos: fue el edificio más alto del mundo hasta el dos mil diez.

—Las vistas son impresionantes.

Fueron caminando por todo el paseo. La ciudad se extendía a sus pies, pero también se veía el lago Ontario, las islas… Quinn se preguntaba por qué había tardado tanto en subir.

—¿Sabes cuántos escalones hay hasta aquí arriba? —preguntó Malachy.

—No, pero seguro que tú sí.

—Mil setecientos setenta y seis.

—Si me dices que los has contado sí que me voy a quedar impresionada.

Él se echó a reír, moviendo la cabeza.

—Casi. He hecho unos cuantos maratones y hay que subirlas. Créeme, parecen muchas más cuando las subes.

—¿Haces maratones?

—No muchos, pero el de Toronto sí, lo hacemos para recaudar fondos. Además, otra cosa no, pero en la estación no hacemos más que subir y bajar escaleras. No sé por qué hay tantos incendios en alturas, la gente podría incendiar primeras plantas, pero no, la mayoría son en pisos altos.

—Seguro que no lo hacen a propósito. —Rio Quinn.

Estaba sorprendida. Había esperado cualquier cosa menos una conversación normal, un sitio perfecto para una cita… Aquel no parecía el Malachy que había conocido. A ver si era todo influencia de Maeve y sus hermanos y, fuera de ese entorno, el chico era totalmente diferente. Tal y como iba el tema, no se arrepentía de haber decidido darle una oportunidad.

Comenzaba a nevar de nuevo, por lo que decidieron dar el paseo por concluido y dirigirse al restaurante. Todas las mesas tenían vistas al exterior y, además, el lugar rotaba, lo que añadía encanto a la experiencia.

—¿Qué te parece el sitio? —preguntó Malachy.

—¿Traes aquí a todas tus primeras citas? —contestó ella, en tono de broma.

—Solo a las que merecen la pena y necesito impresionar —le dijo, con un guiño.

El camarero les llevó la carta y, después de pedir, Quinn se quedó unos segundos observando a su cita.

—¿Tengo algo en la cara? —preguntó Malachy, llevándose una mano a la cabeza—. O peor, ¿me he despeinado?

—No, tienes el pelo perfecto.

—Menos mal —suspiró aliviado.

—Te miro porque… No sé, no me imaginaba que la cita fuera a ser así. No te imaginaba tan…

—¿Genial? ¿Maravilloso?

—Detallista. Tienes que admitir que las veces que he estado con vosotros, os portáis como niños pequeños.

—Bueno, a ver, Cian y yo tenemos algo de rivalidad, es lo normal. Y a mi madre le encanta mimarnos.

—Sí, sobre eso, por ejemplo. ¿No crees que ya sois mayorcitos para que os lleve *tuppers* de comida?

—A ella le gusta hacerlo. —Se encogió de hombros—. Siente que tiene que cuidarnos todavía, sobre todo a mí.

—¿Y eso? ¿Porque eres el pequeño?

—Sí, en fin, tuve una época… difícil, me metí en cosas que no debía y al final si no es por la familia, no sé cómo habría acabado. Así que mi madre me vigila más que al resto, por si acaso vuelvo a caer.

—Vaya.

Y de nuevo, algo inesperado. Aquel chico era un pozo de sorpresas. No necesitaba leer mucho entre líneas para imaginar de qué podía estar hablando, pero tampoco preguntó porque justo les llevaron el primer plato y, por otro lado, tampoco quería meterse donde no la llamaban. Si él quería darle detalles, ya lo haría, aunque fuera en otra cita.

Bebió un sorbo de vino dándose cuenta de lo que había pensado. Había salido casi por obligación, y ahí estaba, pensando en otra cita. Quién se lo iba a decir.

—¿Cómo decidiste ser bombero? —preguntó, con curiosidad.

—No era muy bueno estudiando y me gustaba hacer ejercicio. Vi que hacían pruebas y me presenté a probar suerte.

Bueno, no era un motivo muy profundo, la verdad.

—Pero ahora te gusta, ¿no?

—Sí, no es nada aburrido. Esta semana hemos tenido unas cuantas salidas.

Empezó a relatarle todas y cada una de las actuaciones que habían tenido aquellos días, haciendo hincapié en su papel en todas ellas. Tal y como lo contaba, parecía el héroe de la ciudad, merecedor cuando menos de la llave de la misma.

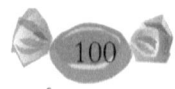

Para cuando llegaron al postre, Quinn tenía de nuevo dudas sobre una segunda cita. Porque si era para estar oyéndole todo el rato hablar sobre sí mismo… que no le había preguntado ni una sola vez a ella qué tal.

Después de cenar fueron a un bar cercano, donde por fin Malachy se interesó por su trabajo.

—¿Qué tal en el hospital? Callum está todo el día quejándose de los horarios.

—Sí, bueno, no es que nuestros trabajos tengan mucho que ver, pero sí, los horarios son duros.

—Como los nuestros, tener que hacer guardias de veinticuatro horas es lo peor.

—A veces tenemos que doblar turno, sí.

Le habló un poco de pediatría, pero no estaba segura de si la estaba escuchando o no porque la música había subido de volumen. Al final dejaron la conversación y salieron a la pista a bailar un rato, otra cosa que Malachy también hacía bastante bien.

Un par de horas después, decidieron que podían dar por terminada la noche y Malachy la llevó a casa. Detuvo el coche frente al portal y Quinn miró hacia su edificio. La ventana del salón daba a la calle y vio que la luz estaba todavía encendida, lo cual quería decir que Justin seguía jugando o se había quedado dormido con el mando en la mano, que no sería la primera vez. En cualquiera de los dos casos, le pareció que aquello podía servir como prueba de fuego para los dos: Justin y Malachy.

—¿Quieres subir a tomar un café? —ofreció.

El chico la miró sorprendido, pero pronto su rostro ofreció una sonrisa confiada, mostrando lo seguro que estaba de sí mismo. A Quinn hasta le pareció que hinchaba el pecho como un pavo.

—Claro.

—Tengo que advertirte de una cosa —siguió ella, mientras entraban al portal—. No vivo sola.

—¿Compartes piso con alguna amiga?

—No, con mi ex.

Malachy la miró sorprendido, sin saber muy bien cómo encajar aquella información. Entraron en el ascensor y ella pulsó el botón de su piso.

—Te aviso porque puede que lo veas, sin más. Está buscando piso, pero no termina de decidirse.

—Ah.

Esperaba que ni se lo encontraran, porque de lo contrario, menudo «café» más extraño iba a ser. No conocía método más antisexo que un ex pululando por allí.

Llegaron al apartamento y dejaron los abrigos en la entrada. El salón estaba justo al lado y se asomaron. Malachy parpadeó sorprendido al ver al tío que estaba tirado en el sofá, con un mando en la mano. ¡Era enorme! Vamos, que si le soltaba un «volveré»[6] se creería que era una máquina de matar del futuro. No había esperado que el ex de Quinn estuviera así de cachas, aunque claro, ahora entendía que hubiera salido con él: estaba claro que a la chica le iban los tíos de gimnasio.

El chico los miró y levantó una ceja.

—Hola, Justin —dijo Quinn—. Te presento a Malachy, mi cita.

—¿Has tenido una cita?

—Voy a preparar café.

—Genial, yo quiero uno con leche.

—Para ti no. ¿Malachy?

—Solo, gracias. —Miró la televisión—. Espera, ¿eso es el *Zombies Battlefield 4*?

—Recién comprado.

—No me lo puedo creer. —Entró y se sentó junto a él en el sofá—. Llevo semanas esperando que me llegue. ¿Cómo van las partidas *on line*? ¿De verdad es ilimitado el número de jugadores?

—Ahora mismo estoy conectado con cuarenta.

Quinn se fue a la cocina a preparar el café. De momento Justin no parecía ni lo más mínimamente incómodo por tener a otro tío allí, saliendo con su exmujer. Quizá si se acomodaba… pero cuando regresó con las dos tazas, se dio cuenta de que bien podía pasearse en pelotas y con un bikini de nata, ya que estaban los dos absorbidos por los zombis de marras y no apartaron la vista de la televisión. Malachy incluso tenía la boca llena de palomitas mientras manipulaba otro mando de una forma que le dejó claro a Quinn que no era la primera vez que jugaba.

Depositó los cafés sobre la mesa frente a ellos y los dejó solos para irse a la cama. Que terminaran la cita juntos, seguro que iban a ser felices y comer perdices.

---

[6] Película: Terminator (1984)

Malachy O'Connor quedaba tachado de lista de segundas citas.

Al día siguiente, al levantarse se encontró con un mensaje de Malachy diciéndole lo bien que se lo había pasado y que cuándo repetían, que estaría encantado de ir a cenar a su casa.

«Sí, claro, a otra batallita y yo de cocinera, no te digo», pensó ella.

Le contestó con un «no, gracias, con una cita ha sido suficiente», y se fue a tomar su café diario con Alissa, que la estaba esperando en la cafetería. Al entrar no habían podido más que saludarse, aunque como habían intercambiado unos cuantos mensajes por la noche su amiga estaba al tanto de lo que había ocurrido.

—¿Te puedes creer que me ha pedido otra cita? —resopló Quinn, sentándose junto a ella—. Que le invite a cenar a casa, ¡pero qué morro tiene!

—Se quedaría a medias de la partida.

—Pues que le pida la cita a Justin, que buenas migas hicieron. En fin, ¿has pensado qué quieres hacer en tu cumpleaños?

—Nada especial, de verdad, con que cenemos tú y yo juntas me vale. Podemos hacer una maratón de alguna serie de esas guays o algo.

—Lo de guays es discutible, que no sales de los médicos, pero bueno, es tu cumpleaños así que lo que prefieras. ¿Quedamos en tu nuevo piso? Paso de cenar en el mío con Justin ahí.

—Callum puede estar también presente.

—Lo mandamos a la lavandería si nos molesta. —Terminó su café y se levantó—. ¿Quedamos a las ocho?

—Vale, sin problema.

Quinn se despidió y sacó su móvil para enviarle un mensaje a Brennan informándole de la hora. Cuando había buscado a Callum para pedírselo, la conversación había sido bastante absurda:

—Necesito el móvil de tu hermano.

—¿De Malachy?

—No, tu otro hermano.

—¿Cian?

—¡Tu otro hermano!

—¿Brennan?

—No tienes más, ¿no?

—No, pero creo que eres la primera chica que me lo pide. Tendré que preguntarle.

—Mira, dale el mío y que me mande un mensaje…

Y así había hecho: al final había escrito el número en un papel, le había explicado que era para la fiesta de Alissa avisándole de paso de lo que iba a hacer, y un rato después, Brennan le había escrito un mensaje de vuelta.

El chico la había ayudado a encontrar los payasos que iban a estar repartiendo chucherías, chucherías que él mismo se encargaría de comprar, ya que los O´Connor parecían conocer los mejores sitios para comprar cualquier cosa que llevara azúcar.

Los padres de Alissa habían confirmado, así como gente del hospital y toda la familia O'Connor. Seguro que a su amiga le hacía ilusión, por mucho que dijera que no. ¿A quién no le gustaba una fiesta sorpresa?

Quinn se bajó de su furgoneta y descargó un par de cajas que llevaba llenas de adornos varios para la fiesta. Brennan, tal y como habían quedado, la estaba esperando en el portal del edificio de su hermano y se acercó para coger una de las cajas.

—Gracias. ¿Tu hermano está arriba? —preguntó ella.

—Sí, acaba de llegar, así que entre los tres nos dará tiempo a preparar todo.

Brennan había dejado el portal abierto, así que entraron y subieron al piso. Callum abrió la puerta, vestido solo con unos pantalones cortos.

—¿Eso es lo que vas a llevar puesto? —preguntó Quinn, mirándole de arriba a abajo.

—Sí. Bueno, no, me falta una camiseta.

—Pues venga, que se nos echa el tiempo encima. Despeja el salón, que vamos a ir poniendo todo ahí.

Callum se apartó para dejarlos pasar, cogió una camiseta de su habitación y fue al salón pasándosela por encima de la cabeza. Brennan y Quinn dejaron las cajas en el suelo, mientras él apartaba el sofá hacia una esquina y movía la mesa del centro. Bajo ella, apareció una banda elástica negra, como de un metro de largo y un palmo de ancho.

Callum la cogió extrañado y le dio un par de vueltas en la mano, preguntándose qué demonios era y para qué servía, porque suyo no era.

—Eso es de Alissa —dijo Quinn, acercándose.

—¿De Alissa?

—Claro. Déjaselo en su cuarto, le hará falta.

Callum la miró, pero ella ya estaba sacando cosas de la caja sin prestarle atención. El chico volvió a mirar la goma, la estiró un par de veces y la observó pensativo, hasta que Brennan le dio un empujón.

—¿Quieres espabilar? ¡Que apenas nos queda tiempo!

—Sí, voy, voy.

Llevó la goma a la habitación y se quedó parado unos segundos, sin saber dónde dejarla. No se le ocurría ningún otro uso que no tuviera que ver con actividades en la cama, así que la dejó sobre ella.

Salió del cuarto dándole vueltas al tema. Nunca hubiera imaginado que Alissa fuera aficionada a ese tipo de cosas, pero si lo pensaba bien, con lo seria que era… le pegaba ser de las que daban, más que recibían. Aquello le produjo unas imágenes en la mente que lo volvieron a distraer: Alissa con unos tacones de vértigo y aquella goma en la mano como si fuera un látigo… o quizá era para atar las manos y…

—¡Callum! —Oyó que gritaba su hermano.

El chico parpadeó y miró al frente, encontrándose con que Brennan estaba en la puerta del salón, mirándole con impaciencia.

—¿No puedes estar concentrado más de dos minutos? ¡Te vas a las nubes a la primera de cambio! ¿Se puede saber en qué demonios estás pensando?

—No, en nada, en nada, ya voy.

Carraspeó y fue a ayudarlos. Quinn le pasó unos sacos de gominolas.

—Esto es para poner en recipientes. Hay otro saco con chocolatinas, así que puedes mezclar a tu gusto.

Callum se fue a la cocina a buscar recipientes para poner la comida.

Quinn sacó una guirnalda y varias letras de una de las cajas, observándolas pensativas.

—Hay que meterlas para poner «Feliz cumpleaños, Alissa». No tenían customizadas con su nombre.

—Vale, yo te doy y tú metes.

—Cómo ha sonado eso…

Brennan se echó a reír y le pasó una A.

—Por cierto, ¿qué paso con mi querido hermano bombero? —preguntó.

—¿Por? ¿Qué os ha contado?

—Que os lo pasasteis genial, dice que fue una cita de récord.

—Sí, de partidas a no sé qué rollos de zombis. —Metió un par de letras más—. No me cae mal tu hermano, pero no es mi tipo. Ya le he dicho que no habrá más citas.

—A mi madre le caes muy bien, que lo sepas. Creo que se ha llevado más disgusto que él.

—Ya caerá otra. —Metió más letras y estiraron la cinta—. Espera…

—«Feliz Alissa cumpleaños». No, algo falla.

—Pero, ¿cómo ha pasado?

Las sacó y volvieron a empezar, esta vez prestando más atención, hasta conseguir colocar las letras en el orden correcto. Después Brennan se subió a una silla para colgarlo de una lámpara, mientras Quinn hacía lo propio en otro extremo y por fin quedó enganchado el letrero.

Se movieron hasta la entrada del salón para admirar su obra.

—Bueno, parece más bien que pone algo como «*Felz cuplños, Alsa*» —dijo Quinn—, pero se sobreentiende.

—Este salón es pequeño, pero en el pasillo sí que quedaría peor.

—Pues así se queda. Seguro que a Alsa le encanta. —Se miraron sonriendo y Quinn fue la primera en apartar la vista con un carraspeo—. Venga, vamos a inflar globos.

Abrió una caja y la vació sobre el sofá. Brennan se acercó y cogió uno.

—¿Crees que con los mil que hay aquí bastará?

—No exageres. —Miró el exterior de la caja—. Son solo quinientos, ejem. Vamos inflando y cuando nos quedemos sin pulmones paramos.

Callum regresó con varios boles que dejó sobre la mesa que habían apartado y Quinn le indicó dónde colgar más guirnaldas de

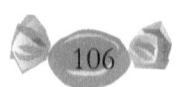

colores chillones. Ellos se dedicaron a inflar globo tras globo, intercambiando un montón de miradas cómplices. Un rato después, cuando Callum estaba preparando los aperitivos, llamaron al timbre.

Fue a abrir y al momento cerró de golpe, llevándose la mano al corazón al mismo tiempo que saltaba hacia atrás.

Joder, que había visto *It*[7] dos días antes, ¿es que los payasos no podían ponerse otro maquillaje?

El timbre volvió a sonar, así que cogió aire y abrió la puerta, forzando una sonrisa a los dos tipos vestidos de payaso que había al otro lado de la puerta.

—Venimos a la fiesta de cumpleaños —dijo uno.

—Es aquí, ¿no? —preguntó el otro, mirando el número de la puerta.

—Sí, sí, pasad. Perdón por cerrar la puerta, se me ha escapado sin querer. —Se hizo a un lado y señaló al salón—. Es por ahí.

Cerró la puerta tras ellos y los siguió hasta el salón. Quinn estaba inflando un globo y, al verlos, se le escapó. Brennan lo esquivó a duras penas y casi tiró un bol de palomitas al girar y encontrarse con los payasos.

—Van a ser la bomba —se burló Quinn.

Los dos hermanos la miraron como si estuviera loca. La chica los ignoró y se acercó a los dos payasos, sin quitar su expresión divertida.

—Mirad, uno de vosotros se pondrá en la puerta para abrir a los invitados —les explicó—. Y el otro que esté por el salón con esos boles de chucherías, para que la gente vaya cogiendo.

—¿Queréis que hagamos alguna canción o muñecos con globos?

—No, tranquilos, es una fiesta de adultos. Con vuestra presencia basta.

A ellos no parecía importarles, sobre todo después de que Quinn les diera un par de billetes como anticipo tal y como habían acordado; el resto, al terminar la fiesta.

Ya solo quedaban unos veinte minutos para las ocho, así que los invitados tenían que estar a punto de llegar.

---

[7] Novela de Stephen King de 1986, mini serie de 1990, película de 2017.

Capítulo 8: It

—¡Bienvenidos a la fiesta!

Malachy dio un salto atrás cuando vio que un payaso con un globo rojo en la mano le abría la puerta del piso de su hermano.

—Por Dios, qué susto —dijo, llevándose la mano al corazón.

—¿Te gusta el rojo o prefieres otro color?

El payaso lo miraba con una sonrisa que al chico le parecía de todo menos amable, así que cogió el globo y pasó a su lado con rapidez… para volver a saltar de nuevo al llegar al salón y encontrarse con otro, este con un bol de gominolas en las manos.

—¡¿Queréis matar a los invitados o cómo va esto?! —exclamó, cogiendo un buen puñado de gominolas sin mirar al payaso a la cara.

—No seas exagerado —dijo Brennan.

Escucharon que alguien llamaba al timbre y, al poco, la voz sobresaltada de Cian.

—¡Madre de Dios!

Brennan intercambió una sonrisa con Quinn, mientras su último hermano entraba en el salón, daba un bote al ver el otro payaso y cogía su ración de gominolas.

—Casi me da algo —dijo, acercándose a ellos.

Callum apareció con unas latas de cerveza que dejó sobre un mueble.

—Ah, qué bien, ya estáis aquí.

—¿Ha sido tuya la idea de intentar matar a los asistentes del susto? —preguntó Malachy.

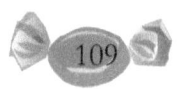

—No es para tanto, hombre —carraspeó, evitando mirar al payaso que estaba justo en la puerta con las gominolas—. Coge algo para beber, anda.

Escucharon el ruido de llaves en la puerta y Callum miró el reloj, sorprendido. Se suponía que era pronto para que Alissa llegara… Pero la exclamación femenina no era de ella. Al momento, se oyó un golpe.

—¡Señora! —Escucharon que gritaba el payaso—. ¡Que estoy trabajando!

Todos corrieron a asomarse al pasillo, para encontrarse con Maeve, bolso en alto, amenazando al payaso de los globos. El hombre retrocedió y miró a Callum.

—Oiga, en el trabajo no va incluido esto, tendrán que pagarme más si veo peligrar mi integridad física.

—Tranquilo. —Callum se acercó a su madre y la cogió por los hombros—. No volverá a ocurrir. Además, tendría que haber llamado al timbre y no entrar con sus llaves, ¿verdad, mamá?

Maeve se dejó llevar, no sin antes mirar de arriba abajo al payaso con desconfianza mientras seguía sujetando el bolso como si fuera a utilizarlo de un momento a otro.

—He entrado sin llamar para no interrumpir la fiesta —explicó.

—Todavía no ha empezado, falta gente por llegar.

El timbre sonó de nuevo y Callum corrió a abrir; visto lo visto, mejor se quedaba por allí para evitar que los invitados se asustaran y que a alguno se le ocurriera atacar de nuevo al pobre payaso.

Poco a poco fueron llegando los demás, en su mayoría gente del hospital, aunque también un par de chicas que Callum no había visto nunca y que Quinn presentó como «amigas del grupo». De qué grupo, no especificó, aunque al chico le vinieron al momento a la mente las gomas negras… Pero no pudo pensarlo mucho porque Quinn le dio un manotazo que le sacó de sus pensamientos.

—¿Qué pasa? —preguntó, frotándose el brazo.

—Alissa está abajo, me acaba de enviar un mensaje para decirme que ya viene así que todos listos.

—¿Y sus padres? —preguntó Brennan.

—De camino del aeropuerto, habrán pillado tráfico. Pero no veo la forma de retenerla abajo sin que los vea venir, así que la sorprenderán después.

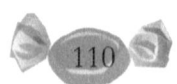

Indicó a los payasos que se colocaran a ambos lados de la puerta del salón, en cuyo interior estaban todos los invitados, y fue a apagar la luz. Se quedó junto al interruptor, atenta a cuando Alissa llegara.

Un par de minutos después, escucharon el ruido de llaves en la entrada, seguidos por unos pasos que se acercaban.

En cuanto la figura de Alissa se vislumbró en la puerta del salón, Quinn encendió las luces y todos exclamaron a la vez:

—¡Sorpresa!

Alissa dio un respingo al ver de pronto a toda aquella gente en el salón y tuvo que abrir y cerrar los ojos para convencerse de que era real. No podía creérselo, ¿en serio Quinn le había hecho una fiesta sorpresa? Y eso que le había dicho que no quería nada… pero se fijó en el cartel, «*Felz cuplños Alsa*», en toda la gente que había y en los dos payasos con los globos y gominolas y no pudo evitar sonreír.

—Te odio —le dijo, cuando su amiga se acercó para darle un abrazo.

—Sí, yo también a ti. Que sepas que tu marido ha colaborado, no solo ha dejado que lo prepare sin más. Él y Brennan se han encargado de que haya tanto dulce.

A Alissa aquello le sorprendió casi más que la fiesta en sí. No había esperado nada de Callum y menos que accediera a ayudar a Quinn. Los invitados comenzaron a acercarse para felicitarla, así que estuvo un buen rato entretenida dando besos, incluyendo a Maeve, que la abrazó como si le fuera la vida en ello. Después fueron sus tres hijos menores y, por último, Callum, que se acercó a ella no muy convencido. Nunca la había visto tan sonriente, por lo que no estaba seguro de si era real o fingido. ¡Si hasta había parecido entusiasmada con los payasos!

—Felicidades —le dijo, con cautela.

—Muchas gracias. —Alissa siguió sonriendo—. Está todo genial.

—¿Hasta los payasos?

—¡Me encantan los payasos! ¿A quién no le gustan?

—Bueno, ejem. —Carraspeó—. ¿No te dan un poco de mal rollo? Parecen de *It*.

—¿De qué?

—De *It*. De «Eso».

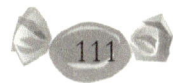

111

—¿Eso? —Miró a su alrededor—. ¿Qué eso? No sé a qué te refieres.

—No a eso de algo, a *It*, «Eso». Ya sabes, «todos flotan aquí abajo».

Alissa movió la cabeza, mirándole sin entender nada.

—De verdad, esto parece una conversación de besugos, ¡es absurda!

—¡Es que no me entiendes! ¿Cómo no puedes saber lo que es «Eso»?

La chica frunció el ceño. A ver si todo era una trampa para continuar con el tema de lo absurdo porque desde luego, no se le ocurría otra palabra para describir aquella conversación. Por suerte, justo en ese momento sonó el timbre de la puerta y le sirvió de excusa para alejarse.

—Voy a ver quién es —dijo, retrocediendo.

Salió con rapidez hacia la puerta, sin darse cuenta de que Quinn estaba intentado abrirse paso entre la gente para adelantarse a ella. Llegó a la entrada y abrió, vio a la pareja sonriente al otro lado… y cerró al momento, palideciendo.

—Ya venía yo —dijo Quinn, apareciendo a su lado sin aliento—. Quería darte una sorpresa.

—¿Tú les has invitado?

—Claro, ¿sorprendida?

—Dios mío, Quinn. —La cogió de los brazos, ignorando el timbre que sonaba de nuevo—. ¡Que no saben nada!

—¿A qué te refieres?

—A la boda —bajó la voz—, a Callum, a su familia, ¡todo!

—¿Me estás diciendo en serio que no les has dicho a tus padres que te has casado?

—¡Claro que no! Es temporal, ¿recuerdas? —siseó.

—Pues ya puedes correr, porque mandarlos de vuelta…

Alissa abrió la puerta antes de que llamaran de nuevo. Sus padres, Anthony y Sabrina, que esperaban al otro lado, eran una pareja que desprendía simpatía por todos los poros. Parecían más jóvenes de lo que en realidad eran, tanto por su forma de vestir como por su actitud, y Alissa no pudo pensar sino en lo totalmente opuestos a Maeve que eran.

—¡Felicidades, cariño! —exclamaron ambos a la vez, todo sonrisas.

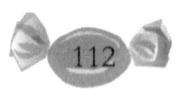

—Sí, ya, gracias. —Los empujó hacia fuera y entornó la puerta tras ellos—. Escuchad, que esto es importante. Me he casado por error y voy a mantener una farsa durante unos meses. Dentro está mi falso marido, su madre y sus hermanos, así que fingid que lo sabíais y que estáis super felices por nosotros. La madre es muy religiosa así que le seguís la corriente, ¿entendido?

Sus padres se miraron, asimilando la información.

—¿Y por qué no te divorcias si es un error? —preguntó su madre.

—Para no darle un disgusto a Maeve, su madre.

—O sea, tu suegra —añadió su padre.

—Eso. Vosotros solo sed simpáticos y ya está, tampoco hace falta que habléis mucho, ¿entendido?

—Más o menos.

Alissa se temía que aquello no fuera a salir bien, jamás había visto a sus padres callados, con lo sociables que eran. Pero tampoco podía echarlos sin más, aunque la idea fuera tentadora.

Cruzó los dedos y empujó la puerta para que pasaran. Al ver a Quinn, los tres se fundieron en un abrazo lleno de exclamaciones de cariño.

—Cuánto amor —refunfuñó Alissa, adelantándoles—. Ni que fuera vuestra hija perdida.

—Es que nuestra hija es una rancia —replicó Sabrina, cogiendo a Quinn del brazo—. Oye, ¿qué es esa historia de la boda?

—Ni yo lo tengo claro, solo sé que Alissa y Callum se emborracharon y no se acuerdan de nada.

La pareja miró a su hija como si no la conocieran.

—¿Alissa, borracha? —repitió su madre.

—Ni que fuera tan raro —murmuró ella.

—No conocíamos esa faceta tuya, comprenderás que nos sorprenda —comentó Anthony.

Los tres emitieron unas risitas mientras Alissa ponía los ojos en blanco. Llegaron a la entrada del salón y ella agitó la mano para llamar la atención de Callum.

—¿Ese es tu marido? —Su madre no escondió la sorpresa en su voz.

—Sí, ¿por?

—Pero si está para comérselo.

—Y eso que no le has visto el culo —comentó Quinn.

Callum se acercó a ellos y Sabrina se adelantó a estrecharle la mano, con una sonrisa que él correspondió, aunque no tenía ni idea de quién ella aquella mujer rubia de aspecto tan simpático.

—Encantada de conocerte, soy tu suegra —dijo ella—. Pero puedes llamarme Sabrina. O como quieras, con esos ojitos que…

—Soy Anthony —interrumpió su marido—. No le hagas caso a mi mujer, se entusiasma mucho. —Le estrechó la mano—. Así que una borrachera, ¿eh?

—Ah, bueno, esto… —Miró de reojo a Alissa—. En realidad…

—Tranquilo, no pasa nada, os seguiremos el juego —aclaró Sabrina—. ¡Para una vez que nuestra hija hace algo divertido! ¿Nos presentas a tu madre?

—Voy a buscarla.

Se dio la vuelta con expresión confusa. ¿En serio aquellos eran los padres de Alissa? ¡Si no se parecían en nada!

Sabrina le dio un codazo a su hija.

—Mamá…

—Madre mía, ¡pero qué culo tiene! Si es que dan ganas de apretarlo…

—¡Mamá! Papá, dile algo.

—¿Qué quieres que le diga, si hasta yo veo el culo que tiene el chico? Es un hecho objetivo, cariño.

—Vamos a ver, ¡que está mirando el culo de otro tío que no eres tú!

—Que haya comprado no quiere decir que no se pueda mirar el escaparate. ¿En serio no te has fijado en su culo?

—Pues claro que me he fijado, pero no sé que tiene eso que ver… —Se dio cuenta de que los tres volvían a mirarse—. ¡Vale ya con las miraditas!

Si es que no había manera de hablar en serio con ellos, al final acababan sacándola de sus casillas y decía cosas que no debía, como que había mirado el culo de su marido. Quien ya regresaba con su madre, así que repartió unos cuantos codazos a ver si se les metía algo de seriedad en el cuerpo y puso su sonrisa amable.

—Mamá, estos son los padres de Alissa —dijo Callum, acercándose a ellos—. Sabrina y Anthony.

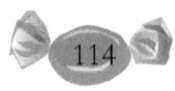

—Estaba deseando conoceros —dijo ella, estrechándoles la mano y dándoles un efusivo abrazo—. Qué pareja más encantadora.

—Nosotros también teníamos muchas ganas de conocerte —contestó Sabrina—. Alissa habla maravillas de ti.

—No podía haber pedido una nuera mejor, la verdad. ¿Qué os parece la fiesta? Yo la hubiera hecho en la iglesia, que tiene unos jardines preciosos, pero bueno, como está nevando…

—Sí, aquí mejor —interrumpió Alissa.

—¿Qué tal te viene este domingo para ir? —Miró a sus padres—. No hay manera de que coincida para que vaya, ¿os quedaréis vosotros hasta entonces?

—Bueno… —empezó Alissa.

—No lo tenemos decidido —dijo Anthony, con una sonrisa divertida.

—Es una pena que no hayas podido ir todavía —añadió Sabrina—. Con lo creyente que tú eres.

—Sí. —La fulminó con la mirada—. Mucho.

Maeve agarró a Callum y tiró de él.

—Ay, mamá —protestó él.

—Ya te vale, por cierto, que le organizas todo esto a tu mujer y no eres capaz ni de acercarte a darle un beso de felicitación.

Ellos se miraron, ambos con cara de susto. Callum abrió y cerró la boca un par de veces buscando qué decir, mientras Alissa buscaba la forma de excusarse. Pero su madre, siempre tan solícita, le dio un empujoncito hacia el chico.

—Venga, cariño, que no te dé vergüenza. —Le guiñó un ojo—. Que estáis casados, cosas más fuertes habréis hecho en el dormitorio.

—¡Mamá!

—Y más deberían hacer —añadió Maeve, lo que atrajo las miradas de todos—. No me mires así, hijo, que quiero nietos.

—Huy, sí —corroboró Sabrina—. Nosotros estamos deseando tener, ¿verdad, cariño?

—Cuatro, por lo menos —replicó Anthony.

—Anda, qué casualidad, justo los que tengo yo. Ahora mismo os los presento.

—Voy a buscarlos —dijo Callum, con rapidez.

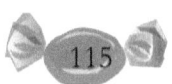

Ya tenía la excusa para alejarse, pero no pudo hacerlo porque Maeve lo sujetó del brazo.

—Primero el beso, hijo, no seas así que la pobre está esperando.

—No, si yo… —empezó Alissa.

Pero Maeve dio un empujón a Callum que lo dejó justo delante de ella y el chico tuvo que cogerla por los brazos para evitar arrollarla. Levantó las cejas de forma interrogativa, reacio a lanzarse a darle un beso sin su permiso, por corto que fuera, pero de pronto Alissa levantó la mano. Durante un segundo el chico pensó que iba a darle un tortazo, pero ella le cogió del cuello para obligarlo a bajar la cabeza.

Alissa estaba cansada de toda aquella palabrería y decidió que lo mejor sería terminar cuanto antes con aquello, no fuera a seguir Maeve insistiendo en el tema toda la noche. Total, era solo un mísero y simple beso, no era tan grave.

Pero entonces notó los labios de Callum sobre los suyos y la palabra «mísero» quedó relegada al olvido. Porque no había nada de eso en aquellos labios, suaves y calientes, que acariciaban los suyos de una forma que no tenía nada de simple. Su propia boca parecía tener vida, puesto que la entreabrió para notar el roce de su lengua, que le causó un estremecimiento desde la cabeza a la punta de los pies. Por fin entendía los comentarios de las enfermeras sobre lo bien que besaba, pensamiento que le hizo apartarse al momento. No, no iba a caer como todas ellas.

—Oh, qué bonito —comentó su madre, con un par de aplausos.

—Hacen una pareja perfecta —añadió Maeve—. Vamos a tener unos nietos preciosos.

—Eso seguro —corroboró Anthony, con un guiño.

Alissa contuvo las ganas de poner los ojos en blanco de nuevo, tanto buen rollo le estaba empezando a provocar justo lo contrario. ¿Por qué tenía que tener unos padres tan guays y no unos normales, como todo el mundo? ¿Desde cuándo unos padres se alegraban de que su hija se emborrachara y se casara con un completo desconocido? ¡Si no había por dónde coger el tema!

Callum carraspeó, evitando mirarla a los ojos.

—Voy a por mis hermanos —dijo.

Se dio la vuelta con rapidez para alejarse de allí, no solo para buscar a sus hermanos como había dicho, sino porque aquel beso

116

le había alterado de una forma extraña y no quería que nadie se diera cuenta.

Se abrió paso entre la gente y fue enganchando a cada uno de sus hermanos para llevárselos con él hasta el grupo familiar.

—Ah, aquí están —dijo Maeve—. Este es Malachy, bombero.

—Qué pelo tan bonito —comentó Sabrina.

—Cian, policía.

—Qué sonrisa tan espectacular.

Quinn le dio un codazo a Alissa, susurrándole un «¿ves?», a lo que ella miró al techo. Si es que su amiga se parecía más a su madre que ella misma.

—Y él es Brian.

—Brennan —corrigió el chico automáticamente.

—No sé qué hace, algo sangriento.

—Traslado órganos para trasplantes, sangre para transfusiones… ese tipo de cosas.

—Tienes unos ojos preciosos. —Miró a Maeve—. Qué gran familia.

—Muchas gracias. Estamos intentando que Quinn se una también, ya que es como una hermana para Alissa. ¿No sería perfecto?

—Estoy seguro de que Quinn no sabe a quién elegir, con lo buenos hijos que parecen —comentó Anthony, cogiendo a la chica del brazo para atraerla hacia él—. ¿Verdad, querida hija postiza?

—Sí, ejem, es todo un dilema. Me voy a buscar algo para beber.

Y se alejó antes de que Alissa pudiera engancharla. Seguro que su amiga se la guardaba por dejarla sola, pero ya lidiaría con eso más tarde. Además, la perdonaría en cuanto viera su regalo. Se mezcló entre la gente, hablando con unos y otros, mirando de vez en cuando a ver si Alissa se lo pasaba bien. Cosa que no parecía de momento, aunque un rato después Maeve se marchó y sus padres se pusieron a bailar, con lo cual su amiga por fin pareció relajarse. Se fue a coger una cerveza, que casi tiró cuando el payaso de los globos apareció a su lado y le ofreció uno con forma de perrito.

—No, estoy bien, gracias —le dijo.

—Te hago otra cosa si quieres.

—No hace falta, si ya os dije antes que todos somos adultos.

—Nos han pedido aquellos dos chicos. —Señaló a Malachy y a Cian, que estaban cada uno con una espada de globos, pegándose—. Y ya que me he puesto, pues ha venido más gente. Total, va en el precio.

—Ah, bien. Pero no me hace falta, gracias, puedes dárselo a otra persona.

El payaso se encogió de hombros y se marchó con el perro, mientras Quinn se sacudía.

—¿Estás bien? —preguntó Brennan, acercándose a coger una cerveza también.

—Sí, es que no sé qué me da más repelús: si el payaso en sí o el perro, que parece que le ahorcan los propios globos de los que está hecho.

Brennan dio un trago a su cerveza mirándola de forma pensativa.

—Pues nunca lo había visto desde esa perspectiva —dijo, al fin—. Creo que no veré a los globoanimales de la misma forma.

—Pues imagínate cuántos tengo que ver en mi vida, que la planta infantil está llena.

—Al menos la cumpleañera está contenta.

Señaló con la cabeza hacia Alissa, que estaba junto al payaso de los globos con una sonrisa. El hombre manipulaba varios y le entregó algo, que ella cogió con entusiasmo. Con ello en la mano, se aproximó a la zona de bebidas y se lo enseñó a Quinn.

—¿No te encanta?

—Es el gato más bonito que he visto en toda mi vida —contestó ella en tono neutro.

Brennan escupió la mitad de la cerveza que tenía en la boca y Alissa le dio unas servilletas, mirándolo preocupada.

—¿Estás bien?

—Sí, todo bien. Un gato precioso. Voy al baño a limpiarme un poco esto.

Se alejó pasándose las servilletas por la camiseta. Quinn sacó un papel que llevaba guardado en el bolsillo trasero de los vaqueros y se lo entregó a Alissa.

—¿Qué es esto? —preguntó ella.

—Tu regalo de cumpleaños.

—Ya te vale, si con la fiesta era suficiente. —La abrazó y abrió el papel, que leyó un par de veces antes de dar un par de palmaditas

con cuidado de no explotar el gato—. ¡Me encanta! ¿Este fin de semana?

—Sí, nos vamos mañana. Miré tus turnos así que lo cogí antes de que se complicara algo. Pensé que te vendría bien alejarte unos días de toda esta situación extraña.

—Claro, sobre todo después de invitar a mis padres a traición, ¿no? —Le dio con el papel en el hombro—. ¡Ya te vale!

—Ya te vale a ti. —Le devolvió el manotazo—. ¡Yo que sabía! La culpa es tuya por no avisarlos.

—No esperaba que se enteraran. —Suspiró—. Ya verás, ahora querrán venir una vez al mes a alguna comida familiar, con lo que se están divirtiendo con todo esto.

—Míralo por el lado positivo: te apoyan.

En eso su amiga tenía razón, pero eso no quitaba que lo que ella había esperado que fuera una situación temporal y prácticamente indolora, se estuviera complicando por momentos. Por suerte, aquella vez al menos no iban a quedarse porque solo tenían hotel para un par de días, pero sabía que volverían y seguro que hablarían con Maeve para algún picnic en la iglesia o algo parecido.

—Por cierto, ¿qué tal el beso? —preguntó Quinn.

—¿Qué beso?

—No te hagas la tonta, que yo también he oído los rumores. Y no te has apartado muy rápido, que estaba yo delante, por si no te acuerdas.

—Sin más, ya sabes. —Intentó poner tono de desgana—. No ha sido para tanto.

—Ya. Seguro.

—Voy a ver si consigo otro gato a juego de este.

Y se escabulló antes de que Quinn continuara con su interrogatorio. Al buscar de nuevo al payaso, se encontró con que estaba allí el doctor Creswood, con varios globoanimales en los brazos.

—Doctor, ¡qué sorpresa! —exclamó.

—Tu amiga me invitó y he conseguido escaparme lo justo para felicitarte y llevarme unos globos para mis nietos.

—Gracias por venir.

—De nada. ¿Cómo va todo? ¿Necesitas alguna nueva consulta?

—No, no, todo bien.

—Me alegro, hacéis muy buena pareja y los matrimonios están para consumarse. —Le guiñó un ojo—. Cuando quieras te pasas, que ya sabes que te puedo dar el método anticonceptivo que prefieras y...

—No es necesario.

—En fin, me marcho que me esperan. No esperes a tener telarañas para tu próxima visita, querida.

Se despidió y Alissa le pidió otro gato al payaso, a ver si se quitaba aquella imagen de las telarañas de marras.

Un rato después, la gente comenzó a marcharse, incluidos los padres de Alissa, hasta que solo quedaron Quinn y Brennan recogiendo con ella y Callum, lo cual volvió a sorprenderla. Quizá lo hacía para recuperar cuanto antes su sofá y poder jugar, pero, en fin, al menos recogía.

Cuando terminaron, se despidió de ellos dándoles de nuevo las gracias por la fiesta y se metió en su cuarto. Dejó los gatos encima de una balda y sacó una bolsa de viaje, para preparar la ropa que iba a necesitar, así como la goma que no recordaba haber dejado encima de la cama. La verdad era que Quinn no podía haber acertado más: llevaba unas semanas de locura y estaba deseando irse con ella a hacer lo que más les gustaba.

Dejó la bolsa abierta junto a la puerta, para meter después los artículos de aseo, y salió a prepararse un vaso de leche caliente a ver si así se relajaba para dormirse, pero no llegó a la cocina porque, a mitad del pasillo, Callum salió del cuarto de baño con una toalla alrededor de la cintura y casi chocó con él.

—¡Pero bueno! —exclamó, retrocediendo un par de pasos con rapidez—. ¿Qué habíamos dicho de la toalla?

—¡Si no se cae!

Abrió los brazos para dar más énfasis a sus palabras y, de pronto, la toalla cayó al suelo. Alissa intentó mirar a todas partes menos a él, pero claro, ya había visto todo lo que había que ver, más de lo que había deseado.

—La culpa es tuya —dijo él, mientras se agachaba para coger la toalla y volver a ponérsela—. Con el susto que me has dado se me ha olvidado hacer el nudo.

—Sí, claro, culpa mía encima. A ver si así te acuerdas la próxima vez de llevarte la ropa al baño y salir vestido.

—¿Qué más te da?

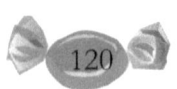

Se encogió de hombros, lo cual distrajo un segundo a Alissa de la conversación. Porque vaya hombros, y brazos, y estómago, y… Levantó la vista y se concentró en sus ojos, aunque tampoco aquello parecía muy buena idea, con la mirada que tenía el muy…

—Pues sí me da —consiguió decir, mostrándose molesta.

—Si ya me has visto todo —replicó él—. Así que no veo la necesidad de…

—Te vistes y punto. —Se pegó a la pared para pasar a su lado sin tocarlo y él la miró extrañado sin moverse—. Voy a la cocina. Ah, y mañana me marcho de fin de semana con Quinn.

—¿Todo el fin de semana?

—Sí. Compórtate, ni se te ocurra traerte una amiguita o yo qué sé qué.

—¿Dónde vais?

—A un sitio de actividades, me lo ha regalado por mi cumpleaños.

Se metió en la cocina y cerró la puerta tras ella, dejando al chico con la gran duda de qué actividades hablaba, porque con tantas pistas… Se dirigió hacia su habitación, pero al pasar junto a la de Alissa no pudo evitar la curiosidad y asomó la cabeza.

La goma negra no estaba sobre la cama y, al bajar la vista, vio que estaba dentro de una bolsa junto a la puerta. Así que fuera lo que fuera el sitio ese, Alissa se la llevaba.

Pues ya veía que no iba a dormir en todo el fin de semana, ¿dónde demonios irían?

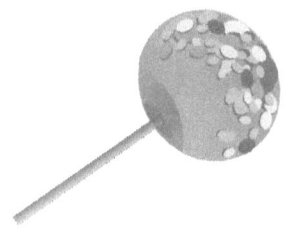

Capítulo 9: Secretos de Familia

Grupo de Whatsapp «Familia»
Callum escribe:
¿Alguno sabéis algo de *bondage*?

Maeve escribiendo….

Malachy escribe:
¿Estás en el grupo correcto?

Maeve escribiendo….

Cian escribe:
Callum, creo que no era para aquí.

Maeve escribe:
La bondad es la clave para llegar al cielo.

Callum escribe:
Justo eso quería decir, gracias, mamá. El autocorrector, ya sabes.

Grupo de Whatsapp «Hermanos»
Malachy escribe:
¿Estás chalado o qué? ¿Cómo se te ocurre preguntar eso con mamá delante?

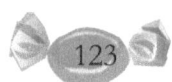

Callum escribe:
Lo peor es que Alissa está en ese grupo.

Cian escribe:
¿Qué tiene que ver Alissa?

Callum escribe:
Mucho, que lo pregunto por ella. ¿Sabéis o no de *bondage*?

Malachy escribe:
¿Alissa practica el sado? ¿En serio?

Callum escribe:
No lo sé, pero ayer encontré una goma negra rara en el salón. Quinn me dijo que lo dejara en la habitación, que a Alissa le haría falta allí.

Cian escribe:
Tienes que entrar ahora mismo y ver si hay más cosas. ¿Está en casa?

Callum escribe:
No, se ha ido de fin de semana con Quinn. A un sitio que no me ha dicho, a hacer actividades.

Malachy escribe:
¿Las dos solas?

Callum escribe:
Sí, ¿por qué?

Malachy escribe:
Eso lo explica todo.

Callum escribe:
¿El qué? ¿Qué has visto o qué sabes?

Malachy escribe:
Nada, pero ahora entiendo que Quinn no se enrollara conmigo y vaya a divorciarse de Justin, con lo genial que es el tío y lo cachas que está.

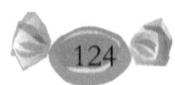

Callum escribe:
No entiendo nada.

Cian escribe:
¡No me digas que son lesbianas!

Malachy escribe:
Claro que sí, ¡tiene sentido!

Callum escribe:
No sé si eso es así. No las veo como más que amigas.

Malachy escribe:
¿Y cómo explicas que no se liara conmigo? ¿El divorcio? ¿Y Alissa? ¿La has visto con algún tío?

Callum escribe:
No, pero ahora se supone que estamos casados, tampoco debería verla con un tío.

Cian escribe:
Y se van juntas a saber dónde. ¿Qué más pistas necesitas? Venga, métete en su habitación ahora mismo y mira a ver qué encuentras.

Malachy escribe:
Mira debajo de la cama, ahí seguro que hay algo.

Callum escribe:
No sé si es buena idea...

Malachy escribe:
Cian y yo estamos de acuerdo, somos mayoría, así que tenemos razón. Escucha a los maestros, joven Padawan[8]. Vete y mira.

(Cinco minutos después)

---

[8] Películas y series de *La guerra de las galaxias*.

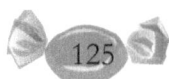

Callum envía una foto y escribe:
Esto no tengo ni idea de qué es, no lo he visto en mi vida. Parece hecho de goma.

Cian escribe:
Es como una esterilla de esas de los faquires, ¿no?

Callum escribe:
Algo así. Pincha un poco, la verdad.

Malachy escribe:
Más claro agua. Eso es para tumbarte encima y que te pinche en la espalda, mientras ella se sienta sobre ti y te cabalga.

Cian escribe:
Sí, seguro que es eso. ¿Qué más hay?

Callum envía una foto y escribe:
Es como una pelota aplastada, porque lo aprieto y es blandito. Pero también tiene pinchos.

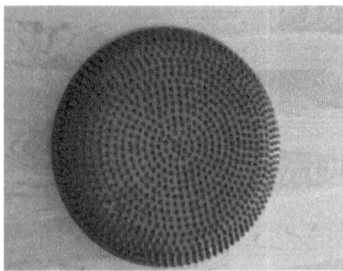 

Malachy escribe:
Como no sea para jugar al balón en plan duro, no se me ocurre nada.

Callum envía una foto y escribe:
No sé si se ve bien… Esto otro es como un aro con agarres a los lados.

Malachy escribe:
Eso va al cuello fijo, para ponerte una correa y pasearte por la casa.

Callum escribe:
Parece grande para el cuello.

Malachy escribe:
Claro, para no ahogarte, hombre. Una cosa es un poco de dolor, pero no te va a matar, esa no es la idea.

Callum escribe:
¿Por qué asumes que lo va a usar conmigo?

Malachy escribe:
Tú has empezado a preguntar.

Cian escribe:
Además, te lo ha dejado a la vista, eso es que quiere que lo encuentres.

Callum escribe:
A la vista exactamente no, que está todo debajo de la cama.

Malachy escribe:
¿Todo? ¿Qué más hay? Si lo llego a saber me fijo más en casa de Quinn, pero no recuerdo nada.

Cian escribe:
Haberle preguntado al ex. ¿Tienes su teléfono?

Malachy escribe:
¿Para qué?

Cian escribe:
Por si le pido una cita a Quinn. Le puedo pedir que me ayude para no meter la pata como tú.

Callum escribe:
Os estáis desviando del tema. Además, ¿no habíais dicho que son lesbianas? Entonces Quinn no querrá salir contigo, digo yo.

Cian escribe:
No entiendes nada. Será bisexual, que por algo estuvo casada y salió con Malachy. Así que saldrá conmigo, que con lo guapo que soy…

Brennan escribe:
¡PERO VAMOS A VER! ¡DESAPAREZCO MEDIA HORA Y ME ENCUENTRO CON QUE SE OS HA IDO LA OLLA DEL TODO! ¿ESTÁIS TONTOS?

Malachy escribe:
Oye, sin chillar.

Cian escribe:
¡Mis ojos! ¡Esas mayúsculas!

Callum escribe:
Por Dios, Brennan, pon un poco de orden que ya no sé qué pensar.

Brennan escribe:
No tengo ni repajolera idea de qué es nada de lo que has enseñado ni de dónde han ido.

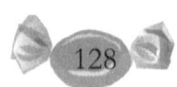

Callum escribe:
Pues vaya ayuda, para eso haber seguido callado.

Brennan escribe:
Joder, dame tiempo a escribir. Dudo que se hayan ido a un retiro sadomasoquista, que sean lesbianas ni bisexuales. Malachy, no todas caen rendidas a tus pies. Callum, no tendrías que haber rebuscado en las cosas de Alissa, ¿por qué no le preguntas directamente? Cian, ¿en serio te planteas pedirle una cita a Quinn?

Cian escribe:
Macho, pedazo mensaje, para eso manda un audio. Pues claro que la voy a invitar a salir, y seguro que dice que sí. Huy, mamá está escribiendo...

Callum escribe:
¿Y si me dice que sí y que quiere darme con un látigo?

Cian escribe:
Lo mismo te gusta.

Brennan escribe:
Lo que deberías preguntarte es por qué estás planteándote acostarte con ella. Hasta ahora no has dicho ni que te gustara un poco. Y mamá sigue escribiendo...

Callum escribe:
Es que no sé si me gusta o no. No me disgusta como pensaba, eso fijo. Y besa muy bien.

Brennan dice:
Pues medítalo y habla con ella.

Malachy escribe:
Ni que tú fueras el experto, señor *Friendzone*. Ni caso, Callum, pasa a la acción. Escucha a la voz de la experiencia.

Cian escribe:
O sea, a nosotros. Mamá ya ha terminado.

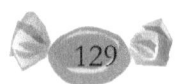

Grupo de Whatsapp «Familia»
Maeve escribe:
¿Nos vemos ete mingo misa?

Callum, Malachy, Brennan y Cian escriben:
Tengo turno.
Tengo guardia.
Tengo trabajo.
Tengo entregas.

Alissa escribe:
Lo siento, estoy fuera.

Maeve escribe:
¿Fuera dónde? ¿Te mi hijo echado a la calle?

Callum escribe:
¡Mamá! ¿Cómo se te ocurre?

Alissa escribe:
Escapada de chicas con Quinn. Volvemos el domingo por la noche.

Maeve escribe:
Qué bien, culvitando la amistad. ¡Pasad *bondage*!

Intercambio de Whatsapp entre Alissa y Quinn.
Alissa escribe:
Quinn, ¿estás?
Quinn, ¿estás?
Quinn, ¿estás?
Quinn, ¿estás?

Quinn escribe:
¿Hay un fuego o qué? Que acabo de salir de la clase de *Hatha* yoga.

Alissa hace un pantallazo de su móvil, envía y escribe:
Mira.

Quinn escribe:
¿Bondage?

Alissa escribe:
¿Tú crees que le va eso?

Quinn escribe:
A lo mejor está empezando. ¿Por qué iba a preguntar, si no?

Alissa escribe:
Lo que me faltaba ya. Que quieran fustigarme.

Quinn escribe:
¿Y por qué iba a querer fustigarte a ti?

Alissa escribe:
¡Lo ha puesto en ese grupo que sabe que estoy! No ha sido un error, seguro. Como le he visto desnudo, se pensará que me lo quiero tirar.

Quinn escribe:
¿Desnudo? ¿Pero cuándo? Y más importante, ¿por qué no me lo has contado de camino aquí? Y otra cosa, ¿te lo quieres tirar?

Alissa:
Anoche, saliendo de la ducha, porque no era importante, y no.

Quinn escribe:
Esto no es para discutir por el móvil, ¿dónde estás?

Alissa:
Saliendo de meditación. Acabo de ver los mensajes porque lo tenía en silencio.

Quinn escribe:
Nos vemos antes de entrar en clase de Pilates avanzado y hablamos.

Alissa escribe:
Voy para allá.

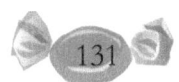

Alissa se guardó el móvil y recogió sus cosas a toda velocidad. No comprendía por qué Maeve había soltado semejante palabra, pero entonces recordó que todas las frases las escribía mal y dedujo que era un error del texto predictivo, más si ya había salido la palabrita al comienzo de la charla. ¡Claro, qué tonta! Dudaba horrores que aquella mujer animara a sus hijos a practicar *bondage* en un *chat* familiar, ¡era absurdo!

Absurdo como su vida últimamente, la verdad. Hacía tiempo que no tenía una charla medio normal con nadie. Ojalá pudiera recuperar su vida precelebración año nuevo, cuando sus únicas preocupaciones eran los capítulos de *El buen doctor,* la interminable pero adictiva *Anatomía de Grey* y suspirar en los pasillos por su neurocirujano favorito.

Quinn la estaba esperando fuera del aula, sentada en un banco de madera con un refresco en la mano.

—¿Un refresco con gas en lugar de agua? ¿No nos expulsarán por fomentar esa cosa tan poco saludable? —bromeó, sentándose junto a ella.

La idea de ir al retiro espiritual de Caledon había surgido por primera vez gracias a Quinn unos años atrás, poco después de comprarse la furgoneta amarilla. Su amiga llevaba tiempo tratando de salir del área de pediatría sin éxito y nadie la tomaba en serio cuando decía que no le gustaban los niños —¡a todo el mundo le gustan!—. No era que les tuviera manía ni nada parecido, los trataba muy bien y tenía mano para ellos, pero le producían un nivel de estrés muy alto y no lograba relajarse una vez terminada la jornada. Una de sus compañeras le recomendó el yoga y otras actividades espirituales en un centro privado de Toronto: no era barato, pero según ella merecía la pena, de modo que la rubia investigó por internet y llegó a la conclusión de que mal no le podía hacer.

Cuando le explicó a Alissa que se marchaba a un retiro de cinco días para despejar la cabeza, reconectar con la naturaleza y tratar de librarse de toda la tensión que le generaba el trabajo, su amiga no dudó en acompañarla. Pensó que moriría de aburrimiento, pero para su sorpresa el retiro estaba lleno de actividades de lo más interesantes: además de la práctica diaria de yoga en cualquiera de sus variedades, hacían excursiones al parque y al lago, hogueras, sesiones de entrenamiento —que más bien parecían confesiones de desahogo—, comidas saludables incluidas en el precio y hasta la charla de algún invitado especial.

Habían vuelto tan renovadas que hasta asustaba pensar cómo habían olvidado lo importante que era la tranquilidad y el sosiego.

Año tras año, aquellas escapadas se habían convertido en una necesidad. Quinn había encontrado en la música *heavy* otra manera de descargar su agobio, pero no había un solo año que no se marcharan los cinco días para desconectar de todo. Les daba fuerzas para batallar, porque trabajar en un hospital no resultaba nada sencillo. Que Quinn le hubiera regalado aquel fin de semana extra a añadir a los ya habituales, decía mucho sobre cuánto la conocía y cómo se había dado cuenta de lo que le hacía falta desconectar.

Por otro lado, no solían hablar de ello. La gente tendía a burlarse de aquel tipo de ocio, bien porque les parecía un fraude, bien porque no lo entendían. De cualquier manera, era más sencillo explicar que se iban de escapada y así no daban margen para comentarios fuera de lugar.

—No se puede dejar la droga de golpe —comentó Quinn, tendiendo la lata en su dirección.

—Me parece que es justo al revés, es así como se dejan las drogas. —Alissa se echó a reír.

—A ver, deja que vea otra vez ese mensaje.

Alissa agarró el refresco, intercambiándolo por el móvil. Dio tres sorbos pequeñitos mientras la rubia releía el texto con el ceño fruncido.

—Vale, está bien. —Se lo devolvió—. Ahora explícame eso de verlo desnudo. Y no ahorres detalles, no sobre la desnudez física, sino sobre cómo te ha afectado.

—No me ha afectado.

—Ah, ¿ahora vamos a jugar a esto?

Alissa se encogió de hombros, tratando de mantenerse neutral. Pero resultaba complicado fingir cuando la persona que tenías enfrente te conocía mejor que tus padres.

—Te lo voy a contar, pero solo para que veas que como anécdota es una mierda —susurró y Quinn asintió, inclinándose hacia ella—. Callum tiene la manía de andar por casa ligero de ropa, eso lo sabes. Anoche nos cruzamos en el pasillo, él salía de la ducha y yo iba a la cocina.

—¿Y salía sin nada? —preguntó Quinn, también entre susurros para no perturbar la paz reinante.

—Llevaba la toalla, pero se cayó. No sé, dijo que era mi culpa porque le había pegado tal susto que no había hecho el nudo.

—Qué gilipollez.

—¡Eso digo yo! Las personas decentes se visten antes de salir.

—Tampoco te vayas al otro extremo, que se te está pegando la santidad de tu suegra.

—Y ahí estábamos los dos, él con todo al aire y yo sin saber dónde meterme. Es posible que fuera el momento más embarazoso de toda mi vida.

—¿Superando al del ascensor con «Mr. Loki»?

—Gracias. Ahora soy consciente de que en estas últimas semanas he tenido varios momentos embarazosos. —Alissa miró al suelo, sacudiendo los hombros.

Quinn la estudió unos segundos que a la morena se le hicieron eternos, para después dictaminar:

—Te lo tirarías.

—¡No me lo tiraría! —exclamó ella, con tanto énfasis que una pareja que pasaba por al lado se apartó de ambas de un salto—. Perdón. —La joven recuperó los siseos—. No me lo tiraría.

—Es el famoso encanto del que tanto se oye hablar, aunque el chico sea un desastre de varias maneras, es esa cosa.

—¿Qué cosa?

—Esa que hace que te guste un tío y lo quieras para ti.

—¿A eso lo llamas cosa?

—¿Se te ocurre alguna mejor forma de llamarlo? Porque a mí no. —Quinn le quitó la lata de las manos para dar un pequeño sorbo—. Calma, no estás sola. Siempre puedes formar un grupo de apoyo con el resto de enfermeras afectadas. —Y soltó una risita.

—Qué gracia, ¿no? —refunfuñó Alissa.

—Pues sí tiene gracia, después de todos los años que llevas despotricando de «Bíceps-Tríceps» y resulta que ahora has caído bajo su hechizo.

—¡No he caído en ninguna parte! —volvió a gritar Alissa, girándose al momento para asegurarse de que no había provocado un infarto a nadie—. No he caído, es solo que ahora… es diferente, desde el cumpleaños es diferente.

—No, si algo notamos todos en ese beso.

—¿Y entonces crees que no debo preocuparme de que esté hablando de *bondage*?

Vio cómo la rubia permanecía pensativa durante unos instantes antes de negar.

—No creo, y menos si lo ha puesto en un grupo donde está su madre. Más bien tengo la impresión de que no sabe ni qué es eso.

Alissa no estaba muy convencida, pero suponía que Quinn tenía razón. No parecía muy lógico que alguien hablara de esos temas en grupos familiares, ¿no? Y menos teniendo una madre como Maeve; no se lo podía imaginar hablando con ella de nada que englobara el sexo, ni siquiera el corriente que transcurría bajo las sábanas y con la luz apagada.

—¿Sabes qué puedes hacer a la vuelta? Cotillear en su habitación.

—¡Quinn! —Le dio en el hombro, soltando una carcajada.

—Si le va ese rollo tendrá una caja secreta oculta por ahí, seguro. En alguna parte guardan los juguetitos.

Quinn le dedicó un gesto burlón, pero antes de añadir nada más sintió su móvil vibrar dentro de la bolsa que había dejado sobre el banco, así que lo cogió.

—Mensaje de «Sonrisa de Estrella» —leyó—. Que tiene un plan genial para el jueves por la tarde y que no hará el gilipollas como su hermano.

Alissa parpadeó, sorprendida.

—¿Te ha escrito eso?

—Ajá. —La rubia releyó el mensaje—. No tiene futuro.

—¿Cómo lo sabes, si todavía no has salido con él?

—¿Un jueves por la tarde? No puede suceder nada divertido un jueves, te lo digo yo… a saber cuál será su idea de un plan genial. —El teléfono se agitó de nuevo, así que Quinn volvió a leer otro mensaje—. Dice que me anime, que es imposible que no me guste lo que ha preparado porque lo ha hecho pensando en mí. ¿Cómo es posible, si no me conoce?

Alissa observó cómo la chica dudaba unos segundos, pero al final escribió algo rápidamente en el móvil antes de guardarlo.

—¿Y bien? ¿Qué le has puesto?

—Ok. —Quinn se echó a reír.

—Eres cruel —dijo Alissa, riendo con ella—. Dos de tres, no está nada mal. Igual te llevas una sorpresa y descubres que es el

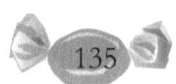

hombre de tu vida... ya sabes, si se ha molestado en preparar una cita pensando en algo que te puede gustar...

—¿Sabes lo que te digo? —Quinn se puso en pie—. Estamos de retiro. Hemos venido a resetear la cabecita, así que dejemos los temas de chicos y vamos a centrarnos en nuestra siguiente clase, que aún nos quedan dos maravillosos días de paz y relajación antes de volver a la locura.

Alissa la imitó, cogiendo su mochila. Quinn, como siempre, tenía toda la razón. No deberían estar dando tantas vueltas a temas de hombres, parecía que estaban de regreso en el instituto con tanto folletín.

—Por esto somos amigas. —Sonrió.

—¿Porque siempre tengo razón?

—Porque siempre tenemos razón —corrigió Alissa, divertida.

Y las dos se echaron a reír, aunque segundos después tuvieron que callarse debido al ceño fruncido de los presentes, a los que al parecer alteraban con un buen humor a demasiados decibelios.

Capítulo 10:
Poli de guardería

—¿Y dónde dices que vas?

Quinn estaba terminando de arreglarse el pelo frente al espejo del pasillo. Justin había depositado el mando de la consola en el sofá y la observaba con cierta suspicacia en la mirada. Como Quinn no respondió, volvió a insistir:

—¿Sales con Maureen?

La rubia asomó la cabeza, alzando una ceja.

—¿Quién?

—Maureen, tu amiga. La que trabaja contigo. Ya sabes, morena, un poco plana…

—¿Te refieres a Alissa?

—No se llama Alissa, sino Maureen. Tú la llamas así.

—Creo que deberías dejar los videojuegos, en serio. Te están dejando el cerebro como un colador. —Suspiró la joven, cruzando el salón para coger su bolso—. La llamo Morin, que es como se apellida, pero su nombre es Alissa.

—¿Y por qué la llamas por el apellido? —preguntó Justin, confuso.

—Tengo otra pregunta mejor para ti. —Quinn se aproximó hasta el sofá y empujó en su dirección el periódico abierto por las páginas inmobiliarias—. ¿Qué tal si te tomas en serio el tema de buscar piso? Esto se está alargando demasiado y empiezo a ponerme nerviosa.

Regresó al cuarto para coger su abrigo, encontrándose con que Justin caminaba tras ella con expresión de pena en el rostro.

—Vamos, Queenie, no seas así.

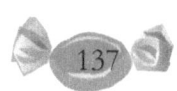

—Queenie es un nombre que no tiene nada que ver con Quinn, lo sabes, ¿verdad?

—Es un diminutivo cariñoso.

—Un diminutivo que es más largo que mi nombre, qué curioso. —Lo miró mientras se abrochaba la prenda y buscaba con los ojos sus guantes—. ¿A qué viene esa cara de pena?

—Si te has arreglado tanto es porque no vas a salir con Maureen, sino con un tío. No soy tan tonto como para no fijarme.

—¿Y qué te importa?

—Todavía estamos casados.

—No, Justin. Estamos divorciados, de verdad. Tenemos los papeles en el cajón del comedor desde hace un par de semanas con la resolución definitiva —corrigió la chica.

—Ya, pero sabes lo que quiero decir.

—No, la verdad es que no. Ah, ahí están. —Quinn encontró los guantes bajo el cojín de la cama—. A ver, Justin, esto era temporal hasta que encontraras piso. Pero lo cierto es que no has ido a mirar ni uno solo… no quiero ser borde, pero en algún momento tendrás que tener autonomía propia.

Justin frunció el ceño, no muy seguro de haber comprendido la frase.

—¿Vas a subir al tipo a casa otra vez?

—¿Para que se siente contigo en el sofá y os deis palmaditas el uno al otro? Ni hablar. Si la cita va bien decidiré si salgo otra vez con él.

Siendo sincera consigo misma, Quinn estaba convencida al noventa por ciento de que la salida no iba a tener éxito alguno. Cian parecía una versión un poco más adulta de Malachy, pero eso era todo. Aunque tenía curiosidad por ese «plan genial» que el policía había preparado «pensando en ella». Y un poco de miedo también.

—¿Por qué no sales con alguna chica? —preguntó la rubia, haciendo el esfuerzo de mostrarse amable—. Estás todo el día aquí metido, solo vas del trabajo al gimnasio y de ahí al sofá. Y no repitas que estamos casados, que no es cierto.

—Perdona, es la costumbre… he dicho tantas veces que estoy casado que no me sale decir lo contrario.

—Yo puedo presentarte a alguna de mis compañeras de trabajo, si quieres.

Le dio unas palmaditas amables y justo en aquel momento escuchó el timbre de la puerta. Los dos se miraron con curiosidad: Justin nunca esperaba a nadie, y Quinn habían quedado abajo con Cian, así que ninguno imaginaba quién podía ser.

—Ya voy yo —se adelantó Justin, cruzando por delante de ella para acto seguido atravesar el salón y abrir la puerta de la calle.

Cian, que estaba al otro lado, tuvo que alzar la mirada para poder estudiar el rostro del armario cuatro por cuatro que acababa de aparecer ante sus ojos.

—¿Qué quieres? No compramos nada.

—No, yo no soy vendedor. Venía a…

Se quedó en blanco, recordando la descripción que había hecho Malachy. Ese día había creído que su hermano exageraba, pero tenía claro que más bien se había quedado corto. ¿Qué posibilidades tenía frente a aquel gigante?

—¿Cian? —Escuchó la voz de la rubia en algún lugar detrás de aquella espalda—. ¿No habíamos quedado abajo?

—Sí, es que he llegado antes y… —Cian se calló, intimidado por la mirada que le estaba dedicando el tipo—. Ahora veo que ha sido un error, ejem.

—No te preocupes, estoy lista. Este es Justin, mi exmarido. Justin, Cian.

Justin no hizo ademán de estrecharle la mano, pero al fin se apartó y Quinn apareció ante sus ojos.

—Estás muy… —empezó, para callarse al instante al ver la mirada del hombretón—. Quería decir que estás ahí.

—Justo donde vivo, sí. ¿Nos vamos?

Cian asintió a toda prisa, ansioso por desaparecer de allí lo antes posible. La mirada escrutadora de aquel tipo no lo tranquilizaba en absoluto.

—Mírate eso —pidió Quinn antes de salir, consciente de que casi todas las conversaciones que mantenía con Justin terminaban con esa frase.

Como despedida, Justin cerró la puerta de golpe tras ellos. Una vez en el ascensor, Cian comenzó a respirar de nuevo y recuperó el color.

—¿Ese es tu ex? Qué miedo da, joder.

—¿Justin? No te preocupes, es inofensivo. —Sonrió ella.

—Es increíblemente alto, y musculoso, y guapo, y…

—Indolente, conformista y un poco bobo, aunque esto negaré haberlo dicho si alguna vez sale el tema en su presencia.

Cian todavía estaba tratando de adivinar qué podía significar «indolente», así que se limitó a asentir con la cabeza. Esperaba que no le diera por usar muchas palabras raras, porque ya se veía consultando en Google.

—¿Y cómo es que sigue viviendo contigo si estáis divorciados? —preguntó, aunque conocía la respuesta.

—Necesita buscar piso, pero creo que le cuesta dar el paso.

Una vez se cerraron las puertas del ascensor, Cian se relajó. Vio su reflejo en el espejo y sonrió, era casi imposible que no cayera rendida entre su atractivo y la sorpresa que había preparado para ella. Ya se veía al final de la tarde como un héroe, ¿sería correcto invitarla a su casa a tomar algo? Porque no iba a cometer el error de subir otra vez al piso con el exmarido, que se daba cuenta de que si ella había hecho eso con Malachy era porque la intención estaba muy lejana del sexo.

Quinn lo observaba con disimulo, pero sin perderse ninguna de sus expresiones. Podía notar que estaba muy seguro de sí mismo, imaginaba que entre su trabajo y su aspecto no le habían faltado aduladoras durante toda la vida. Pero en algún lugar entre toda aquella perfección había defectos, estaba convencida.

—Si quieres podría intervenir, como policía.

—¿A qué te refieres? —Quinn lo miró, asombrada.

—No sé, a utilizar mi trabajo para hacer presión de alguna manera. Amistosa, claro —se apresuró a añadir al ver la cara que estaba poniendo la chica.

Quinn negó, todavía sorprendida por la oferta.

—No hay necesidad. Estoy segura de que se marchará, tarde o temprano.

Lo que no sabía era si sería más tarde que temprano, pero estaba en una cita y no iba a pensar más en el tema. Aunque podía habérsela ahorrado… Cian era muy atractivo, pero no notaba la menor química entre ellos.

—¿Y dónde vamos?

—En seguida lo descubrirás.

Le dedicó una sonrisa que debía ser su sonrisa seductora y Quinn tuvo que esforzarse por contener una carcajada. Al parecer, lo de la ausencia de química era solo cosa suya.

Entraron al coche de Cian, que lo puso en marcha para conducir hacia donde fuera que pensara llevarla. Él le contó un montón de anécdotas de su trabajo mientras llegaban.

—Soy el que mejor puntería tiene de mi distrito —dijo—. Una vez tuve que disparar a un tipo que había atacado a dos chicas y le di en la pierna, y eso que estaba muy lejos.

—Oh.

No estaba segura si debía sentir admiración o miedo, así que Quinn decidió no decir nada al respecto. Cian aparcó junto a la acera y entonces ella se percató de que estaban en la entrada de la escuela primaria Montessori.

—¿Qué es esto? —quiso saber.

—Ven y lo verás.

La joven salió del coche y lo siguió hasta el interior del edificio, sin comprender qué estaban haciendo allí. Pero Cian caminaba con mucha seguridad, de manera que se limitó a ir detrás a pesar de que eso no parecía una cita estándar.

Él abrió una puerta, y de pronto Quinn se quedó muda: una clase, llena de niños para más señas, y con una sonriente profesora para completar el conjunto. Los niños rondarían los siete años, lo bastante mayores como para soltar cualquier insolencia, si alguien lo sabía bien era ella que los trataba a diario en el hospital. Se sentía como si hubiera regresado al trabajo. Aunque no llevara puesto el uniforme, lo último que le apetecía en su tiempo libre era seguir tratando con críos.

—Bueno, niños, hoy tenemos aquí al agente de policía Cian O'Connor. Va a darnos una charla muy interesante y podéis hacerle todas las preguntas que queráis —dijo la profesora, haciendo un gesto para que entraran.

—¡Hola, niños! —Sonrió él, sentándose delante de la pizarra—. Os presento a mi amiga Quinn, es enfermera y va a acompañarme hoy.

Quinn reprimió el impulso de matarlo allí mismo y se sentó a su lado con una sonrisa que no tenía nada de sincera. No se le ocurría otro plan peor que aquel, ¿a quién se le ocurría montar algo así? Era como invitar a un dentista a una exposición de radiografías dentales.

La charla fue una pesadilla. Los niños interrumpían constantemente a Cian para hacer todo tipo de preguntas inoportunas, aunque en su favor el chico aguantó el tipo de manera estoica y sin perder la sonrisa. Cuando la hora y media llegó a su fin, ambos se despidieron de la clase y la profesora.

—¿Queréis un café y un bollo como agradecimiento? —ofreció—. Es la hora de la merienda, los niños estarían encantados de pasar un rato más con vosotros.

Antes de que Quinn pudiera mover siquiera una pestaña, Cian asintió con una sonrisa.

—¡Claro! Sería genial. —La profesora comenzó a caminar y él se giró hacia la rubia—. Café y bollo gratis, imposible rechazarlo.

Quinn sopesó la posibilidad de hacer una bomba de humo, pero el chico la cogió del brazo y no tuvo más remedio que seguirlo al comedor, donde aguantó otra media hora más rodeada de gritos y lamentos que iban del «¡No me gusta la leche!» al «¡Sally me ha quitado el chocolate!».

Cuando por fin salieron a la calle, estaba agotada. Esa tarde anulaba el efecto conseguido gracias a la escapada con Alissa.

—Vaya, ha sido emocionante —dijo Cian, encaminándose hacia su vehículo—. Siempre me reconfortan estas charlas.

—Reconfortante y niños, interesante dicotomía.

Cian se detuvo con una sonrisa.

—¿Te he dicho que es muy sexy que uses esas palabras tan enrevesadas? En fin, ya sabes, no suelo hablar con gente que diga cosas como «dicotomía». Ni siquiera estoy seguro de lo que significa.

Soltó una risita y reanudó el camino al coche, pero al ver que Quinn no lo seguía se detuvo.

—¿Qué pasa? Vamos a tomarnos una copa, ¿no?

—¿Te gustan las palabras enrevesadas? —dijo la chica, mientras le lanzaba una mirada fulminante que podría haber hecho arder la calle.

Él se quedó mudo, empezando a sospechar que algo no iba bien.

—Estólido, ahí tienes una.

—¿Qué? ¿Qué signifi…?

—¿Quieres otra? Estulto.

—Yo no… perdona, no sé qué significan esas palabras…

—Significan que eres tonto, ¿a quién se le ocurre traerme a una escuela llena de niños? ¿Crees que no veo suficientes en el hospital?

Él retrocedió un paso ante su tono, empezando a comprender.

—¡A todo el mundo le gustan los niños! —protestó.

—¿Te gustaría que al salir de tu trabajo te llevara a pasar la tarde a otro distrito para seguir charlando con policías durante horas?

Entonces Cian fue consciente del error que había cometido por no pararse a pensar de verdad en algo que le pudiera gustar a ella. Solo había querido lucirse contando anécdotas interesantes delante de un público fácil e impresionable. Y con la cara que tenía Quinn parecía difícil arreglarlo.

—Lo siento, pensé que sería interesante y no caí en que… mira, deja que te invite a cenar para compensarte.

—Es muy tarde —contestó la chica sin pestañear, a pesar de que no había mirado el reloj.

—Pero yo…

—Me voy a casa.

—Espera, te llevo al menos… —Cian no veía la manera de salir de la situación sin quedar como un imbécil, mucho menos de conseguir otra cita con ella.

—No, gracias. Iré caminando, me vendrá bien despejar la cabeza después de estas dos horas infernales —soltó Quinn, sin la menor compasión ante su rostro compungido.

—Pero… —balbuceó él, y antes de darse cuenta se había quedado solo en la acera, delante de su coche—. Mierda. Joder.

Sacó el móvil, pensando si debía seguirla para disculparse. Decidió no tentar a la suerte, ya lo haría cuando se le hubiera pasado el enfado.

Miró el grupo de sus hermanos, donde todos le preguntaban cómo iba la cita, así que empezó a teclear.

Grupo de WhatssApp «Hermanos»
Cian dice:
Un fracaso. Me acaba de dejar plantado en mitad de la calle después de dos horas.

Al instante aparecieron un montón de insolentes emoticonos riéndose a mandíbula batiente, lo que le hizo fruncir el ceño.

Malachy dice:
¿Ves? Te dije que era lesbiana. Menudo desperdicio.

Cian dice:
No es por eso, idiota. Es que lo que había planeado no le ha gustado mucho.

Callum dice:
Miedo me da preguntar, ¿qué diantres habías planeado?

Cian dice:
¡Era un plan genial, de verdad! Me habían invitado a una charla en la escuela primaria Montessori para hablar sobre mi trabajo como policía, así que me la he llevado allí.

Cian permaneció mirando el móvil unos segundos sin que nadie escribiera nada. Cuando comenzaba a desesperarse, vio cómo Brennan escribía.

Brennan dice:
¿Con niños?

Cian dice:
¡Pues claro que con niños! La charla era para ellos.

Brennan dice:
Quinn está saturada de niños, ya trata a suficientes en el trabajo. ¿Cómo se te ocurre semejante idea para una cita?

Cian dice:
¡Pensé que sería divertido! ¿Cómo iba yo a imaginarme que se iba a estresar más?

Callum dice:
Hombre, Cian, cuando uno sale del trabajo no tiene ganas de hacer cosas que le recuerden a él. Un poco de razón tiene.

Malachy dice:
Exacto. Hermanito, el único que puede seguir teniendo ganas de trabajar después de trabajar es el ginecólogo.

Brennan dice:
:O

Callum dice:
Cian, tú espera un par de días y le mandas unas flores o algo con una disculpa. Verás cómo se ablanda y te da otra oportunidad.

Malachy dice:
¿Flores? Eso es una mierda, mándale chocolate. Funciona mejor, créeme.

Cian dice:
Sois unos estólidos. Me voy a casa a lamentarme.

Brennan dice:
Al menos la cita ha servido para algo. Has aprendido palabras nuevas.

Malachy dice:
Me voy a por un diccionario que la conversación se ha vuelto muy profunda.

Callum dice:
Y yo a la ducha, que acabo de hacer unas pesas.

Callum dejó el teléfono preguntándose también qué demonios sería aquello de «estólidos», aunque también pensó que quizá el autocorrector había hecho de nuevo una de las suyas.

Después de darse una ducha, salió del baño y fue secándose por el pasillo. Si le pillaba Alissa estaba seguro de que le echaría la bronca, pero no la había visto al llegar a casa y no se molestó en taparse. De hecho, no sabía qué turnos tenía, pero no habían coincidido desde que la chica volviera de aquel misterioso retiro…

Tiró la toalla a una de las pocas esquinas libres que aún quedaban en su habitación y abrió un cajón para buscar unos bóxers,

pero para su sorpresa, descubrió que estaba vacío. Pasó al siguiente, donde solo había un par de calcetines. Aquello no podía ser, ¿le habían entrado a robar y no se había dado cuenta?

Sacudió la cabeza, desechando al momento aquella idea, porque solo le faltaba ropa interior y a no ser que alguna enfermera de las que lo perseguían se dedicara a coleccionarlos, no veía utilidad alguna.

A continuación, probó con los armarios, para descubrir que también faltaban camisetas y pantalones. Los duendes de los calzoncillos de South Park aparecieron bailando en su cabeza, pero claro, como explicación lógica no le valía. Aquello era absurdo, ¿cómo podía desaparecer la ropa así? Pero entonces bajó la vista… y se dio cuenta de dónde estaba todo: camisetas aquí y allá, calzoncillos y calcetines asomando por debajo de la cama, zapatillas desparejadas… Sí, había ido dejando las cosas por ahí, pero claro, hasta entonces siempre acababan apareciendo limpias y en sus armarios de nuevo. Parecía que su madre se había tomado en serio aquello de no ir a hacerle la colada, así que cogió el móvil para enviarle un mensaje.

Sin embargo, no llegó a marcar porque lo primero que vio fue el grupo de «Familia» y pensó en Alissa. No tenía por qué enterarse si su madre le lavaba otra vez la ropa, pero por alguna extraña razón no quería que se sintiera decepcionada con él por eso. Al fin y al cabo, le había enseñado cómo utilizar la lavadora. Si no lo hacía por sí mismo, nunca cambiaría la imagen que tenía de él.

Aquello le hizo fruncir el ceño, preguntándose por qué quería que ella pensara diferente sobre él, pero no quiso analizarlo en profundidad así que sacó una bolsa de deporte y la llenó con toda la ropa que pudo, decidido a lavarla y distraer también así su mente. Se puso un pantalón de chándal que encontró limpio y la única camiseta que le quedaba decente y salió con la bolsa al hombro.

Cuando se abrió la puerta del ascensor y vio de nuevo aquel pasillo, dudó si salir, sobre todo cuando de pronto la luz se apagó y se encendió de nuevo, aunque una de las lámparas fluorescente se quedó parpadeando. Ya solo le faltaba una televisión al fondo sin señal para redondear la escena.

«No vayas hacia la luz, Carol Ann[9]», pensó.

---

[9] Película: *Poltergeist* (1982)

Cogió aire y salió del ascensor, decidiendo que veía demasiado cine de terror, pero cuando entró en la lavandería, descubrió que realmente no temía que le apareciera un asesino con un cuchillo o un ente fantasmal, sino la lavadora y sus «simples instrucciones».

Dejó la bolsa sobre un asiento y miró los aparatos, algunos de ellos funcionando. Tuvo que hacerlo dos veces porque no recordaba cuáles eran lavadoras y cuáles secadoras, pero lo dedujo al ver que en las segundas no hablaba nada en las etiquetas de instrucciones sobre que el jabón estuviera incluido. Sacó todo lo que había para meterlo en una de aquellas máquinas del demonio.

Cuando la hubo llenado se dio cuenta de que no le cabía todo, así que tuvo que acabar utilizando dos. Pensó que, ya que estaba, mejor aprovechar, así que se quitó la camiseta y la metió también. De haber llevado ropa interior habría hecho lo mismo con los pantalones, pero no le quedó más remedio que dejárselos puestos. Leyó de nuevo las instrucciones y pulsó los botones, que parecían mirarle de forma burlona. Ya solo le faltaba que se pusiera en marcha sola como si fuera a atacarle[10] y... Que no, que ya valía de películas de terror, tenía que concentrarse. Aguantó la respiración durante un par de segundos, el tiempo que tardaron en ponerse en marcha, como si en lugar de unas lavadoras estuviera desactivando una bomba. Pero por fin, comenzaron a hacer ruidos y a moverse, así que respiró aliviado. Se sentó en uno de los asientos que había, preguntándose qué hacer. ¿Debería quedarse y vigilar? Por lo que parecía, otros vecinos no lo hacían, según se deducía por las máquinas que estaba funcionando. Pero tampoco tenía ni idea de cuánto tardaba aquello en lavar, eso no se lo había dicho Alissa y a él tampoco se le había ocurrido preguntárselo.

Se levantó para mirar de nuevo las etiquetas, a ver si en alguna ponía algo, pero nada, ni arriba ni en los laterales ni en ninguna parte. Vio que asomaba algo por debajo de una de las máquinas y se agachó para mirar.

Alissa entró en aquel momento en la lavandería con un cesto en los brazos y se quedó parada al ver aquel culo que ya reconocía como el de su marido. Por si la forma en que se marcaba contra el chándal no era suficiente pista, el chico no llevaba camiseta, para no variar. Pensó en darse la vuelta, pero justo entonces él se giró,

---

[10] Película: La rebelión de las máquinas (1986)

con un pañuelo de seda negra en la mano. Aquello le hizo pensar al momento en el *bondage* de marras. Porque no se le ocurría otro motivo por el cual él tuviera aquello.

Callum se quedó parado mirando a su mujer, primero porque no la esperaba, y segundo porque estaba vestida con una camiseta y unos *leggins* en colores negros y rojos que se ajustaban por todas partes. Su vista bajó al cesto, donde le pareció ver más ropa con aquellos tonos y sobre la cual estaba aquella goma negra. Carraspeó y cruzó los brazos, acomodándose sobre la lavadora intentando aparentar normalidad.

—¿Cómo por aquí? —preguntó.

—Eso iba a preguntar yo.

Alissa no se movió de la puerta, pensando si él estaría ahí esperando a alguien.

—Ah, es que no me quedaba ropa limpia. —Se dio cuenta de que tenía aquel pañuelo que había encontrado en la mano y lo dejó encima de la lavadora—. ¿Y tú?

—Lo mismo. ¿Estás solo?

Callum miró a su alrededor, por si se había perdido algo como un vecino escondido bajo una silla o detrás de la puerta.

—Me refiero a si esperas a alguien —resopló Alissa.

—No, ¿por? —Volvió a mirar la goma negra—. ¿Y tú?

—Tampoco.

Avanzó un poco, preguntándose por qué miraba él su cesto de aquella forma. A ver si iba a ser un raro de esos que se pirraban por la ropa interior femenina y quería robarle algo.

Cogió la goma negra con una mano para dejarla sobre un asiento mientras con la otra sujetaba el cesto. Aprovechaba los ratos de la lavadora para hacer algunos estiramientos de brazos, así que siempre bajaba alguna.

Al verla, Callum se movió en la dirección contraria. No estaba nada seguro de qué quería hacer la chica con eso, pero se imaginaba aquella goma dándole latigazos en la piel y el pensamiento no le atraía en absoluto, que parecía muy grande. Aunque mejor que un bastón o un látigo sería, eso sí.

Alissa notaba que algo pasaba, pero no entendía qué, ¿le daría vergüenza que lo hubiera encontrado allí abajo?

—¿Por qué no llevas camiseta? —preguntó, en cambio, como tantas otras veces.

—La he puesto a lavar, para aprovechar. Y además hace calor.

En eso tenía que darle la razón: que hubiera un par de secadoras funcionando en aquel lugar tan pequeño no ayudaba a refrescar el ambiente. Avanzó hacia la lavadora. Callum se movió para esquivarla, pero se equivocó de lado y ella también intentó evitarlo, por lo que al final acabaron chocando. El cesto salió disparado a un lado, esparciendo la ropa por todas partes. Callum alargó los brazos y sujetó a Alissa para que no cayera al suelo, apoyándola contra una de las lavadoras para mantener el equilibrio.

—¿Estás bien? —preguntó, aún con las manos en su cintura.

—Sí, ejem, sí.

Levantó las manos para buscar espacio vital, pero cometió el error de apoyarlas en su pecho. Vaya, ¿quién hubiera imaginado que tenía la piel tan suave? Y desprendía un calor muy agradable, por no hablar de lo duros que se notaban sus músculos y…

Se quedó quieta. Porras, ¡que le estaba acariciando! ¿En qué estaba pensando? Si al final iba a tener razón Quinn con que tenía problemas con los espacios pequeños… Tenía que salir de allí.

Pero entonces cometió el segundo error, que fue levantar la vista y mirarlo a los ojos. Que sí, que su hermano se había quedado con el apodo, pero los suyos no se quedaban atrás. Encima con la forma en que la miraba, entrecerrándolos mientras se acercaba a ella despacio… Tenía tiempo, podía apartarlo porque estaba claro que iba a besarla, pero en lugar de eso se puso de puntillas para acortar la distancia que los separaba y adelantarse a él, hasta que sus labios se tocaron. El gesto pareció sorprender a Callum, porque durante un segundo el chico se quedó quieto, pero pronto reaccionó y movió sus labios de aquella forma perezosa pero pasional que la había descolocado el día de su cumpleaños. Notó sus manos acercándola más a él, rozando el interior de su boca con la lengua. Alissa gimió, tocándole con la suya. Qué bien besaba, por Dios, lo único que quería era tenerlo más cerca, por lo que le rodeó el cuello con los brazos sin dejar de besarlo.

Callum la elevó para sentarla sobre la lavadora, colocando sus piernas a ambos lados de sus caderas. Alissa bajó las manos por su espalda, acariciándole. Notaba todo aquel calor recorrer su cuerpo y, desde luego, no provenía de las secadoras. Encima el movimiento de la lavadora bajo ella no ayudaba a calmarla, sino todo lo contrario. Metió las manos por dentro del pantalón y se encontró con que no llevaba nada. Lo cual ni debería sorprenderla, conociéndole, pero es que encima al notar aquella parte de su cuerpo tan perfecta le daban ganas de pellizcarle. O morderle, o…

Callum notó que Alissa lo cogía por detrás y le apretaba con fuerza, lo que hizo que su cuerpo, ya bastante animado, terminara de reaccionar del todo y se pegó todo lo que pudo a ella. En aquel momento, pensó que si cogía la goma y le daba con ella no le importaba, solo quería arrancarle toda la ropa, que entre que él solo tenía un chándal y ella aquellas finas mallas, lo mismo podrían estar ya desnudos porque casi podía notar su piel. Cogió el borde la parte de arriba para quitársela, pero justo en ese momento escuchó un sonido y una exclamación ahogada.

Se apartó veloz y ella se bajó de la lavadora, colorada y atusándose el pelo.

—¿Se puede saber qué estáis haciendo? —preguntó el hombre mayor que estaba en la entrada, con un cesto de ropa en los brazos—. ¡Esto no es tu picadero privado, señor Callum O'Connor! Si se entera tu madre…

—Oh, no, no, tranquilo por eso. —Se dio cuenta de que el hombre le miraba la entrepierna con el ceño fruncido y corrió a taparse con su bolsa de deporte—. Es mi mujer, Alissa.

Rodeó los hombros de la chica con un brazo y la arrimó hacia sí, mientras ella afirmaba con la cabeza, aún aturdida por lo que acababa de pasar.

—Casados —consiguió decir Alissa, señalándose a sí misma y a Callum con un dedo.

—No os habéis casado en nuestra iglesia —dijo él—. Así que no, no estáis casados.

—Está con mi madre en el grupo de estudio de la biblia de la iglesia —susurró Callum—. Es el señor Fr…

—Ah, claro, por supuesto —le interrumpió Alissa, extendiendo la mano y alejándose de Callum—. El señor Freddy Krueger, ¿verdad? Callum me ha hablado de usted.

—¿Es una broma? —El hombre la miraba incrédulo.

—No, encantada. —Se agachó y recogió su ropa a toda prisa—. Qué torpe soy, se me ha caído todo. En fin, bajaré más tarde. Adiós. —Salió por la puerta y volvió a asomarse al momento—. Cariño. Eso. Nos vemos arriba.

Cerró la puerta y Callum carraspeó.

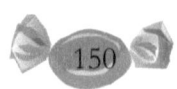

—Perdone, señor Frank.

—No me gustan las bromitas, ya lo sabes. No sé a qué señor Krueger se refería, pero no tiene gracia.

—No, claro. —Miró de reojo a las lavadoras, pero seguían funcionando—. Enseguida terminará mi colada y…

—Te veo muy perdido, tienes que ir más a misa con su madre. Seguro que está disgustadísima porque no os habéis casado por la iglesia, se lo preguntaré el próximo día. He estado fuera unos meses en un seminario en silencio y se me ha aclarado la mente sobre muchas cosas.

Dejó el cesto y se acercó para darle unas palmaditas en el hombro, mientras Callum se dejaba hacer resignado. Pues sí que le había ido bien al hombre aquel silencio, porque desde luego no callaba.

Capítulo 11: Demolition man

Alissa entró en su habitación, dejó el cesto en el suelo y cerró la puerta, apoyándose en ella con una mano en el pecho, tomándose un momento para recuperar el aliento y el color de la piel; aunque no se veía la cara, estaba segura de que la tenía roja como un tomate. ¿Qué demonios acababa de pasar? ¡Si Callum no era su tipo en absoluto! ¿Sería ese «algo» que afectaba a las enfermeras, que se le había contagiado a ella? Lo mismo el chico expulsaba feromonas de algún tipo extraño, como las que decían que se echaban en los desodorantes masculinos para atraer chicas, porque no lo entendía.

Una vez notó que su corazón había vuelto a recuperar su ritmo normal, sacó su móvil y se tiró en la cama para enviarle un wasap a Quinn, a ver si tenía suerte y había terminado su cita con Cian y podía hablar con ella. Necesitaba contarle lo que había pasado a ver si su amiga lo entendía, porque ella desde luego no.

Alissa escribe:
¿Estás?

Quinn escribe:
En casa ya, sí. La cita ha sido un desastre.

Alissa escribe:
¿Qué ha pasado?

Quinn escribe:
¿Te llamo y te cuento?

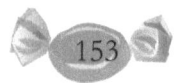

Alissa escribe:
Mejor no, que no quiero que Callum nos oiga. Luego te cuento, tú primero.

Quinn escribe:
Huy, ¡qué intriga! Te resumo: Cian me ha llevado a un colegio a dar una charla a niños.

Alissa escribe:
¡Vaya idea! Es como si a mí me llevaran a un seminario de urgencias. Qué pena, otro tachado de la lista.

Quinn escribe:
Pues sí, paso de tener más citas en una temporada, estoy saturada. Cuéntame tú, ¿qué pasa con Callum?

Alissa escribe:
Me lo he encontrado en la lavandería.

Quinn escribe:
¡Qué milagro!

Alissa escribe:
Espera, escucha. O sea, lee. Ha pasado una cosa rara. No sé si rara es la palabra.

Quinn escribe:
¿Absurda?

Alissa escribe:
Algo así. Otra vez nos hemos besado. Más que en la fiesta, que me han dado ganas de arrancarle la ropa y morderle ese culo que tiene.

Quinn escribe, con emoticonos de sorpresa:
¿Y lo has hecho?

Alissa escribe:
No, ha aparecido Freddy Krueger y nos ha interrumpido.

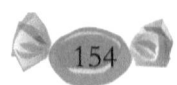

Quinn escribe, junto a un emoticono de cara de extrañeza:
¿Quién?

Alissa escribe:
Un vecino, Freddy Krueger.

Quinn escribe:
¿Tiene la cara quemada y un guante con cuchillos?

Alissa escribe:
¿Qué dices? Es conocido de la madre, de la iglesia.

Quinn escribe:
¿Pero en serio se llama Freddy Krueger? Menos mal que no vivís en Elm Street (emoticonos de carcajadas)

Alissa escribe:
Pues justo eso comentó Callum cuando bajamos a la lavandería la primera vez, que a lo mejor nos lo encontrábamos y que antes vivía en Elm Street. ¿Cómo lo sabías?

Quinn escribe varios emoticonos riéndose y otros tantos tapándose la cara:
Alissa, esto es como cuando te llamó Fronkonstin, como lo de *It* y los payasos.

Alissa escribe:
¿Tú también con eso? ¿Estáis todos locos?

Quinn escribe:
Tenemos que hacer una sesión bien larga de películas, para ponerte al día de los últimos treinta años de cine mítico y para hablar, que esta semana no nos coinciden los horarios y creo que la que viene tampoco.

Alissa escribe:
No sé qué tiene que ver el cine, pero vale. Espera. Oigo algo.

Alissa se levantó para ir hacia la puerta y asomarse, teniendo mucho cuidado para no hacer ruido. Los sonidos provenían del

cuarto de Callum, y vio que había sacado al pasillo algunos libros y prendas de ropa.

Volvió a cerrar y tecleó:
Algo está haciendo en su habitación.

Quinn escribe:
Pues vete y muérdele el culo.

Alissa puso los ojos en blanco, empezando a escribir que no pensaba hacerlo ni en mil años. Pero volvió a escuchar ruidos y se asomó de nuevo. Callum había sacado aún más cosas, lo que le picó la curiosidad.

Quinn escribe:
¿Qué me estás poniendo? ¡Que llevo un buen rato viendo «Alissa está escribiendo...»!

Alissa escribe:
Es que estaba escribiendo y he ido a ver qué hacía. Está sacando cosas al pasillo. Voy a ver. Luego te cuento.

Dejó el móvil tras ver que Quinn le enviaba un pulgar hacia arriba y salió de la habitación. A mitad de camino se arrepintió, al darse cuenta de que no sabía qué decir después de lo que había pasado en la lavandería. ¿Y si él se pensaba que iba para continuar donde lo habían dejado? Lo peor fue que aquel pensamiento no la disgustó ni escandalizó, más bien todo lo contrario. Tampoco ayudó que, al asomarse a la habitación, lo primero que viera fuera de nuevo aquella parte del cuerpo de Callum que invitaba a un mordisco... Aunque al menos se había puesto una camiseta, algo raro en él.

Entonces su mente práctica y ordenada se fijó en lo que había alrededor de él: libros, folios, cuadernos, el cesto de la ropa lleno a un lado, otro montón sobre la cama... ¡Parecía que hubiera pasado un huracán!

—¿Has perdido algo y lo estás buscando? —preguntó.

Callum dio un respingo al oírla y se incorporó, mirando a su alrededor como si no se hubiera dado cuenta de todo lo que había.

De paso, así ganaba tiempo mientras evitaba mirar aquellas mallas y volver a pensar en lo que había pasado en la lavandería.

Cuando por fin habían terminado la lavadoras y secadoras y se había librado del señor Frank, lo ocurrido con Alissa había regresado a su cabeza y de camino al piso no había hecho más que darle vueltas. No sabía cómo había ocurrido ni cómo comportarse después de la forma en que ella se había marchado.

Al empezar a sacar ropa, se había dado cuenta de que no tenía muchos huecos donde dejarla y no quería meterla toda arrugada ni de cualquier forma, ya que estaba tan limpia y olía tan bien, qué menos que le durara. Así que había comenzado a sacar cosas para reorganizar la habitación, por un lado, y por otro, no pensar en Alissa, así que el tema se le había ido de las manos.

—No, estoy ordenando —dijo, al fin.

La cara de la chica fue todo un poema, lo cual tampoco debería extrañarle porque era la primera vez, que él recordara, que esas palabras habían salido de su boca. La expresión de extrañeza de Alissa pasó a una de entusiasmo. La chica avanzó un par de pasos y Callum estaba seguro de que, de llevar algo más que aquella camiseta de tirantes elástica, se habría arremangado y todo.

—¡Qué emoción! —exclamó—. ¡Me encanta ordenar! ¿Me dejas ayudarte?

Él estuvo a punto de besar sus pies, aliviado. El tema del calentón de la lavandería parecía que iba a quedar obviado así que ni lo mencionó, pero si lo ayudaba a salir del caos en el que se había metido, lo olvidaría. Bueno, tampoco eso, lo dejaría a un lado por el momento. Afirmó con la cabeza como respuesta y ella se puso las manos en la cintura, examinando la habitación y el pasillo.

—Vamos a seguir el método de las cinco eses —dictaminó con resolución. Extendió los dedos para ir enumerando—: *Seiri, seiton, seiso, seiketsu, shitsuke*. Necesitaremos una jaula y…

—¿Una jaula? —preguntó, alarmado y retrocediendo un paso—. ¿Pero qué método es ese?

Si ya sabía poco de *bondage* y sado, escuchar que tenían su propio método para ordenar las cosas lo descolocó del todo. ¡Aquello era todo un mundo por descubrir!

—Una caja de cartón, un cesto… Lo que sea para ir dejando las cosas innecesarias.

—Ah, vale, entiendo. —En cambio, movió la cabeza de forma negativa—. No, en realidad no…

—¿No has oído hablar de las cinco eses? —Él negó—. Es japonés, no te preocupes que te busco un cartel y te lo pegaré por aquí para que lo tengas siempre a mano. Los pasos son: *Seiri*, separar innecesarios. Es deshacerse de todo lo que no vale y de lo que no estés seguro, lo metemos en la «jaula». Si en seis meses no lo has utilizado, se tira. Después viene *seiton*, que es situar lo necesario. O lo que es lo mismo, cada cosa en su sitio y un sitio para cada cosa. Cuando esté todo organizado viene la limpieza, *seiso*. Como todo estará bien puesto, es más fácil pasar el polvo y mantenerlo todo limpio. Esos tres los haremos hoy.

—¿Y el resto?

—*Seiketsu* es detectar las anomalías, eso lo veremos según pasen los días, si algo no está en su sitio o te hace menos falta de lo que pensabas, por ejemplo. Y la última, *shitsuke*, es la mejora continua. Es decir, mantenerlo ordenado y limpio, hacer revisiones periódicas… ya verás, te va a encantar.

Callum estaba todavía asimilando todo lo que le había contado, que, por lo que parecía, nada tenía que ver con lo que había imaginado. Veía que aquello iba a llevarles un buen rato e implicaba trabajo, pero tampoco podía dejarlo todo así tirado, y en realidad era lo que había empezado a hacer, aunque de forma caótica. Así que abrió el armario y sacó una caja de cartón llena de cuadernos y libros, que vació en el suelo.

—¿Esto vale como «jaula»? —preguntó.

—Es perfecto. Veo que has empezado a vaciar los armarios.

—Sí, quería meter la ropa limpia pero no tenía sitio.

—Entonces lo primero va a ser decidir dónde vamos a poner qué, lógicamente. Anda, si ahí hay un escritorio y todo. No lo había visto, con todas las cosas que tenía encima.

—Sí, de cuando estudiaba. Creo que la ropa mejor en el armario, ¿no?

Lo de «cuando estudiaba» había despistado a Alissa un momento, aunque dedujo que se refería a cuando vivía en casa de su madre de adolescente y se lo habría traído de allí. Se acercó a él, aunque no demasiado por si las distancias cortas volvían a jugarle una mala pasada, y miró el interior del armario. Tenía varios cajones que serían útiles para separar las cosas, así que lo ayudó a terminar de sacar todo lo que había. Después fue a buscar utensilios de limpieza para quitar el polvo que había y, por último, le enseñó a doblar la ropa para ir metiéndola en diferentes espacios que habían dejado libres.

Una vez terminaron con todas las prendas de vestir, empezaron a separar el resto de cosas: libros por un lado —que Alissa no había esperado encontrar, pero por lo que parecía a Callum le gustaba la ciencia-ficción—, cartas de bancos y facturas por otro, y lo que más le extrañó a Alissa: apuntes y libros de enfermería. Se había encontrado ya un buen montón de ellos y los iba poniendo formando una torre, hasta que comprobó que eran de varios cursos diferentes.

—¿De quién son estos apuntes? —preguntó.

Callum levantó la vista un segundo de su propio montón de papeles y encogió los hombros para quitarle importancia.

—Míos, de la universidad —respondió, volviendo su atención a las facturas.

Alissa lo miró, amontonó otro par de libros y volvió a estudiarlo.

—No sabía que hubieras estudiado enfermería —comentó, preguntándose por qué no trabajaba de eso.

—Un par de años. No era lo mío.

—¿No te gustaba?

—Soy celador, con eso me vale. Tampoco nadie esperaba que llegara a más, así que…

—¿A qué te refieres?

—A que cada uno tenemos una imagen por algo, ¿no? Quiero decir, soy empujacamillas y siempre lo he sido, ya tengo la etiqueta de eso y no va a cambiar. Igual que Malachy con su pelo perfecto, Cian con su sonrisa o Brennan, que además de los ojos es el listo de la familia.

—Pero…

—¿Qué facturas puedo tirar?

A Alissa le hubiera gustado seguir preguntándole sobre aquello, porque estaba segura de que no habían sido solo un par de años: allí había libros de todos los cursos, incluido el último, pero él había sido rápido en cambiar de tema y decidió dejarlo para más adelante. Fue dejando los libros en los cajones del escritorio a modo de «jaula», apuntándose mentalmente volver a sacar el tema unas semanas después; con las cinco eses en marcha, ya tenía la excusa, por si había que tirarlos.

Un par de horas más tarde, la habitación estaba irreconocible. Alissa solo esperaba que Callum se lo tomara en serio y la mantuviera como estaba. Aquella parte siempre era la más difícil, aunque aun así era un gran avance. El siguiente paso sería que hiciera la compra de una bendita vez, pero tampoco iba a agobiarlo con eso.

—Gracias por ayudarme —dijo él, dejando la caja con cosas por descartar junto a la puerta—. No parece el mismo sitio.

—De nada. En fin, me voy a la lavandería, que al final yo no he lavado mi ropa.

Aquel comentario hizo que los dos se quedaran callados de pronto, mirándose a los ojos. El ambiente que habían compartido hasta entonces, ligero e incluso de cierta camaradería, se volvió de pronto pesado y extraño.

Alissa fue la primera en romper el contacto, carraspeando mientras retrocedía y hacía gestos hacia su habitación.

—Eso, me voy. Ejem. Adiós.

Y salió disparada, antes de hacer caso a Quinn y darle aquel mordisco.

Al día siguiente, Alissa tenía turno de tarde, así que por la mañana fue a una copistería para hacerle a Callum un cartel plastificado con el resumen de las cinco eses y otro dividido por semanas, para que fuera tachando cada vez que revisara su habitación. Ella había hecho lo mismo hasta que había adquirido la costumbre, así que estaba segura de que el chico se lo agradecería.

Después fue a comprar algo de comida, que dejó bien etiquetada en la nevera. Aunque Callum nunca le había cogido nada, esperaba que tarde o temprano él también cogiera aquella costumbre tan útil y buena para la convivencia.

Cuando llegó a trabajar echó de menos a Quinn, estaba deseando que volvieran a coincidir sus turnos, aunque, al menos, por la noche habían conseguido llegar a una fecha en la que ambas estaban libres para poder cenar juntas y charlar un rato. Su amiga no había entendido que hubiera preferido ponerse a ordenar cosas antes que, literalmente, «tirarse a y sobre su marido», pero ya lo hablarían porque la verdad era que estaba hecha un lío. Incluso le había contado lo de los apuntes de enfermería, pero Quinn tampoco había sacado nada en claro.

Hizo un repaso de los horarios de sus chicas, pasó por los boxes y vio que uno de los ingresados el día anterior había pasado a la gastroenterología así que subió a la planta a echar un vistazo. No eran parte de sus tareas hacer seguimiento de los pacientes una vez abandonaban urgencias, pero cuando se quedaban en el hospital, le gustaba echar un ojo a ver qué tal seguían. Aquello les ayudaba en la transición como enfermos de urgencias a generales y a ella no le gustaba cortar el proceso sin más y olvidarse como si nunca hubieran pasado por su sección.

Habían operado al chico por una apendicitis y estaba en recuperación. Todo había ido muy bien, por lo que lo saludó y decidió volver a su planta.

Fue al ascensor para bajar, pero cuando se abrieron las puertas, se encontró con Maeve dentro. La mujer hizo ademán de salir, pero al verla se quedó quieta.

—¡Maeve! —exclamó Alissa—. Qué sorpresa, ¿vienes a ver a Callum? Tenía turno de mañana.

—No, venía a verte a ti.

—¿Tienes alguna urgencia?

—No, no, estaba por el hospital, he venido a revisión y he pensado que seguro que querrías un café.

—¿Y cómo sabías que estaba aquí? ¿Te lo han dicho abajo?

—Claro, eso es. —La cogió del brazo y la metió en el ascensor—. Venga, que una pausa no hace mal a nadie.

Alissa estaba segura de que no iba a ser como tomarse un café con Quinn, más bien todo lo contrario, pero tampoco podía echarla sin más y, de paso, quizá podía sonsacarle algo sobre Callum y sus misteriosos estudios de enfermería. Miró por si acaso su móvil y su busca, pero no tenía ningún aviso, así que le dio al botón de la planta de cafetería con una sonrisa amable.

Una vez allí, pidieron unos cafés y se sentaron en una mesa junto a una ventana, desde donde se podía ver que había comenzado a nevar.

—A ver si para en un rato —comentó Alissa—, y no te pilla.

—Estos inviernos se hacen eternos.

—¿Qué tal la revisión?

—Todo bien. —Se frotó el pecho—. Menudo susto que tuve, menos mal que tengo a mis niños para cuidarme. ¿Verdad que son maravillosos?

—Sí, son un dechado de virtudes.

—Qué te voy a contar a ti, que te has llevado a mi primogénito. —Alargó la mano y se la apretó con una sonrisa—. Sois la pareja perfecta. ¡Solo hay que veros juntos! Todo el mundo lo comentaba en la fiesta, sobre todo cuando os disteis ese beso lleno de amor, fue tan bonito…

—Sí, ejem, precioso.

—Por cierto, ¿cuándo volverán tus padres por aquí? ¡Son una pareja encantadora! Es una pena que se quedaran sin poder conocer a mi congregación.

—Sí, ellos lo lamentan también, estoy segura. —Removió el café buscando la manera de cambiar de tema y al final decidió ir al grano—. Hablando de eso. O de otra cosa, tengo una pregunta que hacerte.

—¿Sobre el dormitorio?

—¿Qué? —La miró horrorizada y enrojeció—. No, no, nada de eso.

—Puedo parecer anticuada, hija, pero estáis casados y en Biblia dice…

—No, no es nada de eso.

Movió la cabeza con energía, no fuera a comenzar la mujer con un discurso y se quedara atrapada en la conversación. Aparte de que ni por asomo quería hablar con ella de nada que tuviera que ver con el culo de su hijo. Es decir, con lugares pequeños y distancias cortas. O sea, sexo. Por Dios, si hasta su cabeza se aturullaba como para seguir por ahí.

—No, es sobre sus libros —consiguió decir.

—Esos libros de ciencia ficción, no hay quién los entienda. Como los juegos de la máquina esa, todo el día ahí enganchados. ¿Has conseguido que juegue menos?

—No, bueno, no sé. —La verdad era que no lo controlaba mucho, aunque estaba segura de que menos que Justin jugaba, eso fijo—. Me refería a los de enfermería. Hemos estado ordenando su c… el cuarto libre y había un montón.

—Ah, de cuando estudiaba.

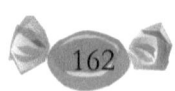

Alissa esperó unos segundos, pero Maeve le dio un sorbo a su café, al parecer sin ninguna intención de decir nada más.

—Me dijo que estudió un par de años —añadió, a ver si decía algo más.

—Estudió la carrera entera, pero lo dejó el último año.

—¿El último año? Pero, ¿por qué? ¿Tenía asignaturas de otros años y se le acumularon?

—No, no, qué va, nada de eso. Fue sacando todos los cursos a la primera.

Alissa la miraba sin dar crédito, preguntándose si quizá estaba exagerando para dejar bien a su hijo, pero la mujer no parecía estar mintiendo.

Maeve cogió la taza con las manos para soplar y dar otro sorbo, mientras se encogía de hombros.

—Le quedó una asignatura o dos, creo recordar.

—¿En serio? Pero no lo entiendo… ¿por qué no hace el examen? Si es solo una, puede terminar enfermería cuando quiera y cambiar de puesto. Seguro que en el hospital tendría plaza, si lleva un montón de años trabajando.

—Supongo.

—¿No crees que debería hacerlo?

—Él es feliz siendo celador. Cuando nos dijo que iba a hacer enfermería, no esperábamos ni que pasara del primer año. Es normal que no acabara, mis chicos no son de estudiar.

Alissa no podía creer lo que estaba oyendo, pero cuadraba con lo que Callum le había dicho como excusa. Claro, si siempre había tenido aquella etiqueta de vago, ¿por qué cambiarla? Al suspender, seguro que para él era una confirmación de que no valía. Maeve no parecía preocupada y el hecho de que tampoco supiera cuántas le quedaban le confirmaba ese hecho, así que no preguntó más. También podía ser que fueran muchas más y su madre no lo supiera, aunque ella misma había visto libros del último curso. Seguro que tenía las notas por algún lado, tendría que mirar cuando él no estuviera entre los papeles que habían separado. Lo bueno era que, al hacer limpieza, lo iba a tener mucho más fácil.

Callum llegó al apartamento después de su turno. Ya había comido antes de ir porque sabía que no encontraría nada en la nevera, así que fue a su habitación a cambiarse de ropa. De primeras la tiró al suelo como siempre hacía, pero al darse la vuelta se encontró con los carteles que Alissa había colgado en una pared.

El de las cinco eses le pareció bien como recordatorio, porque al momento recogió la ropa y separó la sucia, que metió en un cesto para bajar a la lavandería cuando estuviera lleno. Pero el otro cartel no le hizo tanta gracia. Estaba dividido por semanas, con casillas para zonas de su habitación —armario, escritorio, cajones…—, y, según las instrucciones, tenía que ir tachando una vez a la semana que estaba en orden y limpio. Y una vez al mes, había otra hilera de casillas con el nombre de Alissa como encabezamiento, por lo que dedujo que le iba a hacer revisiones. Aquello comenzaba a parecer el hospital, con normativas internas y procesos.

Primero la nevera con etiquetas, ahora carteles con casillas para marcar… ¿Qué iba a ser lo próximo? No había encontrado látigos, pero si lo que quería era torturarle, no iba por mal camino de aquella forma.

Capítulo 12: Algo para recordar

Quinn salió del vestuario, cerrando la puerta con lentitud. Agarró la bolsa donde llevaba su uniforme con una mueca y consultó la hora: las diez de la noche. En realidad, debería haberse marchado hacía un par de horas, pero la cosa se había complicado más de la cuenta en el quirófano y ni siquiera estaba segura de si le apetecía irse a casa. No estaba de humor para soportar a Justin, no esa noche.

Solo quedaba el personal del turno nocturno, así que pasó por la recepción sin tener que despedirse de nadie, ya que solo salían si se daba alguna emergencia. Algo habitual los fines de semana, pero menos entre semana.

Salió a la calle, donde el helado aire invernal de Toronto la recibió. A pesar de que el frío haría que se pusiera a tiritar en cuestión de segundos, le vino bien para despejar la cabeza.

Se apoyó contra la pared de la entrada. Estaba pensando en si sacar el móvil, irse a casa o meterse en un garito mugriento a beber cerveza cuando escuchó una voz tras ella.

—¿Quinn?

La voz era familiar y tardó dos segundos en ubicarla: Brennan.

Entonces observó que su furgoneta estaba aparcada frente a la puerta del hospital y se giró al instante.

—Hola —saludó—. ¿Cómo tan tarde por aquí?

—Estoy de guardia toda la semana, pueden llamarme a cualquier hora —explicó el chico.

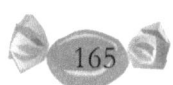

Quinn pensó vagamente en su aspecto; sabía que no era el mejor del mundo. Podía excusar el pelo suelto, que llevaba de cualquier manera, y cuando decía eso no se refería a un cabello de modelo recién levantada, obvio. Tampoco importaba la ausencia de maquillaje, algo habitual cuando iba a trabajar.

Los ojos rojos, eso era lo que no podía esconder.

—Y tú, ¿sales de trabajar a estas horas?

No hizo el menor comentario acerca de sus ojos, detalle que Quinn agradeció.

—Sí. No. Bueno, salgo tarde, sí.

—¿Te llevo a casa?

—No, prefiero ir andando —contestó la chica.

—Claro, lo que quieras. —Le sonrió—. Nos vemos por aquí.

Ella se cruzó de brazos mientras lo observaba aproximarse hasta la furgoneta. Aquel chico era hermano de Malachy. Y de Cian, y Callum. Parecía imposible que perteneciera a la misma familia: si no fuera porque compartían genes visibles no lo hubiera creído.

—Espera —dijo—. He cambiado de idea.

—Muy bien, pues sube.

La rubia rodeó la furgoneta y se subió al asiento del copiloto, mirando a su alrededor.

—¿La furgoneta es de tu propiedad?

—Ajá. No es tan grande como la tuya, pero no está mal.

—Tengo debilidad por las furgonetas —comentó ella, poniéndose el cinturón.

Brennan asintió, imitándola, y encendió el motor. Delante todo estaba muy ordenado; detrás no se podía decir lo mismo, pero tampoco es que importara demasiado.

—Bueno, ¿en qué dirección voy?

—Cerveza.

—Vale, esa no la conozco…

—¿Quieres tomarte tres cervezas conmigo? Las necesito.

—¿Y tienen que ser tres necesariamente? Recuerda que estoy de guardia…

—Vale, yo me tomo tres y tú una.

Brennan asintió, arrancando el coche. Quinn le dio un par de indicaciones hasta llegar a un local donde no hubiera entrado jamás de no haber ido con ella: no había gente en los alrededores y la pintura había conocido tiempos mejores, pero se abstuvo de comentarlo. También omitió que en realidad había quedado con sus hermanos para tomar algo: lo cierto era que prefería estar allí. Y, de todos modos, seguro que ninguno notaría su ausencia hasta horas después.

—¿Sueles venir por aquí? preguntó, siguiéndola a una mesa.

En aquel tugurio había tres personas: dos eran ellos y uno el camarero que dormitaba tras la barra esperando la hora de cerrar.

—Sí, a veces. La música es buena —comentó la joven, ocupando un sitio en la mesa más alejada de la barra y la puerta.

El camarero se acercó con una bandeja y depositó tres cervezas delante de Quinn sin mediar palabra, así que Brennan dedujo que la conocía. Colocó una frente a él antes de alejarse.

—Y yo que creía que los bares eran para socializar —murmuró—. Este es el sitio más deprimente que he visto en meses.

—No tenía ganas de socializar.

—Ha sido un mal día, ¿no?

—¿Sabes que la primera vez que pedí un cambio de puesto todo el mundo me miró como si fuera una especie de monstruo?

—No.

Él parpadeó, sorprendido por lo pronto que había empezado a hablar Quinn. Había pensado que le costaría sacarle el motivo del disgusto por el que había estado llorando, algo relacionado con el hospital. Estaba familiarizado al respecto, casi todos los médicos, enfermeros y demás personal acababan muchas de sus jornadas de aquella manera tan descorazonadora.

La rubia se bebió la mitad de la cerveza de golpe como si fuera agua y depositó la botella sobre la mesa de madera. Brennan vio que había cantidad de nombres grabados en ella, pero al momento volvió a prestar atención a la chica. Esperaba poder animarla, aunque con precaución, no quería que pensara que trataba de ligar con ella, sobre todo después de lo sucedido con sus hermanos.

Aunque era una estupidez pensar eso, nadie en su sano juicio creería que tenía la menor oportunidad con una chica así. Sus propios hermanos se burlaban de él llamándole señor *Friendzone*. Al parece, ser amable era la principal causa para ganarse el mote.

Desde luego, si algo tenía claro era que las chicas no se mostraban distendidas y relajadas cuando les gustaba un tío, sino que estaban tensas y tendían a coquetear, tocarse el pelo y otros mensajes corporales evidentes. Y Quinn parecía de lo más tranquila.

—Es cierto que no soy mucho de críos, pero ese no es el motivo de querer marcharme de pediatría… es que me resulta muy duro —murmuró.

Brennan se limitó a afirmar con la cabeza.

—Hoy en el quirófano hemos perdido a un niño. Era pequeñito… tenía poco más de un año, imagínate. Ha tenido una reacción a la anestesia y se ha quedado ahí. —Lanzó una mirada fúnebre a la mesa y después suspiró—. El cirujano lo ha intentado de todas las maneras posibles, pero nada. Luego me ha mirado y ha dicho: «Ayúdame con los padres, Quinn». Así que he tenido que salir con él.

—¿Y? —preguntó Brennan, aunque imaginaba el resto.

—A la madre han tenido que darle un sedante, se ha quedado en un *box* en observación. Y el padre se ha sentado y ha empezado a llorar. Y yo me he puesto a llorar también. —Se bebió el resto de la cerveza—. Ha sido un día de mierda.

—Desde luego…

—La gente se piensa que soy como la bruja mala de «Hansel y Gretel», pero… ¿hasta cuándo voy a tener que ver estas cosas? Las enfermeras de maternidad solo tienen un episodio desagradable cada dos semanas, el resto del tiempo lo pasan escuchando gorgoritos de bebé y comiendo bombones que la familia trae a las madres que acaban de parir. —Abrió su segunda cerveza y se bebió la mitad—. Las enfermeras de dermatología cogen citas médicas y curan erupciones. Las de análisis sacan sangre toda la mañana, algo que se puede hacer con los ojos cerrados. Y yo tengo que ver niños enfermos a diario, algunos muy jodidos. No me parece justo.

—¿Has probado a decirle todo esto a tu jefe directo?

—Es que él piensa que soy muy fuerte. Puede que no te lo creas, pero no hay tantas enfermeras dispuestas a trabajar en pediatría.

—Normal, nunca se me había ocurrido lo complicado que debe ser.

—No, claro. Uno siempre piensa en niños correteando, en payasos y putos globos, pero no en el resto. Además, no me gustan los críos —repitió, mientras sonreía sin ganas.

Se terminó la segunda cerveza sin pestañear.

—Yo creo que toda la gente que trabaja en un hospital lo pasa mal —comentó el chico—. Cada uno en su medida, claro, pero es duro.

—Alissa dice lo mismo. Y ella está en urgencias, también ve muchas cosas desagradables.

Las dos cervezas no parecían haberle hecho ningún efecto, porque se decidió por la tercera.

—Y tú, ¿cómo terminaste trabajando en el hospital? —preguntó, directa.

—Estaba estudiando para ser abogado.

—Vaya, veo que eres aburrido —ironizó la joven, pero en tono de broma.

—Decidí trabajar porque quería vivir por mi cuenta y necesitaba la pasta. —Brennan sonrió, pasando por alto su observación—. Necesitaba algo que me dejara tiempo para estudiar, así que empecé a trabajar en una empresa de reparto. No pasó mucho tiempo y ya me conocía todo el mundo, así que cuando hubo una plaza me llamaron. Un pequeño examen y listo.

Quinn asintió, dando otro sorbo. Brennan temió que terminara borracha y tuviera que arrastrarla hacia la furgoneta primero y a su piso después, algo que no le resultaba apetecible: el exmarido podía acabar con él y esconder su cuerpo con facilidad.

Desestimó la idea al momento, Quinn estaba muy sobria.

—Primero repartía muestras de sangre y otras cosas más desagradables. —Ella soltó una risita—. Pasaron un par de meses y me encontré una nevera enorme con un corazón. ¿Imaginas la presión que supone algo así?

Quinn lo miró con fijeza. Justo cuando el chico empezaba a sentirse incómodo, ella desvió su atención hacia la cerveza otra vez.

—La vez que peor lo pasé fue una en la que transportaba un riñón —murmuró—. Me dieron un golpe por detrás y me sacaron de la carretera. Por esa época todavía no tenía la furgoneta... llegué tarde y ya sabes, al final hubo una persona que se quedó sin su... ejem, riñón.

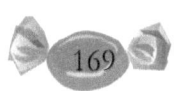

—Eso no fue culpa tuya.

—Ya, supongo que es un poco como lo tuyo. La gente sabía lo del accidente, pero al final del día solo era el repartidor que no había llegado a tiempo.

Quinn asintió. Se inclinó hacia él, apoyando los codos en la mesa.

—¿Nunca has pensado en dejar el trabajo?

—Unas mil veces a la semana, sí. —Sonrió él.

—Yo también, pero luego pienso, ¿a dónde voy a ir? Tengo treinta y cuatro años. Treinta y cuatro años, un trabajo que me hace llorar al menos tres veces por semana y un exmarido gorrón en casa. ¿No es un poco tarde para hacer borrón y cuenta nueva?

—No te quejes… yo tengo tres hermanos más altos, más guapos, con mejores trabajos y una madre que siempre me llama Brian. O Brad —se burló Brennan.

—Tus hermanos son un desastre. Y hablando de ellos, ¿cómo es que no me has pedido una cita todavía?

Brennan parpadeó otra vez, un poco intimidado por lo directa que era. Al parecer, decía las cosas según las pensaba. Eso era tan bueno como malo, y lo peor, lo dejaba descolocado.

—Bueno, yo…

—¿No soy tu tipo? —bromeó Quinn, apartando la botella de cerveza vacía.

—No es cuestión de gustos, eres el tipo de cualquiera y supongo que lo sabes.

—¿Entonces?

—Tengo mis motivos, no creas. No me meto en competiciones absurdas, por ejemplo… aunque la más importante es que si una chica está de verdad interesada en alguno de mis hermanos es porque no tiene nada en común conmigo.

Quinn parpadeó, estupefacta. Y si analizaba sus palabras, estaba muy de acuerdo con ellas. Sus tres hermanos no se parecían en nada a Brennan. Era un chico simpático, nada creído de sí mismo, aunque con aquellos ojos podía permitírselo, desde luego.

—Muy ingenioso —observó, divertida.

—Sí, bueno. Es lo que tiene que me haya tocado ser el menos guapo, la necesidad obliga. —Le guiñó un ojo, animado al ver que ella sonreía y parecía haber olvidado el incidente del quirófano, aunque fuera durante un rato.

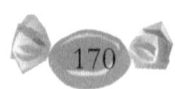

Quinn no estaba en absoluto de acuerdo con sus palabras, a ella le parecía bastante guapo, pero el sentido común hizo que no abriera la boca. Sabía que aquel chico no iba a darle problemas tipo acoso sexual en el coche, pero si hablaba más de la cuenta podía acabar pisando el siempre resbaladizo terreno del coqueteo. Y no quería meterse en líos por un par de ojos azules. O porque al fin un chico parecía escucharla de verdad. O por…

—¿No se te suben a la cabeza? —preguntó él, sacándola de sus divagaciones.

—¿Qué? Ah, no, no, tres es mi tope antes de que me afecte.

El camarero se acercó y recogió los botellines vacíos.

—Cinco minutos y cierro —avisó, antes de alejarse.

—Qué forma tan poco sutil de echarnos —comentó Brennan.

Quinn miró el reloj, sorprendida porque no solían cerrar tan pronto, pero se asombró más aún al ver que ya era medianoche y, por tanto, la hora en el que el local cerraba entre semana. El tiempo había pasado sin que se diera cuenta.

—¿Nos vamos? —preguntó.

—Creo que no nos queda otro remedio —contestó él, al ver que el camarero comenzaba a apagar las luces del bar.

Dejó unos billetes sobre la mesa y le hizo un gesto a Quinn al ver que ella echaba mano a su cartera.

—Tranquila, invito yo y de la próxima te encargas tú.

Se dio cuenta al momento de lo que había dicho, como si asumiera que iban a quedar otra vez para cervezas tras aquella especie de cita. Aunque no había sido una cita oficial, ¿no? Ni siquiera habían cenado. Con lo directa que era Quinn, si le había sentado mal el comentario seguro que decía algo, pero ella solo sonrió y se levantó.

—¿Tienes hambre? —preguntó.

—Un poco.

—Hay un restaurante de tacos abierto veinticuatro horas aquí al lado. No es lo más saludable del mundo, pero como emergencia vale.

—Me parece bien.

Se pusieron los abrigos y salieron a la calle, donde la temperatura había alcanzado varios grados bajo cero, pero por suerte el sitio de los tacos estaba cerca de verdad, a solo unos pasos, y no tardaron ni un minuto en estar a salvo del frío helador.

Brennan miró el cartel, lleno de opciones de rellenos y con los correspondientes pimientos junto a ellos que indicaban el nivel de picante de cada uno.

—Yo siempre pido el número cuatro cuando tengo una noche así —indicó Quinn, señalando el cartel.

Aquello tenía el máximo, cinco pimientos bien rojos que daban un poco miedo. Brennan negó con la cabeza al instante.

—Quiero conservar mi estómago, gracias —le dijo—. Algo que no arda al contacto mejor.

Ella lo miró con media sonrisa.

—Vaya, no eres de esos.

—¿De cuáles?

—De los que por hacerse los machitos delante de una chica pedirían lo mismo o, si fuera posible, incluso más picante.

—Ya, te entiendo, es algo que Malachy y Cian harían, obviamente. —Levantó una ceja—. ¿Era una especie de prueba o algo así?

Quinn sacudió la cabeza sin responder mientras se acercaban a la barra a pedir. La verdad era que tampoco sabía qué decirle, porque no había tenido intención de coquetear ni convertir aquello en algo más que un encuentro casual y unas cervezas con un amigo, pero algo había cambiado sin querer. Aparte de pagar las cervezas y dejar caer que podía haber una próxima vez, Brennan no había dicho o hecho nada más directo, pero notaba cierta tensión entre ellos.

Pidieron los tacos y de nuevo él pagó, con la misma excusa.

—Lo ponemos en un mismo *pack* —comentó.

—Cervezas y tacos, dos por uno. El sueldo de repartidor debe estar muy bien.

—No como para sitios de récord, pero me apaño.

—Muy gracioso.

Les entregaron los tacos y se sentaron en una de las mesas. Aunque Brennan había pedido el suyo sin picante, la base del relleno debía tenerla porque apenas si notaba el sabor de la carne. No quería ni pensar cómo estaría el que Quinn tenía, pero a la chica no parecía afectarle, lo mismo que con el hecho de beberse tres cervezas seguidas sin parpadear.

Muy atrevida era para pedir tanto picante al quedar con un tío… y entonces se dio una sacudida mental. Que no habían quedado,

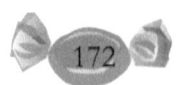

era un encuentro casual, aunque estuvieran cenando. Quizá lo que tenía que hacer era pedirle una cita cuando la dejara en casa, aunque no estaba seguro de que fuera a aceptar después de las experiencias con sus hermanos. Cierto, le habían dejado el listón muy bajo, pero ese podía ser un motivo de peso para no querer querer nada de ningún hermano O'Connor.

No, si al final iban a tener razón los palurdos de sus hermanos en algo y era el señor *Friendzone*. Nunca había tenido claro en qué momento se pasaba esa raya que no tenía vuelta atrás, pero por una vez en la vida percibía que estaba llegando a ella. Y no, no quería quedarse en esa zona con Quinn. Hacía rato que su cuerpo se había puesto en tensión y eso solo tenía un significado.

Se dedicó a pensar en cómo actuar hasta que terminaron de comer y entonces fue consciente de que ella se estaba frotando los ojos.

—¿Te llevo a casa? —preguntó—. Se te ve cansada.

—Sí, gracias, estoy agotada.

Se colocaron de nuevo los abrigos y fueron a la furgoneta de Brennan. Él seguía dándole vueltas al asunto, preguntándose cuál sería la manera correcta. ¿Preguntar de forma directa? Eso parecía lo más adecuado, pero había que tener valor. ¿Intentar no ser tan buen chico y besarla sin permiso? No, eso podía hacer que la noche terminara con una bofetada, porque cuando los buenos chicos hacían cosas así nunca salían bien parados, a diferencia de los malos. ¿Pedirle su número? No, que ya lo tenía. ¿Enviarle un mensaje al día siguiente? ¡Por Dios! Al final, sus hermanos, aunque no estuvieran allí, lo volvían loco haciendo que pensara en una próxima cita como si fuera un adolescente inseguro.

Quinn le fue indicando cómo llegar a su casa, dando vueltas al rato que habían pasado juntos. La noche no podía haber empezado de peor forma, pero Brennan había conseguido que se desahogara y estuviera relajada. Habían hablado, no del tiempo ni de cosas insustanciales, había sentido que la escuchaba de verdad, se habían reído… Si añadía la fiesta de cumpleaños y el café antes de eso, la verdad era que le gustaba estar con él. Y ya que se paraba a pensarlo, no podía negar que el chico le atraía más que como amigo. No estaba segura de si a él le pasaba lo mismo y, además, el hecho de que se llevaran tan bien quizá los encaminaba hacia una simple amistad sin química, que también podía pasar.

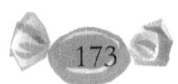

Solo había una forma de averiguarlo. No podía subirlo a su casa, seguro que Justin estaba enganchado a la máquina y podía soltarle alguna burrada, así que tendría que hacer algo cuando se despidieran, si él no decía nada.

Brennan detuvo el coche frente al portal y se quedaron callados unos segundos.

—Gracias por traerme —dijo Quinn.

—De nada.

—Y por la cena y las cervezas, me he divertido mucho.

—Yo también.

Quinn se quitó el cinturón mientras Brennan pensaba en preguntarle cuándo podían quedar. Al ver que ella lo miraba, abrió la boca para hablar.

—¿Quieres…? —empezó.

Pero Quinn no le dejó terminar, porque cubrió la distancia que los separaba y le besó. Sin dudas, sin preguntas, sin hablar: directamente le besó. Brennan se recuperó con rapidez de la sorpresa y elevó las manos para sujetar su rostro, correspondiendo al beso y saboreando sus labios. No supo cuánto tiempo estuvieron así porque perdió la noción de lo que les rodeaba, hasta que ella se separó y lo miró a los ojos.

—Vaya —suspiró.

Y tal cual salió de la furgoneta, dejando a Brennan sin saber muy bien qué había pasado.

Quinn subió a su piso, pasó de largo sin saludar siquiera a Justin, que estaba en el sofá, y se tiró sobre la cama tocándose los labios.

No, no había química. Había química, bioquímica, alquimia y todos los derivados.

Era la tercera ronda en la mesa de los O´Connor, que como buenos irlandeses aguantaban la bebida de maravilla. Callum, además, deseaba hacer desaparecer la sensación extraña que sentía respecto a Alissa y que era imposible de catalogar: no era como el resto de sus conquistas, eso estaba claro, y tampoco podía tratarla igual. Acababa de contarles lo ocurrido en la lavandería y después, cuando habían estado ordenando su cuarto y Alissa había actuado como si no hubiera pasado nada.

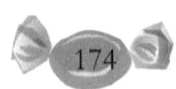

—A ver, que yo me entere —comentó Malachy, cuando el camarero se llevó los vasos vacíos y dejó otra tanda de cervezas acompañadas de chupitos de Jameson—. ¿Al final hay algo entre vosotros o no?

—No. Bueno, no lo sé, ¡es que es raro!

—¿Más raro que una chica te dejé plantado en mitad de la calle? —refunfuñó Cian, tragándose el chupito de golpe.

Aquello le arrancó una sonrisita a Malachy, aunque no le duró mucho al recordar que él no había tenido mejor suerte.

—Te han dado calabazas, supéralo. —Suspiró Callum, temiendo que al final sus hermanos no pudieran servirle de ayuda, menos después sus últimas experiencias.

—Es lesbiana, hazme caso —insistió Malachy.

—¿Por qué te preocupa tanto el tema de Alissa? —Cian se cruzó de brazos con una expresión de interrogación en el rostro—. ¿Qué diferencia hay entre ella y cualquier otra?

—No es lo mismo, tío, con ella está casado —corrigió Malachy.

—Solo es un papel, no se casaron por amor, sino por error.

—Eso es verdad, pero… a ver, no sé, supongo que cuando convives con alguien empiezas a conocerlo y a ver cómo es de verdad.

—Y el encuentro en la lavandería ayuda —apostilló Malachy.

Callum se encogió de hombros.

—Al menos eso me dice que ella también tiene cierto interés.

—Sexual en todo caso. —Sonrió Cian, burlón.

—¿Qué puñetas significa eso? —Callum lo miró con irritación—. ¿Crees que solo le puedo interesar a una chica por mis habilidades sexuales?

—No, no, Dios me libre de decir algo semejante. Pero seguro que por tus habilidades mentales tampoco es.

—Ni por las culinarias —añadió Malachy, solícito.

—Ni porque se te dé bien limpiar, llegar puntual a los sitios o tener hobbies que no sean matar zombis con un mando a distancia.

—¡Vale, vale, lo pillo! Creéis que soy un partido de mierda.

Los dos hermanos se miraron entre sí, sin dejar de sonreír.

—Nosotros te queremos, hermanito, pero tienes que admitir que eres un vago rematado.

—Y un ligón empedernido —asintió Cian.

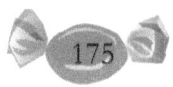

Callum gruñó algo ininteligible y bebió un sorbo de cerveza. Estaba molesto porque sabía que tenían razón y no servía de nada que respondiera que ellos no eran mejores que él en ese aspecto, eso no solucionaría el problema. Puede que fuera guapo y cachas, pero no era un buen partido. No era especialmente inteligente, eso lo tenía claro después de su intento de demostrar lo contrario al estudiar enfermería y fracasar; tampoco era ordenado, ni interesante, ni poseía habilidades como la cocina u algo que pudiera gustar a una chica. Sus hermanos estaban en lo cierto: solo valía para jugar a los videojuegos, comer gominolas y abrir los recipientes de comida que su madre le traía. Y eso a los treinta y siete años.

De repente, fue muy consciente de la imagen que debía dar ante los demás. La gente, por norma general, evolucionaba y maduraba, no se quedaba en los diecisiete años mentales. Normal que Alissa ni siquiera se planteara algo con él por mucha atracción que hubiera, sería como salir con un adolescente, que aún mantenía los mismos entretenimientos. Además, con el ejemplo del exmarido de Quinn delante de sus narices aún debía sentir más fobia.

—¿Cómo puedo madurar? —preguntó, con un hilo de voz.

Alzó la vista y encontró dos rostros sorprendidos, tanto que no sabían qué responder.

—Interesante pregunta que no sé contestar —carraspeó Malachy, incómodo.

—Pero acabáis de decirme que…

—Vemos el problema, Callum, eso no significa que sepamos arreglarlo. ¡Si nosotros somos parecidos! —exclamó Cian.

—Si estuviera Brennan podría responderte algo útil. —Malachy miró a su alrededor para asegurarse de que Brennan no estuviera a su lado y no lo hubieran visto o algo así—. ¿Y dónde está, por cierto?

—¿Se nos olvidó avisarlo? —Cian consultó el móvil—. No, lo pusimos en el grupo de «Hermanos», qué raro que no haya venido.

—Andará por ahí transportando pulmones y esas cosas raras que hace. —Malachy hizo una mueca para dejar claro su desagrado.

—Ya sé que no está Brennan, pero a lo mejor se nos ocurre algo. —Cian se frotó la barbilla, pensando en algo que pudiera ayudar a su hermano—. ¿Se te ha ocurrido apuntarte a un curso de cocina, por ejemplo?

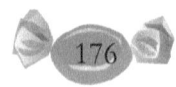

Callum lo observó con los ojos entrecerrados. ¿Hablaba en serio, un curso de cocina?

—Dijiste que una de las cosas que más le molestan a Alissa es que mamá te haga la comida todos los días. Y que se niega a hacerte la cena, ¿no?

Él no tuvo más remedio que asentir a todo, no veía sentido en negarlo. Su madre empezaba a espaciar las visitas con la comida casera preparada para calentar y últimamente se atiborraba de cereales y pizzas congeladas, que para él meter una pizza en el horno era todo un logro.

—Es una buena idea —apoyó Malachy—. ¿Imaginas su cara si un día al llegar a casa, cansada del trabajo, se encuentra con que le has preparado una cena *gourmet*?

La primera vez que Cian lo había sugerido sonaba a disparate, pero cuanto más lo pensaba Callum, mejor idea le parecía. Alissa se llevaría una sorpresa muy grande, seguro, y al menos sería consciente de que intentaba hacer algo por avanzar hacia la madurez.

—Muchos esfuerzos por una chica —dictaminó Cian, terminándose la cerveza—. ¿Pedimos otra ronda?

—Tampoco son tantos —protestó Callum, llamando al camarero con un gesto.

—Tío, no me vengas con esas que el otro día estabas en la lavandería por algo, has ordenado tu cuarto y ahora estás aquí comiéndote la cabeza para ver qué otras cosas puedes hacer. Y hasta te planteas apuntarte a un curso de cocina. Si eso no son esfuerzos por una chica, entonces dime qué es.

Callum no quiso darle la razón, molesto porque sabía que la tenía. Para acallar esa molestia decidió seguir con las rondas, a ver si así se le pasaba la tontería y se quedaba todo en un pequeño momento de debilidad.

Al salir habían bebido demasiado para conducir, así que llamaron a un taxi y se subieron los tres en la parte de atrás, apretados.

—A la calle Queen —pidió Cian, sacando el móvil—. Voy a *sar a ennan que amos*.

—¿Qué?

—Nada, nada.

—Yo voy a la calle Adelaide. —A Malachy le costó decir la frase completa sin que pareciera que estaba comiendo polvorones.

—Yo a la King —terminó Callum, esforzándose por vocalizar bien porque era consciente de que se notaba que estaban todos bastante borrachos.

Notó que su móvil vibraba y lo sacó, para descubrir que Cian estaba escribiendo en el grupo de WhatsApp de «Hermanos».

Cian escribe:
Brennan, por si pensabas dignarte a apetecer, nos estamos ando.

Esperó unos segundos para ver si su hermano respondía algo, pero como no fue así terminó por guardar el teléfono con un resoplido.

—Este chico, cada vez más independiente. Ya ni a las cervezas viene.

—Estará *gardia* —murmuró Malachy, que estaba recostado y con los ojos cerrados.

—¿Qué dices?

—Guardia. Guardia.

—Ah, vale.

El taxista miró por el espejo retrovisor mientras ponía los ojos en blanco.

Callum fue el último en bajar, y después de mirar la hora imaginó que no habría peligro, Alissa estaría en la cama con toda seguridad. Quién sabía si jugando con alguno de sus trastos… esa idea no era la más indicada para estar tranquilo, así que la borró de su cabeza al mismo tiempo que abría la puerta con cuidado de no hacer ruido.

Como había imaginado, el piso estaba a oscuras y la puerta de la habitación de la chica cerrada, así que Callum entró en la suya a trompicones. Se tiró encima de la cama sin quitarse la ropa, intentando recordar si al día siguiente trabajaba de mañana o podría dormir la mona hasta el turno de tarde.

Capítulo 12 ½: Agárralo como puedas 33 ⅓

Callum estaba medio dormido cuando la vibración del móvil le hizo pegar un bote. Lo sacó con dificultad de debajo de su cuerpo y abrió el grupo, molesto por la luz de la pantalla.

Cian escribe:
¿No os parece que el tacosta nos miraba bro ma?

Callum leyó la frase tres veces sin entenderla. A ver si estaba más borracho de lo que pensaba.

Malachy escribe:
¿Tacosta? ¿Pero qué dices, atontado?

Cian escribe:
¿Cómo que atontado? Digo eso, que el tacosta miraba por el reteovisor de mala maneta.

Callum escribe:
No entiendo nada.

Cian escribe:
Tacosta. Tacosta. ¡Mierda!

Malachy escribe:
Mira que estás borracho. Puto imbécil, jajajajaaaaaa.

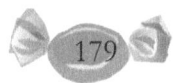

Cian escribe:
¡No estoy nortacho! ¡Esto no escribe bien!

Callum escribe:
Son las dos de la maña, ¿y si dormimos? Algunos trabajamos mañano.

Cian escribe:
Mierda de texto preductivo. Productivo.

Malachy escribe:
Predictivo.

Cian escribe:
Yo también trabajo mañano. Solo era el apunte del tacosta, nos miraba mal.

Brennan escribiendo…

Malachy escribe:
Anda, mira, el hermano extravuaso.

Callum escribe:
¿Quéeeeeeee?

Malachy escribe:
Extraviado. ¡Puto corrector!

Cian ha cambiado el nombre del grupo de «Hermanos» a «La
noche del tacosta»

Malachy escribe:
Sigo sin saber quées un tacosta. Huy, el espacio, me siento. Me no.
Lo. Menolo. Porras. Lo siento.

Brennan escribe:
Qué conversación más absurda, ¿estáis borrachos?

Cian escribe:
Sí, y tú también lo estarías de haber vendo.

Brennan escribe:
Usted perdone, señor agente. Resulta que estoy de guardia toda la semana, y aunque no sea asunto tuyo, estaba ocupado.

Malachy escribe:
¿Coquién? ¿De charla con un riñón?

Cian escribe:
Jajajajajajajajajajajajajajajajajajaja.

Callum escribe:
Tengo sueño. Dejaos de chordas. Chotas. Chorradas.

Malachy escribe:
"Brennan. Situación sentimental: liado con mis órganos".

Cian escribe:
Jajajajajajajaja ¡esa es buena, apúntala!

Brennan escribe:
"Malachy. Encefalograma plano".

Cian dice:
Jajajajajajajajajajajajajajajajajajaja.

Callum escribe:
No os peléis. Petéis. Peleéis.

Malachy escribe:
No seas borde, que era bromuro. Bromuro no, broma.

Cian escribe:
En serio, ¿dónde estabas? Precisamente hoy te hacíamos falta. No, nos hacías. ¿Al revés? Estoy Confucio.

Brennan escribe:
¿Qué coño dices? Estáis muy borrachos, ¿cómo habéis ido a casa?

Cian escribe:
¡En tacosta!

Brennan escribe:
¿En taxi?

Cian escribe:
¡Joder, qué alivio, al fin alguien lo compra! ¡Comprende!

Callum escribe:
Hoy necesitaba tu sentido común y no has venido. No encuentro el emoticono que llora, si no te lo ponía ocho veces.

Brennan escribe:
Estaba con Quinn.

El *chat* se quedó paralizado durante unos segundos mientras Callum releía la escueta frase que acababa de poner su hermano. Parecía que nadie iba a reaccionar hasta que…

Cian escribiendo…
Malachy escribiendo…

Cian escribe:
¿Te la has encontrado en el hospital?

Malachy escribe:
Seguro que te ha saludado porque sabe que eres hermano nostro. ¿Qué tal está? ¿Te ha dicho algo de mí?

Brennan escribe:
No se acuerda ni de tu nombre.

Malachy escribe:
No seas cabrón. ¡Algo te habrá dicho!

Cian escribe:
Le habrá hablado de mí, seguro que se arrepiente del plancton del otro día y quiere darme otra oportunidad.

Brennan escribe.
Sí, justo en el "plancton" estaba pensando.

Callum escribe:
¿Y no podías haberte venido después de saludarla?

Brennan escribe:
No, que he estado con ella mucho rato. Nos hemos ido a tomar algo y hemos hablado un par de horas.

Malachy escribiendo…
Cian escribiendo…
Callum escribiendo…

Malachy escribe:
¿Qué insinúas? ¿Que ha sido una cita?

Brennan escribe:
Yo no insinúo nada, lo que he escrito es lo que quería decir. Que soy el único que no está borracho, os recuerdo.

Callum escribe:
¡Cuenta, cuenta! Si cuentas, te perdono la abstinencia.

Cian escribe:
Pero, ¿qué va a contar? Jajajajajajajajajaja.

Callum escribe:
Pues no te rías tanto, que en la fiesta de cumpleaños estuvieron juntos toda la tarde más el tiempo que tardaron en decorar el piso.

Malachy escribe:
Qué rastrero, ¡ayudarla a preparar la fiesta!

Brennan escribe:
No tengo nada que contar, sois una panda de borrachos gilipollas.

Cian escribe:
¡Brennannnnnnnnnnnnn! Vuelve. Queremos saber de qué habéis

blado. Seguro que de mí.

Malachy escribe:
De ti no creo. Tú eres el tío que la lleva a pasar el rato con niños en un colegio.

Cian escribe:
Pues tú el que se pone a jugar con el exmarido en el sofá en lugar de aprovechar a ver si te acuestas con ella. Hay que ser bono.

Callum escribe:
Voy a dormirme.

Malachy escribe:
¿Bono? ¡Eso lo serás tú, signifique lo que signifique!

Cian escribe:
Se me cierran los ojos. Mañana seguimos.

Malachy escribe:
Nas n. Eso, que a dormir todos.

Callum dejó caer el móvil sobre su pecho, pero apenas había cerrado los ojos cuando notó que vibraba de nuevo. Lo levantó, fastidiado, para ver una llamada entrante de Brennan.

—¿Qué quieres? —preguntó, después de necesitar un minuto para descolgar.

—¿Qué quieres tú, que eres el que me estás llamando?

—¿Yo? Huy, habrá sido sin querer, tío. Ya sabes, todos pulsamos la llamada del WhatsApp en algún momento sin darnos cuenta.

Brennan le dedicó una mueca desde el otro lado de la pantalla.

—Entonces cuelgo.

—Espera, ya que has llamado…

—Que no he llamado yo, que has sido tú. —Sacudió la cabeza—. ¿Qué pasa?

Callum se frotó los ojos, consciente de que para hablar con ese hermano concreto más le valía vocalizar bien. Era el único que tenía algo de sentido común, el único del que valía la pena escuchar su opinión o algún consejo serio.

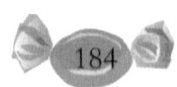

Se medió incorporó en la cama, apoyándose en los codos.

—Quiero madurar —susurró, como si temiera ser escuchado por Alissa.

Brennan puso cara de sorpresa.

—¿Has dicho madurar? ¿Quién eres tú y que has hecho con mi hermano? Mira que voy a tu casa a mirar bajo la cama, no sea que haya una vaina gigante[11]…

—Esa es buena. Estoy por usarla, aunque Alissa no la entendería.

—Y otra vez sale el nombre de Alissa en tus divagaciones. ¿Se puede saber qué te está pasando, hermanito? ¿Esta nueva idea de madurar es por ella?

Callum sintió el impulso de negarlo y hacerse el machito, pero desistió. Eso lo haría ante Malachy o Cian, pero con Brennan no tenía sentido, siendo el único que le podía entender.

Brennan asintió, como si no necesitara respuesta.

—Vale, veo que sí es por ella. ¿Se empieza a tambalear tu teoría del absurdo?

—¿Qué opinas de la idea de aprender a cocinar? —Callum ignoró el comentario.

—Hombre, mala idea no es, y más si es un motivo de desacuerdo entre vosotros —comentó el chico—. Además, te asegurarías de que mamá cada vez pase menos por tu piso, que es otra cosa importante que deberías dejar de hacer.

Callum se encogió de hombros.

—Viene menos.

—Pero sigue yendo, además con su llave y sin llamar, como si fuera su casa. No me extraña que Alissa se enfade, no es normal.

—Yo… vale, supongo que tienes razón. Hablaré con mamá en serio.

—Prepárate para que te empiece a llamar Calvin. O Cameron. O cualquier cosa que suene a tu nombre, pero no lo sea. —Sonrió Brennan—. Mamá es pasivo-agresiva, ya sabes, si no respondes a sus cuidados se mosquea.

—Encontraré la forma de controlarla, no te preocupes.

—Y deshazte de la consola.

---

[11] Película: La invasión de ladrones de ultracuerpos (1956), La invasión de los ultracuerpos (1978), Invasión (2007).

—¡¿Qué?! —exclamó Callum, incorporándose de golpe en la cama, alarmado—. ¿Hablas en serio? ¿Por qué tengo que deshacerme de ella?

Su hermano le sonrió desde el otro lado de la pantalla.

—Porque te roba tiempo para todo lo demás —dijo, guiñándole un ojo.

Y cortó la llamada, dejándolo con cara angustiada. Retirar su querida consola era un paso muy, muy importante y no sabía si estaba preparado. No podía negar que era un invento del diablo, pues absorbía por completo a la gente. Claro, sin consola no quedaba otro remedio que charlar con la pareja, lo veía. Si no jugaba —*auch*—, tendría mucho tiempo para dedicarle a ella. Pero, ¿quería renunciar a eso por Alissa?

Se tumbó, sin dejar de dar vueltas a la cabeza. Terminó por caer en un sueño intranquilo poblado de sueños donde su madre se colaba en su apartamento por la ventana con una goma negra en la cabeza al estilo Rambo[12] para terminar huyendo con su consola bajo el brazo.

---

[12] Película: *Acorralado* (1982)

Capítulo 13:
Llamaradas

—Vale, ¿tenemos todo? —preguntó Alissa, cruzando las piernas encima de la enorme cama del cuarto de Quinn.

Metió la mano por debajo de su cuerpo, buscando el mando de la televisión mientras Quinn se aproximaba a ella con una bolsa entre las manos. Podrían haberlo hecho en el salón, pero Justin estaría allí y a ninguna le apetecía hablar de sus cosas con él delante, de forma que se habían atrincherado en el cuarto de la rubia después de colgar el cartel de «No molestar» en la puerta.

—Cerveza. —Fue lo primero que sacó Quinn.

—¡Bien! —aplaudió Alissa entusiasmada, encontrando de paso el mando.

—Bocadillos.

—¿De la tienda de la esquina, los de pepinillos y queso? ¡Genial!

—Chocolate…

—Es perfecto. Solo falta ese canal de series donde siempre ponen alguna de médicos y mi felicidad será completa.

—Para el carro, Morin, no he acabado. —Quinn sacó de la bolsa varios estuches de DVDs que la morena miró con cierto recelo—. ¡Películas! Ya es hora de que tengas educación cinematográfica en cine de terror. Así, cuando Callum te haga bromas las pillarás.

—La ilusión de mi vida… —Agarró los estuches para mirar los títulos—. Hombre, la famosa *It*, por fin sabré de qué va.

—Todas las que he traído son películas de culto, guapa. Hazme sitio. —Quinn se deslizó a su lado y apretó los botones del mando para encender la televisión y buscar el canal.

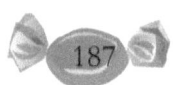

Alissa apoyó la espalda contra el cabecero de la cama, buscando postura. Estaban las dos en pijama, con el pelo recogido en sendas coletas, y no podía sentirse más cómoda. Una pena que Justin se empeñara en seguir viviendo allí, de haber tenido más sitio seguro que aquella noche hubiera terminado en una fiesta.

—Toma. —Le pasó un botellín de cerveza a su amiga—. Habrá que bebérsela pronto, que si salimos a la nevera igual nos intercepta Justin. ¿Aún no ha hecho ni amago de marcharse?

—El otro día, el de la cita con Cian, me puse seria y hablé con él sobre el tema, pero creo que no acepta la idea de que estamos separados. La verdad es que no tengo claro que haya leído siquiera la sentencia —suspiró la chica.

—Ya que hablamos de Cian, ¿tan desastrosa fue la cita?

—Cian solo quería escucharse a sí mismo —explicó Quinn tras dar un trago—. Menudo rollo de cita, entre los niños y su imaginación descontrolada. No, gracias.

Alissa soltó una risita, meneando la cabeza.

—Vaya familia.

—Bueno, chist, que voy a poner la primera película.

Quinn encendió el aparato de DVD y segundos después, la pantalla se vio invadida por los títulos de crédito. Durante unos diez minutos, ambas se mantuvieron en silencio, observando a aquel niño de chubasquero amarillo corretear bajo la lluvia persiguiendo un barquito de papel encerado.

—¡Oh, Dios mío! —exclamó Alissa, pegando un bote para inclinarse hacia la pantalla— ¿*It* es un payaso? ¡Claro, ahora entiendo las bromas en mi fiesta de cumpleaños! Pero, ¿por qué está metido en una alcantarilla y por qué ese niño idiota cree que es buena idea ponerse a charlar con él?

—Tiene ocho años. O siete, no lo recuerdo. Sea como sea, es un niño que quiere recuperar su barco, y cómo no fiarse de un payaso.

—¿Bromeas? ¡Mira esa cara! —Se estremeció, dando un sorbo a su cerveza—. No comprendo de dónde viene el título. Sería más lógico que se llamara *Payaso*, ¿no crees?

—No es un payaso normal, Morin, es un ente maligno que adopta forma de payaso, entre otras cosas.

—¿Me acabas de contar la esencia de la película?

—¡Si no paras de hacer comentarios y preguntas! —gruñó Quinn exasperada—. Ahora entiendo que Callum se desespere contigo y tu poca cultura cinematográfica. ¡Por cierto!

Quinn le dio al botón de pausa y se giró hacia ella con la expectación reflejada en la cara.

—No me has contado bien qué sucedió en la lavandería y después de la lavandería.

—Haces que suene como un incidente…

—Llámalo como quieras, pero cuéntame, ¿empezaste tú o él?

—Mmmm. —Alissa fingió hacer memoria mientras se metía un trozo de pan en la boca—. Fue todo un poco por accidente, estábamos en un espacio reducido donde hacía calor, yo casi me caigo, él me sujetó para evitarlo y de repente se me acercó muy despacio.

—Bonita coreografía —se burló su amiga—. O sea, que empezó él.

—Ajá.

—Y tú lo viste venir y te quedaste esperando quietecita hasta que llegó. —Alissa asintió a regañadientes—. ¿Y después?

—Empezamos a besarnos y me subió encima de la lavadora, que estaba encendida, por cierto, lo que fue extraño pero excitante en cierto modo.

—Claro, el chico está acostumbrado a improvisar.

Aquel comentario hizo que Alissa se sintiera molesta. Sabía que era cierto, el hecho de que pillaran a Callum cada dos por tres en algún rincón del hospital dándose el lote con la enfermera de turno era una realidad, pero no quería pensarlo. No quería ser una de esas chicas que después lo seguían con la mirada por los pasillos, no quería ser…

—Una más.

—¿Qué?

—No quiero ser una más, otro nombre en su lista de conquistas —resopló—. Así que supongo que la interrupción del señor Freddy Krueger fue lo mejor que pudo pasar.

Quinn dejó de comer su bocadillo y le tiró otro DVD. Alissa miró la portada con el ceño fruncido.

—*Pesadilla en Elm Street.* —Leyó. Le dio la vuelta—. Ah, vaaaaleee. ¡Ahora entiendo! —Frunció el ceño—. Anda, ¿y cómo se llama entonces el vecino?

—¿Qué más da? Sigue con lo de Callum, no te disperses.

Quinn la observó.

—No tenemos nada en común. —Alissa dejó el DVD y se encogió de hombros—. Soy demasiado rígida y él un vividor, dos polos opuestos. Y no me digas eso de que los opuestos se atraen.

—Yo no digo nada, te dejo que hables y te llenes la boca de un montón de excusas.

—¡No son excusas! —protestó la joven, con poca convicción.

—¿Eres consciente de que hace semanas que no hablas nada sobre «Mr. Loki»?

Alissa cerró la boca e imitó a su amiga dejando el bocadillo sobre la cama. Pensó a toda velocidad, ¿cómo que no mencionaba a su adorado doctor Bouchard?

Hizo memoria a toda prisa, Quinn tenía que estar confundida. Si parecía que había sido ayer cuando había intentado ligar con él dentro del ascensor, ¿después de eso no había vuelto a…?

—No te molestes —comentó Quinn.

—Quizás mi cerebro al fin haya aceptado que es un romance casi imposible.

—O a lo mejor has cambiado a «Mr. Loki» por «Bíceps-Tríceps».

—No puede gustarme Callum, ¡es un perdedor!

—¿Por qué, porque es celador?

Alissa negó de forma vigorosa.

—No, porque tiene treinta y siete años y su madre aún le lava la ropa.

—Pero está tratando de cambiar eso, ¿no? Ha bajado a la lavandería y está ordenando su habitación, yo diría que quiere avanzar en la misma dirección que tú.

Quinn notó que su amiga tenía una expresión terca en la cara, como si no quisiera aceptar las palabras que escuchaba.

—No me fío de él, Quinn. Es un mujeriego. A lo mejor todo esto es una comedia para ver si es capaz de llevarme a la cama.

A Quinn le parecía una tontería, sobre todo porque Callum no necesitaba hacer nada de eso para tener ligues, pero se encogió de hombros.

—Cuando estábamos ordenado su habitación encontramos un montón de apuntes viejos —murmuró Alissa—. Y resulta que estudió enfermería casi hasta el final, y con notas bastante decentes, añado. Él no le dio importancia, como si alguien le hubiera colocado el cartel de celador y no pudiera aspirar a nada más.

—Pues es una pena, podría sacarse el título.

—Lo hablé con Maeve y hasta ella me dejó caer que no esperaba mucho más de él, que «Ojos Bonitos» era el listo de la familia.

—Ese pobre chico estudió derecho, pero no sé si es motivo de orgullo.

—¿Cómo lo sabes?

—Me lo contó él.

—¿Has vuelto a verlo después de mi fiesta de cumpleaños?

—Sí, el otro día estuvimos juntos un rato.

Quinn puso la película de nuevo, pero a Alissa le pareció raro que su amiga no añadiera nada sobre el tema, de modo que le arrebató el mando y detuvo la película justo cuando el pobre crío de chubasquero amarillo se arrastraba por el suelo con un brazo de menos.

—Oh, Dios mío, su brazo... —Apartó la mirada de la pantalla y volvió a su amiga—. ¿Acabas de hacer una bomba de humo en temas de cotilleo? ¿Pasó algo que yo deba saber?

Quinn se mordió el labio, mirándola.

—Nos encontramos por casualidad al salir del trabajo y como estaba algo tocada por el niño que habíamos perdido, nos fuimos a tomar algo juntos. No se parece en nada a sus hermanos, es capaz de tener una conversación.

Alissa le hizo un gesto intencionado.

—¿Y...?

—No sé si fueron las cervezas, los tacos, esos ojos o que es muy majo, pero el caso es que me parecía notar química.

—Y conociéndote, algo harías para estar segura.

Cómo la conocía. El comentario hizo sonreír a la rubia.

—Pues lo besé y él me devolvió el beso, y fue jodidamente genial. Pero estoy un poco perdida, Alissa... hace mucho que no juego a esto.

—Llevas casada desde que naciste, es normal. —Le dio unas palmaditas de ánimo.

—Y Justin sigue en mi vida. ¿Cómo se supone que voy a llevar una relación o lo que sea esto con mi exmarido metido en casa? ¿O debo resignarme a que seamos un trío?

Alissa se quedó pensativa, tratando de encontrar una solución. Quinn estaba en lo cierto con sus preocupaciones: hasta que Justin no decidiera largarse no tendría libertad.

—¿Y Brennan qué opina sobre esto?

—El pobre debe estar alucinando, me marché sin decir ni una palabra. —Miró al techo—. Puede que me devolviera el beso por educación, ya sabes. Es muy educado.

—Pero, ¿qué estás diciendo? ¿Por educación?

—¿Por qué no? Acuérdate de Lisa, se la mama a cualquier tío que le hace sexo oral a ella, dice que hay que ser considerada y practicar la reciprocidad aunque no le apetezca.

Alissa negó con determinación para sacarle aquellas ideas de la cabeza. Lisa decía muchos disparates, no quería que Quinn se dejara aconsejar por ella.

—Olvida a Lisa —dijo, en tono firme—. Nadie devuelve un beso solo por no quedar mal. Si quieres saber qué piensa, habla con él.

—Creo que voy a dejarlo pasar. Mi situación ahora mismo es una mierda, hasta que no solucione mis problemas lo mejor es no complicarlo más.

Le cogió el mando para continuar por donde lo habían dejado, pero Georgie solo tuvo dos segundos de gloria antes de que Alissa pulsara la pausa por segunda vez.

—No hagas eso, Quinn, hacía siglos que no te veía interesada en alguien.

—Vale, lo pensaré. ¿Podemos seguir viendo cómo ese pobre niño se desangra, por favor? Que después tenemos muertes en sueños. —Señaló el DVD de *Pesadilla en Elm Street*—. Y para terminar terror, pero con risas.

Le lanzó *El jovencito Frankenstein*, que Alissa miró sin entender muy bien cómo podía haber humor con aquella temática, pero ya saldría de dudas después de aquella maratón.

—Creo que en mi próximo cumpleaños no querré que haya payasos —suspiró, y Quinn volvió a poner la película en marcha.

Pensar en su próximo cumpleaños la llevó a preguntarse dónde estaría entonces. Todavía quedaba bastante tiempo para que terminaran los seis meses que se habían puesto como límite, pero las semanas iban pasando y la idea de pensar en mudarse no le hacía ninguna gracia.

—¿Lo paro otra vez? —preguntó Quinn, al ver que se ponía seria.

—No, no, que me he distraído un segundo. Ya me concentro.

Volvió a coger el bocadillo para darle un buen mordisco mientras volvía su atención a la pantalla, no fuera a perderse alguna frase clave.

Para cuando terminaron la maratón, Alissa se había anotado unas cuantas cosas para tener en cuenta y poder contestar, aunque dudaba que la palabra «tafetán» saliera en alguna conversación en un futuro próximo. Pero de ser así, al momento diría «tafetán, amor» y seguro que se reía sola, que con su suerte la otra persona no lo pillaría y lo cierto era que la película le había hecho mucha gracia.

Cenó con Quinn —o más bien, siguieron comiendo hasta la hora de cenar, cuando terminaron la última película—, y cuando llegó al apartamento, se encontró con que Callum aún estaba despierto, tumbado en el sofá.

Se asomó para saludarlo, pero al mirar la televisión, casi se frotó los ojos porque no tenía imágenes de gente disparándose ni alienígenas explotando. No, nada que ver: Callum tenía puesto un canal de cocina.

Lo miró extrañada, pero vio que estaba dormido y con el mando en la mano, por lo que dedujo que habría cambiado de canal sin darse cuenta. Iba a pasar de largo, pero en cambio se quedó apoyada en al marco de la puerta, mirándolo. ¿Qué tenía que la atraía de aquella forma? Porque sí, la atracción física era innegable, aquellos bíceps y abdominales eran un hecho objetivo que actuaban como imanes, pero no era solo eso. Ya no le miraba como antes, que ni siquiera le prestaba atención como no fuera para algún tema de trabajo o por algún lío con alguna de sus enfermeras. Algo había cambiado desde que vivían juntos y le conocía algo más, sabía que no era solo una cabeza hueca con esa cara de niño bueno que parecía decir «bésame». Cosa que no iba a hacer, por supuesto, como mucho taparlo, que el pobre seguro que cogía frío ahí tumbado.

Se acercó sin hacer ruido y cogió una manta que había en una esquina, para ponérsela por encima con cuidado. Mientras iba a su habitación, su mente iba pensando que algo fallaba en aquella imagen, y no fue hasta que se metió en la cama que se dio cuenta de lo que era: ni la consola ni los mandos estaban a la vista.

Cuando Alissa se levantó por la mañana, su último pensamiento antes de dormirse volvió a su cabeza, así que se asomó al salón para ver si lo había soñado. Pero no: el aparato no estaba allí. ¿Se le habría roto de tanto usarlo? Tampoco le extrañaría, que con lo que lo utilizaban él y sus hermanos estaría machacado.

La manta con la que lo había tapado estaba a un lado, por lo que supuso que el chico se habría despertado en algún momento durante la noche y se habría ido a la cama. Si no recordaba mal, tenía el día libre, con lo que se quedaría allí con toda probabilidad como solía hacer: dormir hasta tarde y salir un rato con sus hermanos.

Sin embargo, cuando estaba a punto de salir por la puerta, vio que Callum se asomaba desde su habitación.

—¿A qué hora vendrás? —preguntó el chico, frotándose los ojos somnoliento.

—Tengo turno de mañana y después unas actividades —contestó ella, extrañada de que preguntara—. ¿Por qué?

—Por saber, ¿vendrás a cenar?

—¿Va a pasarse tu madre con *tuppers* o qué pasa?

—No, no, es por saber.

—Calculo que para las ocho estaré en casa.

—Vale. —Bostezó—. Que tengas buen día.

Y volvió a meterse en su habitación, dejándola mosqueada. A ver si todo era para quedar con alguna mientras ella no estaba… Pues lo llevaba claro, ya llegaría un poco antes para pillarle con lo que fuera que tenía pensado. Había pensado pasar por el supermercado al salir de Pilates, pero podía dejarlo para el día siguiente.

Nada más llegar al hospital se encontró con un par de ingresos y no pudo reunirse con Quinn para su café de primera hora, pero sí consiguieron coincidir para una pausa a mitad de mañana.

—¿Qué tal la noche? —le preguntó su amiga cuando se sentaron con sus cafés—. ¿Has visto payasos o tíos con la cara quemada?

—No, nada más llegar me encontré a Callum dormido en el sofá como siempre, sin camiseta.

—Ah, claro, entonces has soñado con abdominales.

—Que no… —Algo había habido, le parecía recordar, pero lo apartó de su mente—. Escucha, creo que trama algo y voy a pillarlo con las manos en la masa.

—¿Tramar algo como qué?

—No lo sé, pero me ha preguntado a qué hora iba a llegar. Nunca lo ha hecho, pero también hay otro detalle muy extraño.

Se quedó callada en lo que parecía una pausa melodramática, hasta que Quinn se acercó más a ella, intrigada.

—¿Qué?

—La consola ha desaparecido.

Quinn parpadeó.. La explicación a aquello no tenía porqué ser la que imaginaba Alissa, eso seguro.

—¿Y cuáles son tus sospechas? —preguntó—. ¿Que se va a llevar a una tía alérgica a las consolas?

—No lo sé. Pero algo es, así que me presentaré antes.

—Bueno, tú verás. —Quinn le dio un sorbo a su café—. Pero si te lo encuentras en pelotas haciendo cosas de *bondage*, luego no me vengas asustada.

Alissa se atragantó con el suyo y la miró, digiriendo esa frase. A ver si iba el chico a probar algo de aquello y le pillaba haciendo algún numerito con cuerdas. Sacudió la cabeza, negando.

—Esperaré tus wasaps con impaciencia —añadió Quinn, a la vez que se levantaba—. Me voy que nos iban a llevar a un bebé para la incubadora. Hablamos luego.

Terminó su café y lo tiró de camino a la salida, mientras Alissa se quedaba unos minutos más para terminarse el suyo y seguir dando vueltas al tema del misterio de Callum.

No se lo pudo quitar de la cabeza en todo el día, así que cuando terminó su clase de Pilates y se fue al apartamento, tenía mil teorías conspiratorias en la cabeza, algunas de las cuales hasta incluían payasos con globos rojos.

Pero cuando abrió la puerta del piso, no escuchó ni vio nada extraño. Cerró la puerta sin hacer ruido y se asomó al salón, que estaba vacío. La puerta de la habitación de Callum estaba abierta, así que también miró. De nuevo, nadie. Ya que estaba, su mente ordenada hizo un escaneo visual de la misma y se sorprendió al ver que todo estaba en orden, así que no pudo resistirse y sacó un rotulador de su bolso para marcar sus casillas de verificación en la tabla de las cinco eses.

Satisfecha, regresó al pasillo y entonces escuchó ruido de platos en la cocina. Aquello la hizo fruncir el ceño. Arrugó la nariz y sí, olía a algo que se estaba cocinando.

Bueno, lo que le faltaba por ver. ¡Así que era eso! Llevaba días sin ver *tuppers* de Maeve, seguro que la mujer no le estaba llevando comida a su hijo, sino que directamente iba a hacérsela allí.

Se dirigió a la puerta comenzando a sulfurarse, pero en cuanto la abrió con toda la intención de montar una buena bronca, se quedó paralizada y con la boca abierta.

Porque no era Maeve la que estaba en la cocina.

De espaldas a ella, Callum estaba cocinando. Vestido solo con unos boxers, por supuesto, y parecía que llevaba un delantal al cuello. Callum tenía un montón de cazuelas sobre la encimera y al fuego. En el horno también se cocinaba algo, y había polvo blanco por todas partes que Alissa dedujo —y esperaba—, que fuera harina.

¿Qué estaba pasando allí?

De pronto Callum se dio cuenta de su presencia, porque se dio la vuelta y la miró con una mezcla de sorpresa y ¿apuro?

—Vaya, hola —saludó—. Llegas pronto, ¿no?

—Un poco.

—Estoy haciendo la cena.

—¿Qué? —Alissa pensó que había escuchado mal—. ¿La cena? ¿Estás cocinando? ¿Tú?

—Sí, ¿tan difícil es de creer?

Alissa prefirió no contestar a esa pregunta, porque no iba a sonar muy bien si lo hacía. Callum se acercó y la cogió con suavidad del brazo, sacándola de la cocina para llevarla al salón.

—Tú descansa de… —La miró de arriba abajo, mirando sus mallas negras y camiseta elástica roja—. Lo que sea que has estado haciendo. Yo me encargo de la cena, te avisaré cuando esté lista.

Alissa estaba tan aturdida que se dejó llevar y sentar en el sofá. Callum encendió la televisión y salió el canal de cocina del día anterior. Por fin entendía por qué lo había estado viendo, ¡no había sido un error!

Callum le entregó el mando y la dejó allí sentada, para regresar corriendo a la cocina. Tenía tantas cosas a la vez en el fuego y en el horno que temía perderse, pero es que los tipos de la televisión lo habían hecho parecer todo tan fácil que se le había ocurrido preparar no un plato, sino tres: primero, segundo y postre. Algo que, se daba cuenta, era muy complicado y más siendo la primera vez que encendía el horno para algo que no fuera una pizza.

Miró una cazuela donde estaba hirviendo pasta y subió el fuego, removiendo con la otra mano lo que iba a ser la salsa.

Fue entonces cuando notó un extraño olor. Miró a su alrededor y pronto se dio cuenta de que era a quemado. Abrió el horno, donde había metido lo que en teoría eran unos merengues, y una humareda negra salió del mismo, envolviéndole y provocándole una tos que hizo que le empezaran a llorar los ojos.

Se alejó sacudiendo un trapo, intentando recuperar el aliento, pero no sacó la bandeja ni apagó el horno, con lo cual el humo continuó saliendo, cada vez más negro y más denso, hasta que de pronto comenzó a sonar un pitido agudo por toda la casa.

—¿Callum? —escuchó a Alissa que lo llamaba.

El chico corrió a apagar el horno, pero entonces vio que también de la sartén de la salsa salía humo y que el interior ya no era rojo sino negro. También la cazuela con agua se estaba desbordando. Fue apagando todo a saltos, esquivando salsa negra que salpicaba a su alrededor y agua hirviendo, pero el pitido no cesaba y temía lo que podía venir a continuación.

—Oh, Dios mío —exclamó Alissa, desde la puerta de la cocina—. ¿Estás bien?

—¡Hay que parar la alarma!

Alissa corrió a abrir la ventana para que saliera el humo.

—¿Por qué?

De pronto, notó que le caía agua desde el techo y levantó la vista, mientras Callum señalaba los extintores de incendios del techo.

—Por eso —contestó.

Al menos la alarma dejó de sonar, pero el agua seguía cayendo en forma de lluvia incesante y los empapaba a los dos, así como a toda la comida, o más bien intento de cena, que Callum había estado creando.

—¿Se va a inundar toda la casa? —preguntó Alissa, alarmada, pensando en lo que iba a costar limpiar todo aquel desastre.

—No, solo hay extintores aquí, en el resto de la casa solo alarmas.

Alissa cerró la puerta de la cocina para que no saliera el agua al pasillo, al menos así se minimizarían los daños.

—No tardará mucho en pararse —comentó Callum—. Aunque ahora viene lo peor.

—¿Lo peor?

Y entonces se escuchó el sonido de un camión de bomberos. Alissa se acercó a la ventana, aunque sin llegar a asomarse, que fuera hacía demasiado frío.

—No me digas que… —empezó.

Pero se calló al ver que sí, que el camión se paraba debajo de su ventana y se bajaban varios bomberos del mismo. Entre ellos, por supuesto, Malachy, que levantó la mirada hacia ellos y elevó la mano para saludarla.

—¡Estamos bien! —gritó Callum, asomándose también a su lado—. ¡Malachy, no subáis!

—¡No os mováis, vamos al rescate!

Callum puso los ojos en blanco al ver que extendían la escalera hasta la ventana y se hizo a un lado, aliviado de que al menos el agua hubiera dejado de caer.

—Nada, una vez salen no hay vuelta atrás.

—¿Pero cuántos incendios has causado?

—Solo otro, en la barbacoa de mi madre. Ah, y en el último cumpleaños de Cian compré unas velas de broma que no se apagaban y hubo un incidente con unas cortinas…

—Madre mía.

—Tranquilos, ya estoy aquí para salvaros —dijo Malachy, entrando por la ventana con un hacha en la mano—. ¿Ha sido el fuego de vuestra pasión?

—Te pegaría en la cabeza, pero llevas casco y me haría daño yo —gruñó Callum, viendo como otro bombero entraba tras su hermano.

—El horno y las cazuelas —dijo este último, acercándose a mirar—. ¿Preparando una cena romántica, Callum?

—Bueno…

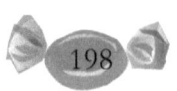

—¿O llevando al límite el refrán de que a un hombre se le gana por el estómago, señorita?

—Oiga, que yo no he causado un incendio en mi vida —protestó Alissa, ofendida.

—En fin, todo está en orden por aquí —dijo Malachy, tras examinar el horno y las cazuelas—. Todo para tirar, pero por lo demás sin daños. Podemos irnos, capitán.

Y tal cual habían llegado, se marcharon. Alissa cerró la ventana tras ellos. Ya no salía humo del horno y las cazuelas apenas si desprendían calor.

—Quizá la cocina no sea lo tuyo —comentó.

—Ya. —Cogió la sartén de la salsa y la tiró directamente a la basura—. Quería sorprenderte.

—Sorpresa ha sido, desde luego.

Callum la miró, dándose cuenta de que no estaba enfadada, como él había esperado, después del desastre causado. Alissa tragó saliva, manteniéndole la mirada.

—Quizá yo pueda cocinar —dijo—. Si tú haces la compra.

—Me parece bien el reparto.

Alissa no podía dejar de mirarlo, la forma en que el agua caía por su cabeza, con varias gotas deslizándose por el rostro hasta sus labios. Dios, si es que hasta el delantal le quedaba bien, ¡aquello no era ni medio normal! ¡Solo pensaba en cómo podía arrancárselo! ¿Estaba chiflada?

—Habrá que secarse —siguió diciendo él, sin dejar de aproximarse.

Callum tenía toda la intención de ir al baño y quitarse la (poca) ropa que llevaba, toda mojada, pero la forma en que Alissa lo miraba le recordaba al día de la lavandería y en lugar de marcharse, sus pies se movieron en dirección contraria, hasta detenerse a solo un palmo de ella.

—Sí, deberíamos —murmuró ella.

Alargó los brazos hacia su cintura y la rodeó, para soltarle el nudo del delantal. Callum se lo quitó por la cabeza y esperó, por si acaso, pero las señales desde luego estaban claras, porque de pronto Alissa se tiró encima de él para besarlo.

Callum la cogió por la cintura, apartó con un brazo todo lo que había encima de la mesa y la sentó encima. Le quitó la camiseta empapada por completo, y la tiró al suelo mientras sus ojos se oscurecían al ver que no llevaba nada debajo. Seguía sin saber qué demonios de «actividades» hacía Alissa, pero en aquel momento daba igual. El contraste del agua fría había provocado que sus pezones se endurecieran, y Callum la inclinó hacia atrás para recorrerlos con la boca hasta hacerla gemir.

La tumbó sobre la mesa y tiró de los pantalones mojados, llevándose con ellos la ropa interior, todo mojado, y que tiró al suelo con el resto de cosas. Alissa se agarró con las manos a los bordes de la mesa, abriendo las piernas para atraerlo hacia ella con impaciencia. Ya no tenía frío por haber estado la ventana abierta ni por estar mojada, sino todo lo contrario.

Se dio cuenta de que en algún momento él se había quitado los boxers y vio que abría un cajón de la mesa para sacar un paquetito cuadrado.

Pues sí que estaba preparado el chico para todas las eventualidades, si tenía de aquello en todas las habitaciones.

Callum la sujetó por las caderas para penetrarla y Alissa dejó de agarrar la mesa para llevar las manos a su espalda y bajar por ella, casi clavándole los dedos en los glúteos mientras se movía contra él. Le lamió el cuello, el pecho, rozándole la piel con los dientes antes de gemir contra su boca y besarlo de nuevo, juntando su lengua con la de él, moviéndose cada vez más rápido hasta que notó que todo su cuerpo estallaba en mil pedazos.

Lo abrazó con fuerza, notando que la arrastraba para bajarla de la mesa. La llevó así hasta el sofá, con sus cuerpos pegados como si fueran uno solo, para sentarse con ella encima.

Ella se quedó con la cara oculta en el hueco de su cuello, pensando en lo que acababa de ocurrir. Había sido la experiencia más rápida e intensa de su vida, pero lo que más le sorprendía era ella misma, porque podía ver que le había dejado alguna marca aquí y allá y no recordaba cómo. Notó que el chico hacía algunos movimientos y después, se tumbaba encima para volver a entrar en ella, esta vez más despacio y arrancándole un par de suspiros.

Sí, estaba preparado para cualquier momento y lugar… y desde luego no iba a quejarse por eso.

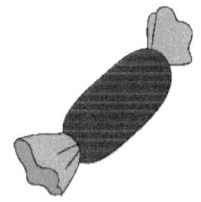

Capítulo 14:
Solo en casa

—¿Qué tal está tu piel? —preguntó Quinn, sujetando el teléfono entre el hombro y la oreja mientras cogía una Coca Cola.

Estaba en el comedor, sentada al estilo indio. La música del videojuego de Justin sonaba por detrás sin darle tregua, pero debía haberse acostumbrado porque apenas lo percibía.

No había visto a Alissa en toda la semana, excepto en los cafés rápidos del trabajo, pero la entendía: por las palabras que habían intercambiado, la mayoría por móvil o WhatsApp, Alissa estaba metida de lleno en plena aventura amorosa con Callum. Lo cual le alegraba, pero también la inquietaba un poco... su amiga merecía ser feliz y disfrutar, pero la reputación de «Bíceps-Tríceps» era una verdadera losa.

—Brillante —respondió Alissa, al otro lado del teléfono.

—Entonces es cierto lo que se dice, que la práctica de sexo mejora el rostro —dijo, con una risita.

—¿Queda pizza? —interrumpió Justin, a quien la mención de la palabra «sexo» le hizo apartar la mirada de la pantalla durante un segundo.

—Vuelve a lo tuyo. —Quinn le dedicó un gesto poco amable con la cabeza y reanudó su conversación—. ¿Y en el trabajo?

—No, no, pero, ¿qué dices? ¡Somos profesionales! —Alissa se mantuvo en silencio un par de segundos y después carraspeó, bajando la voz—. Solo un par de besos aquí y allá en la sala de curas cuando nos coincide el turno, como hoy.

—Madre mía, ten cuidado y que no te pille Alec, estás tan cerca de conseguir su puesto...

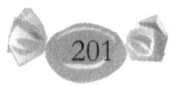

Lo estaba. Alec había empezado a mover los hilos para ello, lo que hacía que la felicidad de Alissa fuera completa. Un par de escarceos en un armario no iban a dar al traste con aquello, pero mejor no echar por tierra la reputación de seria que había conseguido.

Hacía tiempo que Quinn no veía a Alissa tan feliz: resplandecía y eso significaba que estaba muy cerca de enamorarse de Callum, si es que no lo estaba ya. Por supuesto no había sucedido de la noche a la mañana, y aunque al principio no hubiera apostado por ellos, sí creía que podían hacer buena pareja si él no lo estropeaba.

—Venga, vete a aprovechar el tiempo —comentó—. Esas ganas de sexo a todas horas no durarán para siempre, así que mientras duren no pierdas los minutos.

—¿Qué vas a hacer todo el fin de semana? Lo tienes libre, ¿verdad?

Quinn lanzó una mirada de reojo hacia su ex. Recordaba cuando tener el fin de semana libre era motivo de alegría. La única alegría era pensar que podría recuperar horas de sueño, eso era todo. Cualquier actividad que quisiera llevar a cabo dentro de su piso se volvía complicada con Justin molestando. Le quedaba la opción de salir de fiesta con Lisa, que no hacía más que enviarle mensajes. Ella los leía y le daba largas, pero seguía mirando el móvil por si acaso Brennan se decidía a escribirle alguno, cosa que no había hecho en toda la semana.

Aunque se sentía decepcionada, era consciente de que era lo mejor. Su situación no invitaba a ningún chico a implicarse demasiado porque no era solo ella: en el *pack* iba el mastuerzo que ocupaba su sofá y su vida. Era un desastre, seguía sin saber cómo solucionarlo, y a pesar de que lo más correcto parecía estar centrada en la situación actual, por otro lado, le dolía dejar escapar al único chico que había despertado su interés en mucho tiempo.

—Vas a quedarte «recuperando horas de sueño» —escuchó decir a Alissa.

—Es muy posible. Dormir de día y salir de juerga con Lisa de noche.

—No irás a reemplazarme, ¿verdad? —preguntó la morena con cariño.

—Mmmm… no sé. Si terminas con «Bíceps-Tríceps» por siempre jamás tendré que buscarme otra nueva mejor amiga, ¿no crees? —la pinchó Quinn.

—¿Por qué no llamas a Brennan? —sugirió Alissa.

—Sí, es una idea genial. «Hola, ¿quieres venir a mi casa? Estaremos tú, yo y mi exmarido experto en comer pizzas en dos bocados». Bien pensado.

—Queda con él fuera, lumbrera.

—Da igual, mañana tendríamos este mismo problema. Y pasado —susurró la rubia, con cuidado de que Justin no la escuchara—. Hasta que mi vida no sea normal no puedo hacer cosas de persona normal.

Escuchó un suspiro proveniente de su amiga.

—Procura no terminar muy borracha si sales con Lisa, que es experta en noches movidas —recomendó.

—Y tú no olvides usar gomitas, a ver si con tanto arrebato pasional vamos a tener una sorpresa no deseada —se burló Quinn.

—Estamos en el turno de tarde, saldremos a las mil.

—Seguro que encontrais tiempo después—dijo Quinn, antes de colgar.

Dejó el móvil delante, con el *chat* de Lisa abierto mientras decidía qué hacer: meterse en su cuarto a leer o ver alguna película en el portátil, o arreglarse y salir a tomar unas copas con ella y el resto de chicas del hospital. Puede que necesitara divertirse sin pensar en nada, la verdad era que encerrarse en su cuarto no le apetecía nada.

—¿Dónde vas? —quiso saber Justin, cuando la vio levantarse—. No irás a acostarte ya.

—Me voy con las chicas por ahí.

—Puedes traerlas aquí si quieres, prometo no molestar.

Lo que faltaba. Se ligaría a una, o a dos, y después no solo tendría que soportarlo a él, sino a su novia de turno. Ni hablar. Si hacía de celestina y le presentaba a alguien sería para que se fuera de allí, no para tener dos garrapatas en lugar de una.

—Ja, ni lo sueñes.

Se metió en el lavabo sin añadir más y respondió a Lisa diciéndole que se verían en un rato en el pub donde siempre quedaban antes de iniciar la noche de fiesta. Era lo mejor que podía hacer, necesitaba salir de la dinámica en la que estaba metida y un poco de baile con coqueteo inocente ayudaría a despejar su mente, seguro.

Dedicó más esmero del habitual a maquillarse, lo mismo que a la hora de escoger la ropa. A lo mejor tenía que enviar mensajes más evidentes hacia Justin, que sintiera que podía regresar al piso acompañada de cualquier tío. Pero él también podía adaptarse a esa situación, estaba convencida. Y buscarse un novio más grande que lo espantara no era imposible, pero sí improbable: Justin era ese tipo grande que espantaba a todos.

Frustrada al no encontrar ninguna solución viable, agarró su bolso y regresó al salón, donde Justin le lanzó una mirada de lo más apreciativa.

—Guau, ¿dónde vas tan arreglada? ¿Solo con las chicas o tienes otra cita?

Quinn abrió la boca para responder, pero entonces el timbre de la puerta la detuvo. Cruzó el salón sin saber quién podía ser a aquellas horas, y cuando abrió estuvo a punto de sufrir un infarto al ver a Brennan al otro lado del rellano.

¿Qué hacía allí? ¿Cómo no le había escrito un mensaje avisando de que iba a acercarse?

Notó un fuerte alivio al recordar que estaba preparada para salir: al menos no la había encontrado en pijama y con una coleta puesta de cualquier forma.

Lo miró de arriba a abajo. Todo era normal, excepto por la nevera que sujetaba. No tenía mucho sentido que la llevara encima, por norma general solía dejarlas en la parte trasera de la furgoneta. Sin embargo, cuando sus ojos se encontraron, aquel tema desapareció de sus pensamientos. No se podía creer que hubieran estado tomando café u organizando una fiesta tan tranquilos, en aquel momento la corriente sexual que fluía entre ellos era difícil de ignorar.

Era incomoda, y tensa, y…

—¿Ibas a salir?

En un segundo vistazo, Quinn notó que Brennan tenía cara de mal humor. No recordaba haberlo visto nunca enfadado; si necesitaba hablar de algo que lo molestara no podía deshacerse de él, no con lo bien que se había portado con ella.

Se hizo a un lado para dejarlo pasar.

—No tengo prisa, entra.

Una vez hubo cerrado la puerta, se dio cuenta de que había cometido un grave error. Aquellos dichosos ojos azules le habían hecho olvidar que su exmarido continuaba en el salón, apoltronado y aporreando los mandos de la consola.

Pero tampoco podían quedarse allí para hablar, así que Quinn empezó a desesperarse pensando en cómo salir de la situación. ¿Y si se iban a su cuarto? No parecía la mejor idea del mundo, a juzgar por lo cargado que estaba el ambiente entre ellos.

Y, de cualquier forma, tendrían que pasar por delante de Justin.

—Vamos —decidió, echando a andar hacia el interior del salón.

—Te he dado una semana para que pensaras en lo sucedido, no quería agobiarte —dijo Brennan, yendo tras ella.

—Hola —saludó Justin, alzando una mano al verlo entrar.

El recién llegado se detuvo justo en la entrada y Quinn lo hizo en el otro extremo del salón. Justin observó a ambos con curiosidad.

—Soy Justin —comentó, y la señaló a ella con la cabeza—. Su exmarido.

—Ya he oído hablar de ti, sí.

Brennan no parecía impresionado por su poderosa presencia física. De hecho, no se le veía interesado en mantener siquiera los saludos de cortesía.

—¿Por qué no me has dicho nada? —preguntó, sin preámbulos.

—Yo… —La chica miró a Justin.

—Un mensaje, al menos —siguió Brennan, ignorando la cara sorprendida del exmarido.

Se comportaba como si no hubiera nadie delante, lo cual dejaba atónita a Quinn. Pero no estaba mal, era hasta casi…

—Me besas y después silencio, nada. Y llevo toda la semana callado porque los palurdos de mis hermanos toda la vida han dicho que es mejor que las chicas den el paso porque si no los tíos quedamos como imbéciles. ¿Es cierto? Porque cada minuto que pasa me siento como un imbécil, sí, pero por no saber qué piensas.

Justin dejó el mando de la consola y miró a Quinn.

—¿No vas a decir nada? —preguntó.

—Cállate, Justin —gruñó ella exasperada. Volvió a mirar a Brennan—. Vamos a hablar a mi habitación.

205

No pensaba continuar aquella charla con Justin interviniendo, que parecía una escena en una mala comedia romántica. Brennan hizo ademán de seguirla, pero la joven señaló la nevera con la cabeza.

—Mejor deja eso ahí, si no te importa. ¿Por qué la llevas encima?

—Tenía una rueda pinchada y no podía dejarla dentro hasta el lunes. —Eso explicaba su cara malhumorada.

Brennan depositó la nevera encima de la mesita, lo que atrajo la atención de Justin de inmediato.

—Oye, ¿qué tienes aquí, cervezas? ¡Eso sería estupendo!

Antes de que Quinn pudiera advertirle, el chico abrió la nevera… y soltó una exclamación de asco al ver el interior. Había sangre entre el hielo y también en las paredes, lo que lo hizo palidecer de golpe. Tuvo una arcada de inmediato ante la cara de sorpresa de Quinn; pues sí que era delicado Justin.

—¡Qué asco, joder! —Se levantó de golpe, alejándose—. ¿Es que no puedes tener amigos normales, como todo el mundo? Dios, si me quedo aquí voy a vomitar…

Se abrochó los cordones de las deportivas a toda velocidad y después desenchufó la consola. La agarró con ambos brazos y miró a Brennan.

—Tío, ¿podrías…?

Brennan lo miró sin entender, pero entonces Quinn se acercó. Arrojó los mandos encima de la consola, sin terminar de creerse lo que estaba pasando.

—¿Dónde vas?

—A dormir a casa de mi madre —respondió Justin, muy digno—. ¡Avísame cuando esa asquerosidad esté fuera de casa!

Se dirigió hacia la puerta con paso decidido. Quinn corrió a adelantarle para abrírsela, le echó un abrigo por encima y cerró tras él. Regresó junto a Brennan con gesto aturdido.

—¿Qué acaba de pasar? —preguntó él.

—Has conseguido que mi exmarido se vaya de casa.

Se quedó mirándole, mientras aquellas palabras resonaban en su cabeza. Habría probado mil formas para que Justin se marchara, imaginado otras tantas… pero jamás se le habría ocurrido que fuera Brennan quien lo consiguiera.

Él cambió el peso de pie, incómodo por la forma en que ella lo observaba.

—¿Qué estás pensando? —preguntó.

«Sesenta y nueve», pensó, recordando su conversación con Alissa sobre quien conseguiría echar a Justin. «Mi héroe. Sin armadura, ni falta que le hace».

—Bicicleta —contestó, en cambio.

—Quinn, mira que no me gusta darle la razón a Callum en su teoría del absurdo, pero estoy a punto de hacerlo porque no entiendo nada de lo que está pasando. He venido a hablar contigo con el corazón en la mano y…

—¿Eso es literal? —se burló ella, señalando la nevera.

—Ja, ja. Aunque casi. Pero en serio, no entiendo nada, no sé por qué…

Se quedó callado al ver que ella se acercaba, le rodeaba el cuello con los brazos y se quedaba a unos milímetros de sus labios.

—Digo que hace mucho que no hago esto, pero que supongo que es como andar en bicicleta: no se olvida.

Brennan fue a decir algo, pero recordó algún comentario que había hecho sobre los años que llevaba casada con Justin, así que lo de la bicicleta tenía sentido. Tampoco tuvo tiempo de todas formas, porque de nuevo Quinn estaba besándolo como la noche de su no-cita: sin dudas, sin preguntas, sin hablar más.Un beso directo y que despertó sus sentidos, olvidándose de todas las preguntas que quería hacer. La abrazó mientras correspondía al beso, entreabriendo los labios para acariciarle la lengua con la suya.

Quinn empezó a moverse, sin dejar de abrazarle ni besarle, haciendo que se moviera hacia su habitación. Solo se separó entre beso y beso para ir tirando de su ropa y que Brennan hiciera lo mismo con ella.

En pocos segundos estaban desnudos, con sus cuerpos enredados sobre la cama. Quinn giró para ponerse sobre él, recordando su propio consejo a Alissa, y echó mano del cajón. Llevaba meses sin tocarlo, pero suponía que no habrían caducado. Por si acaso echó un vistazo rápido antes de abrir el plástico.

Suspiró al sentir a Brennan entrando en ella. Él la cogió por la cintura, dejando que marcara el ritmo al principio, hasta que ya no pudo más y giró de pronto, tumbándose sobre ella para moverse de tal forma que hizo que Quinn perdiera el control también.

Minutos después, cuando dormitaban abrazados, Quinn volvió a pensar en las bicicletas.

Sí, era como andar en una, solo que aquel modelo era mucho mejor.

—¡Vienen con un accidente de moto! —avisó la chica de recepción de urgencias a Alissa.

Esta se acercó para ponerse detrás de ella y poder ver lo que estaba apuntando, según la iba informando el personal de la ambulancia. El chico no llevaba casco, le habían intubado y puesto un collarín, pero estaba inconsciente y perdía mucha sangre por una herida abierta en la cabeza.

—Avisad a neurología, ¿quién está? —preguntó.

—El doctor Bouchard.

Alissa se preguntó durante un segundo cómo era que no lo sabía, cuando antes conocía hasta sus tiempos de descanso.

—Jefa, me piden una enfermera —dijo la chica, con el teléfono en la mano—. Parece que están cortos de personal para la operación.

Alissa echó un vistazo rápido a su propio cuadro de enfermeras, todas ocupadas en aquel momento en los boxes.

—Subiré yo con él —dijo.

Mientras lo decía, se dio cuenta también de que ese momento era el que había esperado durante tanto tiempo, pero las mariposas que esperaba sentir no aparecieron. Sin embargo, no tenía mucho tiempo para pensar en eso, puesto que la ambulancia había llegado y estaban sacando al chico. Corrió hacia la puerta para recibirlos y después fue con ellos camino al quirófano.

El doctor Bouchard estaba entrando en la zona para lavarse las manos, por lo que Alissa se apresuró a hacer lo propio para encargarse de ayudarle después a ponerse la bata y los guantes.

—Vaya, Patricia —comentó él—. ¿Qué tal esa vida de no-casada?

Alissa miró a su alrededor por si alguien lo había escuchado, pero estaban solos así que suspiró aliviada.

—Todo bien, gracias.

—Contando las semanas para que acaben los seis meses, imagino.

—Algo así.

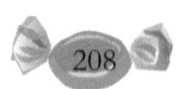

En realidad, hacía días que ni pensaba en el tema. Además, ¿por qué sacaba el tema? ¿Es que recordaba la charla que habían tenido en el ascensor hacía meses? No podía estar segura porque con la mascarilla puesta no lograba descifrar su expresión, pero el hecho de que lo recordara no la entusiasmaba demasiado. De hecho, le producía más excitación el hecho de verlo operar que estar a su lado, lo cual era otro indicativo importante.

Vio que otro médico les hacía gestos desde el quirófano, donde todo parecía estar preparado, así que empujó la puerta que daba a él con la espalda y esperó a que el doctor Bouchard pasara para hacer lo propio.

El chico estaba anestesiado, con la cabeza inmovilizada por unos hierros. Todo el instrumental estaba preparado en un carrito a un lado de la camilla. Alissa cogió las gafas que le ampliaban la visión, unidas a una cámara con luz incorporada, y se las puso.

El cirujano no tardó en comenzar a trabajar y ella se concentró en seguir sus movimientos, precisos y ligeros, sin el más mínimo temblor en su pulso.

Era el mejor, de eso no cabía duda.

La operación se alargó durante cuatro horas, durante las cuales le tuvieron que poner una placa al chico para cubrir la zona herida una vez el doctor Bouchard hubo eliminado todas las esquirlas de hueso que habían quedado en su cerebro, provenientes del cráneo destrozado por el golpe y que no se podía salvar. Estaría un tiempo bastante largo en recuperación mientras le hacían injertos para cubrir la placa, y también esperaban que hubiera ciertos daños cerebrales aún por determinar, pero su vida ya no corría peligro.

A Alissa le dieron ganas de aplaudir cuando acabó, era una suerte presenciar una operación tan complicada y que encima saliera bien, pero se contuvo, concentrándose en ser profesional.

Avisó a planta para informar del traslado del herido y, cuando llamaron para informar de que ya estaba el celador esperando fuera, abrió las puertas para que pudiera pasar.

Al ver a Callum, no pudo evitar sonreír y se acercó a él quitándose la mascarilla.

—¿Qué tal ha ido? —preguntó él—. Me han dicho que ha sido una operación larga.

—El doctor Bouchard es una maravilla, tiene unas manos increíbles. —Se acercó y le dio un beso rápido en los labios—. Me vuelvo a urgencias, nos vemos al acabar el turno.

Callum la cogió del brazo antes de que se alejara para darle otro beso y se quedó mirando cómo se alejaba, con una sonrisa que, aunque no podía verse, supuso que sería tonta.

Al girarse se encontró con el cirujano justo a su lado, ya sin la bata de quirófano. Lo miraba de forma extraña, así que se puso serio y fue a coger la camilla para empujarla hasta el ascensor. Los cirujanos como él no solían dignarse a mantener ningún tipo de contacto con los de su nivel, si no era para echarles la bronca por algo o darles órdenes. De hecho, muchas veces le daba la sensación de que los consideraban un mueble más, por la costumbre que tenían de hablar entre ellos como si no estuvieran los celadores delante. Por eso, le extrañó aún más cuando el doctor Bouchard se metió en el ascensor con él.

Callum le dio al botón de la planta a la que se dirigía y lo miró.

—Subo con vosotros —le dijo el cirujano.

El ascensor se puso en marcha mientras Callum accionaba los frenos de la camilla, para que no se moviera del sitio durante el trayecto.

—Lo hacéis muy bien —dijo el doctor Bouchard.

Callum lo miró sorprendido. Era la primera vez que un cirujano de su nivel le decía algo así, le daban ganas de sacar el móvil para pedirle que lo repitiera y grabarlo, porque estaba seguro de que ninguno de sus compañeros iba a creerlo. Iba a darle las gracias, cuando el doctor añadió:

—Ya sabes, la farsa.

—¿Perdón?

—Patricia y tú.

—¿Patricia?

—¿No se llama así? La jefa de enfermeras.

Callum se quedó anonadado. ¿Cómo sabía él que era una farsa? No recordaba haberlo visto en la fiesta de fin de año, pero es que incluso la gente que había estado allí y había presenciado la «boda», consideraban que estaban casados de verdad porque vivían juntos. Aparte de que era lo que habían estado diciendo, que era todo real.

—Me lo contó ella hace unas semanas, nos encontramos en el ascensor y, aunque me costó un poco pillarlo, uno al final sabe cuándo le están tirando los tejos.

—¿Tirando los tejos?

Se dio cuenta de que no hacía más que repetir lo que él decía, lo cual no daba una imagen de gran inteligencia precisamente, pero es que estaba alucinando con lo que estaba oyendo. ¿Alissa, tirándole los tejos al doctor Bouchard? No podía creerlo, pero tampoco vería ninguna razón por la cual mentiría.

—Por cierto, ¿cómo está tu madre?

—¿Mi madre?

Y dale con repetir...

—Claro, el motivo por el cual mantenéis el matrimonio. Creo que me dijo que tuvo un ataque o un ictus, algo así, ¿no? Aunque lo que más me llamó la atención fue que también lo haga por el puesto de supervisora de enfermería. Eso indica que Patricia es ambiciosa.

Callum no daba crédito a lo que estaba escuchando. ¿Puesto de supervisora? Y él pensando que Alissa lo había hecho todo por su madre y por él, no por ningún motivo egoísta. Su mente daba vueltas y vueltas a todo lo acontecido desde la boda, todas las veces que habían hablado del tema, cómo se había portado con su familia, y, sobre todo, lo ocurrido entre ellos. ¿Todo era una mentira? Alissa le había contado la verdad a ese cirujano, de quien incluso le acababa de decir lo increíbles que eran sus manos y él, una maravilla. Callum estaba seguro de que jamás había hablado así de él con otras personas.

—En fin, no soy de los que alternan en el trabajo, pero las mujeres ambiciosas me intrigan, así que tal vez le dé una oportunidad cuando acaben esos seis meses—añadió Bouchard, cuando el ascensor se detuvo.

Salió del ascensor y Callum por fin reaccionó. Desbloqueó las ruedas y empujó con fuerza la camilla, golpeándole en una pierna.

—Se llama Alissa —murmuró entre dientes.

—¿Cómo dices?

El hombre tuvo el buen tino de echarse a un lado, porque Callum siguió avanzando sin importar si lo atropellaba o no.

—Que se llama Alissa. Si pretendes tirarte a mi mujer, al menos apréndete su nombre.

—Modera tu tono, chaval. Además, no recuerdo haberte dado permiso para tutearme.

—Ni yo a usted. —Le miró de arriba abajo con desprecio—. Doctor —casi escupió al pronunciarlo.

Siguió su camino sin mirar atrás: si continuaba con aquella conversación preveía que acabaría pegándole un puñetazo a aquel estirado del demonio. Aunque con quien de verdad estaba enfadado, a un nivel que no había creído posible, era con Alissa.

Llevó al chico con la camilla hasta la habitación designada y después bajó a urgencias a buscar a su «querida esposa», pero estaba dentro un *box* y no pudo hablar con ella antes de que le avisaran para otro traslado.

Estaba ocupado con otra camilla cuando le llegó un mensaje de wasap de la susodicha, con emoticonos tristes al inicio y final del mismo:

Tengo que quedarme un rato más, llega tarde una de las chicas y tengo lío.

Callum estuvo a punto de contestar si el lío era con el cirujano del demonio, pero decidió dejar su enfado hasta tenerla delante y le contestó:

OK. Te veo en casa.

En urgencias, Alissa miró la contestación que le había enviado Callum y se quedó un poco extrañada por lo corto que era y que no iba acompañado de guiños ni nada, como él acostumbraba. Tampoco se ofrecía a esperarla, aunque eso lo atribuyó a que estaría cansado y a que, además, no sería la primera vez que las horas que ella decía podían alargarse, así que no le dio mucha importancia.

Aprovechó para enviar un mensaje a Quinn para ver si al final había decidido salir con Lisa y, al ver que no contestaba, supuso que así había sido.

Esperaba que se lo pasara bien y se distrajera, aunque el mayor problema seguía siendo Justin. No se le ocurría la forma de ayudar a su amiga a deshacerse de él, el tío era inmune a todo tipo de directas e indirectas. Se guardó el móvil con un suspiro para volver al trabajo.

Cuando por fin pudo terminar su turno, estaba deseando llegar al apartamento, darse una ducha —si era con Callum, mejor, como había descubierto recientemente—, y dormir diez horas del tirón. O doce, que una de las pocas costumbres que había adoptado de Callum era remolonear en la cama.

Con esas ideas en mente, metió la llave en la cerradura y entró en el piso. Vio que la luz del dormitorio estaba encendida, así que se dirigió hacia allí con una sonrisa.

—¡Ya he llegado! —anunció, mientras avanzaba por el pasillo.

Sin embargo, Callum no contestó como ella esperaba y, cuando se asomó a la habitación, vio que había una maleta abierta sobre la cama. Pero no era una maleta cualquiera: era una de las que ella había llevado cuando se había mudado.

—¿Nos vamos a algún sitio? —preguntó, pensando que le había organizado alguna escapada sorpresa.

—No, tú te vas.

Ella parpadeó y lo miró sorprendida. Nunca lo había escuchado hablar con ese tono de voz y la expresión de su cara lo corroboraba: Callum estaba enfadado.

—¿Perdona? —preguntó, sin entender a qué podía venir aquello.

—Iba a hacerte la maleta yo, pero tienes demasiada ropa y tampoco quiero tocar nada de tus cosas de *bondage*.

—¿Mis cosas de qué?

—Quiero que cojas lo imprescindible y te marches de mi casa.

—Callum, ¿de qué estás hablando? No entiendo nada.

—Ah, ¿no? A lo mejor si te lo explica el doctor Bouchard lo entiendes mejor.

—¿Qué?

—No te hagas la tonta, no te pega. ¿Por qué no me dijiste que tenías algo con él?

—¿Qué? ¡Si no tengo nada con él!

—Pero te gustaría. —Ella enrojeció y Callum la señaló triunfante—. ¿Lo ves?

—Que no, ¡qué dices! —Se tocó las mejillas—. No me gusta. Es decir, sí, como cirujano, nada más. ¿Por qué te pones así de celoso? ¿Solo porque he operado con él?

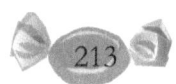

—No, solo porque me ha contado que le dijiste toda la verdad sobre nosotros mientras le tirabas los tejos en el ascensor hace unos meses.

El color del rostro de Alissa cambió entonces al opuesto, palideciendo. ¿Cuándo habían hablado ellos dos tanto como para que Bouchard le contara su estúpido encuentro en el ascensor? Lo peor de todo era que no podía negarlo, sí que se lo había contado, aunque ni siquiera ella misma entendiera por qué.

—Escucha…

—Es increíble. Con todo lo que he hecho por ti. ¡Si hasta he renunciado a mi consola!

Por su tono aquello era equiparable a un sacrificio con sangre. Alissa intentó avanzar hacia él, buscando las palabras para explicar lo inexplicable, pero Callum no tenía ninguna intención de escuchar, porque la esquivó y se fue hacia la puerta.

—Te doy media hora —le dijo, señalando la maleta abierta.

—Pero… ¿y tu madre? Se llevará un disgusto y…

—Como si te preocupara.

—Eso no es justo.

—Solo me seguiste la corriente para conseguir el puesto de supervisora, no porque te preocupara mi madre en absoluto. Me mentiste desde el principio.

Alissa deseó pegarse un par de patadas por aquello, que tampoco podía negar. Aunque la verdad fuera que le había acabado cogiendo cariño a Maeve, a pesar de sus manías y rarezas. Pero Callum no iba a creerla, no en aquel momento cuando todo estaba en su contra.

—Yo hablaré con ella. Le diré que tienes mucho trabajo, turnos raros… No tienes ni que volver a verla. Así que ahórrate las excusas, coge tus *bondages* y vete.

Y otra vez con aquello. Pero si el del tema del *bondage* había sido él, ¿de qué hablaba?

—No sé de qué cosas hablas.

—De lo que escondes debajo de la cama.

Para corroborar sus palabras, se agachó y sacó lo primero que pilló, que fue la esterilla con pinchos. La tiró sobre la maleta y Alissa se quedó descolocada, mirando primero el objeto y luego a él. Entonces Callum, con un resoplido impaciente, volvió a agacharse y extrajo un par de gomas.

—Todo esto —dijo el chico.

—Pero si es de…

—¡Que me da igual, no quiero saberlo! Te vas y lo usas con tu cirujano. —Salió de la habitación, pero a los dos segundos volvió a asomarse—. Y por cierto, el tipo ni siquiera sabe tu nombre.

Volvió a dejarla sola. Alissa se dejó caer en la cama, aturdida. ¿Cómo podía haberse estropeado todo tan rápido? Si pudiera encontrar la forma de hablar con él y convencerlo de… ¿de qué? ¿De que lo que era verdad unos meses atrás ya no lo era? Pero eso no cambiaba el hecho de que le había mentido desde el principio, había utilizado toda la situación a su favor, ni más ni menos.

Empezó a meter sus accesorios de pilates en la maleta de forma mecánica, sin fijarse en realidad en lo que estaba haciendo. No quería marcharse, pero tampoco podía imponer su presencia a lo «método Justin». Quizá si se iba y le dejaba calmarse unos días, podrían hablar con más tranquilidad. También así ella tendría tiempo para aclarar sus ideas y buscar la forma de demostrarle que todo aquello estaba en el pasado: claro que quería el puesto de supervisora, pero todo el tema del cirujano estaba más que olvidado, no le atraía en absoluto.

Se quedó quieta, mirando la camiseta que tenía en las manos. Estaba doblada a la perfección, algo que había hecho de forma automática, pero no era eso lo que veía. En el armario había estado colocado junto a una de Callum y aquella prenda de ropa le pareció un símbolo de todo lo que sentía. Al meterla en la maleta, le pareció que estaba fuera de lugar, que no pertenecía allí sino al armario, junto a la ropa de Callum. Que no estaba tan bien doblada, claro, pero eso llegaría. O eso había pensado hasta entonces, pero ya no iba a ser así. No volvería a ver su ropa arrugada o en la balda incorrecta. Algo que le había molestado pero que en aquel momento le parecía una estupidez. Porque lo único que quería era que sus camisetas volvieran a estar juntas.

Ella solo quería a Callum.

—¡Quince minutos! —le escuchó gritar.

Se preguntó qué haría si no se marchaba en ese tiempo. ¿Arrastrarla hasta la puerta? No lo creía, de querer echarla de forma más radical ya lo habría hecho.

Terminó de llenar la maleta y una bolsa de deporte, y salió con ambas cosas de la habitación.

Callum estaba en la entrada, esperando junto a la puerta con los brazos cruzados y gesto hosco. Al acercarse, Allisa decidió hacer un último intento.

—Callum, si me dejas explicarte… —empezó.

—¿Hay algo de mentira en lo que él me ha dicho? —Ella negó con la cabeza—. Entonces está todo dicho.

Abrió la puerta evitando mirarla. Alissa suspiró y entonces sí, salió del apartamento, cuya puerta se cerró en cuanto puso un pie fuera. Y entonces fue cuando se dio cuenta de otro detalle: no tenía dónde ir, porque su apartamento estaba alquilado. Odiaba fastidiar a su amiga, ya tenía un parásito en su casa, no necesitaba otro. Pero por lo menos esa noche, tampoco quería estar sola.

Quinn estaba medio dormida cuando escuchó el timbre de la puerta. Se separó un poco de Brennan y miró su móvil para ver la hora.

—Joder —protestó—. A ver si este idiota ha ido a casa de su madre y ella no le ha abierto…

—O se ha olvidado algún juego —murmuró Brennan con un bostezo.

El timbre volvió a sonar, así que Quinn se levantó, se puso un albornoz por encima y fue a abrir, dispuesta a no dejarle pasar en plan Gandalf[13] con el Balrog. Solo que, en lugar de una vara, cogería la nevera de órganos.

Pero cuando abrió la puerta, al otro lado no estaba el pesado de su exmarido, sino su mejor amiga, con ojos llorosos, una maleta y una bolsa de deporte.

—La puerta de abajo estaba abierta —informó Alissa—. Deberías comentarlo en la próxima reunión de vecinos.

—Pero, ¿qué te ha pasado?

—¿Puedo quedarme a dormir? Me vale el sofá, si Justin no está jugando.

—Justin se ha ido.

—¿Necesitas que vaya? —preguntó Brennan, asomándose desde la habitación.

---

[13] Libro *El señor de los anillos*, de JRR Tolkien (1954), película *La comunidad del anillo* (2001).

Alissa no supo qué le sorprendió más: si que Justin se hubiera ido o que Brennan estuviera allí y, por lo que veía, con poca ropa encima. El chico la miró con igual sorpresa.

—¿Qué te ha hecho mi hermano? —preguntó Brennan, asumiendo que Callum habría liado alguna de las suyas.

—No, si ha sido culpa mía. Me ha echado él.

Ahogó un sollozo y Quinn reaccionó entonces, rodeándole los hombros con un brazo para hacer que entrara en la casa. Brennan se apresuró a acercarse para coger las maletas.

—¿Cómo habéis conseguido que se vaya Justin? —preguntó Alissa.

—Ahora te lo cuento. —Quinn la llevó al sofá—. Pero tú primero, que lo tuyo es más gordo.

Y de nuevo otro sollozo, así que Quinn se sentó junto a ella y la abrazó, previendo que la noche iba a ser bastante larga y llena de explicaciones por ambas partes.

Capítulo 15: El chico ideal

—No quiero molestar.

Era la quinta vez que Alissa repetía aquello, a pesar de que todas las veces Quinn hacía un montón de ruiditos comprensivos dejándole claro que no molestaba. Brennan se había ido a la cocina a preparar café, aunque por el tiempo que estaba tardando estaba claro que no sabía en absoluto dónde guardaba la rubia los utensilios necesarios para prepararlo.

—Deja de repetir eso y cuéntame qué ha sucedido… si cuando hablamos por teléfono sonabas de lo más feliz.

—Y en ese momento lo era, aunque me tocara el turno de tarde todo iba bien. Estuve en una operación con el doctor Bouchard y fue genial, aunque mirándolo en retrospectiva ojalá no hubiera sucedido.

—¿Qué quieres decir?

Brennan apareció en el salón, con aspecto derrotado y dos cervezas en la mano.

—Tendrá que servir, porque no encuentro nada para hacer café —murmuró.

Alissa agarró la botella al momento y le dio un trago que vació la mitad ante la mirada atónita de su amiga.

—¿Mejor?

—Un poco —repuso, frotándose los ojos.

—Os dejo solas —comentó Brennan, haciendo ademán de regresar al cuarto.

—No pasa nada. —Alissa no apartaba la mirada del botellín de cerveza—. Puedes quedarte. Al fin y al cabo, si estás aquí es por algo.

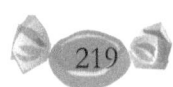

El chico no parecía muy seguro, pero se sentó a su izquierda.

—Bien. —Quinn la cogió de las manos hasta que la morena alzó la vista—. Cuéntame, ¿qué ha pasado exactamente con «Mr. Loki»?

—¿Recuerdas cuando estuve charlando con él en el ascensor?

—¿Hace mil años?

—Ajá. Bueno, pues ese día… —carraspeó, consciente de que Brennan estaba a su lado—. Ya sabes que hice un intento de coquetear con él.

Ladeó la cabeza hacia el hermano de Callum, dispuesta a defenderse si era necesario, pero se encontró con que este parecía confuso.

—No sé quién es ese Loki.

—Es un neurocirujano muy importante. Yo… yo llevaba cierto tiempo tratando de que se fijara en mí —explicó, viendo cómo él asentía—. Lo de casarme acababa de suceder y no sabía bien cómo gestionarlo, es raro irte de fiesta y despertarte casada. Además, no aguantaba a tu hermano.

—Eso lo entiendo.

—Fue Callum quien quiso mantener la boda por no provocar otro infarto a tu madre, ya sabes.

Brennan hizo una mueca.

—Otro infarto. Sí, claro.

—Él pensaba que podía disgustarse hasta ese punto, ya que parecía tan feliz con el matrimonio… y yo acepté por hacerle el favor. Luego tuve suerte y mi jefe directo me dijo que aprobaba que estuviera casada y supiera llevarlo con discreción, que me recomendaría para su puesto. Y eso convirtió el matrimonio en algo que nos beneficiaba a ambos, no solo a él.

Brennan asimiló cada una de sus palabras.

—Y ahora la mala eres tú —terminó.

Alissa se echó a llorar otra vez, Quinn le frotó el brazo.

—Después de todo, resulta que terminamos enamorándonos, pero al parecer no cuenta. Solo lo que ocurrió en el pasado.

Quinn parpadeó sorprendida al oír aquello del enamoramiento dicho con tanta naturalidad. Sí, sabía que Alissa estaba en las nubes, pero hasta entonces no la había escuchado usar la palabra amor respecto a Callum.

—¿Y lo del neurocirujano?

—No me interesa nada. Era una especie de amor platónico, le admiro como médico… le conté lo de la boda falsa porque en ese momento, la boda era falsa. Todo lo era, yo solo conocía a Callum por lo que mis enfermeras hablaban de él.

—Y ahora él está ofendido, «tú me mentiste» y bla bla bla.

Ella asintió.

—Es el neurocirujano —repuso Brennan, y ambas lo miraron—. Es lo que le preocupa. Lo del puesto lo comprende, o lo comprenderá. Es razonable que quisieras sacar beneficio a una situación incómoda surgida de un error, ahí no tiene nada que reprochar.

Alissa tenía expresión desconcertada.

—¡Pero si no me gusta!

—Da igual. Era tu amor platónico, tú misma lo has dicho. Dale la vuelta durante unos segundos.

La joven se mordió el labio, tratando de crear en su cabeza una situación a la inversa. Se imaginó a sí misma dentro de un ascensor, mientras una mujer atractiva y con poder por la que Callum había bebido los vientos le insinuaba que su historia era una farsa. Que dos frases dichas en el momento oportuno podían parecer veinte. Entre el ascenso y el coqueteo, el doctor Bouchard seguramente había hecho pensar a Callum que la relación que había entre ellos era más estrecha de lo que parecía, si ella le hacía aquellas confidencias.

Lo comprendía. Comprendía su enfado, ¿cómo no hacerlo?

—Pero yo le quiero a él —musitó.

Es un celador.

—¿Y eso qué tiene que ver? —intervino Quinn—. Que no estamos en la época victoriana…

—Es un celador que cree que tiene que competir con un neurocirujano. No le estoy defendiendo, solo te digo lo que creo que pasa… Callum puede parecer despreocupado, pero lo cierto es que su opinión de sí mismo no es muy buena.

—¿A qué te refieres?

—A todo. Guaperas, musculitos, descerebrado. Carne de gimnasio…

—«Bíceps-Tríceps» —musitó Alissa, y él la miró sin entender—. Así le llamamos. Le llamábamos.

—¿Es que ponéis motes a todo el mundo? —preguntó Brennan, desconcertado, consciente de que las dos chicas parecían incómodas—. Miedo me da preguntar el mío.

—Luego te lo cuento, tranquilo —dijo Quinn de forma apresurada, tratando de volver a encauzar la conversación a donde interesaba—. ¿Lo que tratas de decir es que, aunque Callum parece que se come el mundo, en realidad es un poco inseguro?

Brennan se encogió de hombros.

—Bueno, lleva años escuchando comentarios que solo aluden a su físico, nunca a su cerebro, así que hasta cierto punto es normal que piense que no tiene nada que hacer frente a un neurocirujano al que su chica admira tanto. Si hasta mi madre…

Alissa lo interrumpió con un gesto.

—Las notas.

—¿Qué notas? —quiso saber Quinn—. ¿Las de enfermería?

—Sí. Cuando hablé con Maeve sobre el tema, parecía que ni ella misma confiaba en que su hijo pudiera aprobar, ¿recuerdas?

—Quiero a mi madre, pero tiene sus defectos como todo el mundo —comentó Brennan, levantándose del sofá después de darle una palmadita afectuosa—. Os dejaré solas para que habléis con libertad.

Alissa estuvo tentada de pedirle que hablara con Callum. A su hermano lo escucharía, quizás lograra hacerle entrar en razón, que al menos la dejara explicarse. Pero no quería parecer la típica aprovechada. Además, algo en su interior le susurraba que tal vez fuera mejor dar algo de tiempo al irlandés. Dejarle cierto espacio para reflexionar, quizás ella también tendría que hacer lo mismo. Porque se había comportado mal, era verdad, había actuado en su propio beneficio, pero él también. Y no, contarle tantas intimidades al doctor Bouchard no había sido muy inteligente. Ese día, la idea de terminar enamorada de Callum era tan ridícula que se hubiera reído a carcajadas solo de pensarlo. Y aún era más absurda que el doctor y Callum terminaran de charla como si fueran amigotes.

El sonido de la puerta al cerrarse la sacó de sus pensamientos y miró a su amiga, que la observaba con expresión preocupada.

—Es un encanto —comentó, haciendo un gesto con la cabeza hacia el cuarto—. ¿Quieres contarme cómo ha terminado en tu cama?

—No sé si es el mejor momento para…

—Venga, no puedo amargarte la noche por completo. Además, si ha servido para que Justin se marche seguro que es una gran historia.

—No está nada mal —sonrió Quinn.

Durante el rato que estuvo escuchando a su amiga, Alissa logró distraerse. Seguía notando una palpitación molesta, pero el hecho de tener que concentrarse en escuchar ayudaba.

—Recuerdo que prometiste hacer un sesenta y nueve a quien lograra echar a Justin, pero no pensé que te lo tomarías al pie de la letra —hizo el intento de bromear.

—Ya me conoces, siempre cumplo mis promesas… Ahora hablando en serio, no me termino de creer que se haya ido. Lo mismo el lunes se presenta aquí como si nada.

—Puedes dejar la nevera ensangrentada en la mesa del salón y a ese chico de ojos azules en tu cuarto… verás cómo capta la indirecta. Si además le haces las maletas no tendrá más remedio que marcharse.

Quinn asintió, dándose cuenta de que su amiga tenía razón. Ya no había marcha atrás, Justin había salido de su vida de una vez por todas y no iba a permitirle volver a entrar de ninguna manera. Ya no era solo por no aguantarlo, sino porque terminaría por dinamitar lo que fuera que tuviera con Brennan. Y no quería eso.

—Entonces, ¿esto significa que ya no estás en el mercado?

—No sé. Supongo. —La rubia miró hacia la puerta de su habitación—. Yo diría que sí, no parece el tipo de chico que va de flor en flor. Pero ya veremos, es muy pronto para aventurar nada.

—Me alegro mucho por ti. —Alissa la abrazó con fuerza, aunque no estaba segura de si la que necesitaba el contacto en realidad era ella—. Te iba tocando algo de buena suerte.

Quinn se dejó abrazar para notar segundos después que la joven volvía a llorar.

—Venga, no llores —la consoló—. Todo se arreglará, ya lo verás. Tarde o temprano, Callum te perdonará.

—Ni siquiera tengo dónde vivir —hipó Alissa.

—¿Cómo que no? Aquí hay un cuarto libre para ti, tonta.

—No, ni de broma, acabas de librarte de Justin, no pienso venirme aquí para darte la lata…

—No digas tonterías y vamos —replicó Quinn, levantándose del sofá.

La sujetó del brazo para que dejara de protestar y fue con ella hasta la habitación donde había vivido Justin hasta esa misma noche. La rubia sacó un juego de sábanas limpias del armario y lo depositó encima de la cama.

—Mañana prepararemos su ropa para poder meter la tuya. Puedes quedarte todo el tiempo que necesites y no es ninguna molestia, será como en la universidad. —Quinn le guiñó un ojo.

Alissa se había quedado sin fuerzas para continuar resistiéndose. Lo cierto era que no tenía piso, y aunque podía ponerse a buscar algo de alquiler de forma inmediata, necesitaba la compañía y el consuelo de su amiga.

La ayudó con gestos mecánicos a cambiar las sábanas y después se tumbó encima sin molestarse en sacar el pijama.

—Voy a traerte una manta, espera —comentó Quinn.

Fue a buscarla a su habitación y regresó, viendo que Alissa parecía haberse quedado dormida. Ni siquiera se había metido dentro, así que su amiga le quitó las deportivas y le echó la manta por encima con un suspiro. Esperaba que pudiera arreglar la situación con Callum, porque no podía soportar verla tan triste.

Volvió a su cuarto y se apoyó contra la puerta después de cerrarla, suspirando.

—¿Cómo está? —preguntó Brennan, que estaba sentado sobre la cama.

—Se ha quedado dormida con la ropa puesta. Pero tampoco me extraña, entre el trabajo, lo de Callum y que son las… ¡cuatro de la madrugada!

—Se quedará contigo, ¿no?

Quinn fue hasta la cama y se dejó caer a su lado.

—Ajá. Es increíble, la ropa de Justin todavía está en el armario y la habitación ya tiene dueña. —Mostró una sonrisa.

—No puedes dejarla sola, ahora necesita apoyo.

—No me digas, doctor…

—Mañana iré a hablar con mi hermano, a ver si sirve de algo.

—¿Harías eso? —Quinn lo miró de forma cálida, empezando a tener claro que a aquel chico no podía dejarlo escapar.

Brennan afirmó, como si le sorprendiera la pregunta.

—También puedo dejaros solas hasta que las cosas se calmen.

—No creo que eso sea necesario —remoloneó la rubia, frotándose ligeramente contra su hombro.

Él sacudió la cabeza, divertido ante aquel coqueteo tan poco sutil.

—Pero antes más vale que me cuentes todos los motes que nos habéis puesto —murmuró.

—Claro… después.

Quinn no estaba muy segura de que los motes de sus hermanos fueran bien recibidos a pesar de lo comprensivo que era Brennan, así que decidió que era mejor idea continuar distrayéndolo hasta que olvidara el tema.

El sonido del timbre se introdujo en la cabeza de Callum, sacándolo del molesto duermevela en que llevaba sumido desde que había decidido meterse en la cama para ver si conseguía descansar. Entre el trabajo y todo lo sucedido con Alissa debería estar agotado, pero aun así lo de dormir un rato no había sido posible. Solo cabeceaba, y si lograba adormirlarse, en seguida se revolvía incómodo para volver al punto del principio.

Desenterró la cara de la almohada para mirar la hora en el móvil: las doce.

¿Ya eran las doce? Aun así, demasiado temprano para que nadie fuera a visitarlo, sus hermanos no solían aparecer hasta media tarde y llevaban una temporada sin visitarle.

Aguardó para ver si quien quiera que fuese se largaba, pero el timbre siguió sonando hasta que se levantó, malhumorado, para ir a abrir la puerta.

Al otro lado, en el rellano, Maeve abrió la boca al verlo vestido solo con el pantalón del pijama.

—¡Pero hijo, son más de las doce! ¿Cómo es que no estás vestido?

—Tuve turno de tarde y se alargó un poco. —Se hizo a un lado para dejarla entrar—. ¿Y tú desde cuando llamas a la puerta?

—Bueno, me pediste que lo hiciera y eso hago. Es lo lógico, una vez casado ya no puedo venir aquí así, sin más.

Al escuchar aquello de «casado», un aguijonazo le atravesó la cabeza. Hizo una mueca que no pasó desapercibida a Maeve, que se cruzó de brazos.

—¿No está Alissa?

—No, no está.

—¿Trabajaba hoy?

225

—No.

—Y entonces, ¿dónde está?

—Siéntate —comentó Callum, encaminándola hacia la cocina sujeta por el codo—. ¿Te apetece un café o algo?

Maeve negó, intranquila. A su edad, el hecho de que la hicieran sentar antes de hablar no resultaba muy alentador.

—¿Qué sucede? Y no me digas que nada, que te conozco bien.

—Anoche tuvimos una discusión.

—¿Y se ha marchado de casa?

—No exactamente. O sea, se ha ido, sí, pero porque yo se lo pedí.

Observó cómo el rostro de su madre perdía parte del color, así que dejó una taza de café ante ella de todas formas mientras se sentaba enfrente.

—Pero… ¿tan grave ha sido la discusión? ¿Qué ha pasado?

—Mamá, por favor, es un asunto entre Alissa y yo. No voy a contarte todos los detalles de las broncas que tengo con mi mujer.

Se sintió extraño al decir aquella frase, aunque no tanto como había supuesto. Alissa nunca había sido «su mujer», aunque durante las últimas semanas sí la hubiera sentido como tal. Y pensar que se había terminado dolía, más de lo que estaba dispuesto a aceptar.

Maeve vio el gesto de dolor en su cara y se frotó la frente.

—Habrá alguna manera de solucionarlo, ¿no? Dos personas que se quieren siempre encuentran la manera de permanecer juntos —dijo, apretando su mano.

Callum se encogió de hombros, incómodo por mantener una charla tan íntima con su madre. No recordaba ninguna otra vez en la que hubieran hablado de sentimientos juntos.

—Cariño, no sé qué ha pasado, pero a través del diálogo… nuestro Señor cree en la bondad y en las segundas oportunidades.

—Claro, para nuestro Señor todo es muy fácil, ¿no?

—Callum…

—Pues resulta que nuestro Señor no tiene todos los detalles de mi caso, así que puede dejar de apelar a la bondad.

—No te permito que…

—Mira, mamá, ahora no necesito monsergas religiosas —dijo él, mientras se frotaba las sienes—. Mi corazón está hecho una mierda, no tiene sitio para la bondad. ¿Crees que podemos dejar las frases hechas y todo ese rollo del buen samaritano para más adelante? Por favor.

Maeve permaneció en silencio unos segundos, pero terminó por asentir.

—¿Puedo hacer algo? —se ofreció, compungida—. Además de rezar, quiero decir. ¿Te preparo comida? Porque no estarás de humor para cocinar.

Callum estuvo a punto de darle las gracias cuando fue consciente de que otra vez estaba siendo tratado como un niño. Como si no hubiera evolucionado nada durante el proceso junto a Alissa.

—No hace falta, puedo hacerme la comida. No tengo diez años.

Su madre sacudió la cabeza, incrédula. Luego miró a su alrededor, consciente de que la cocina estaba en buen estado en cuanto a orden y limpieza se refería. Había dado por supuesto que era cosa de Alissa, pero cierto era que durante el tiempo que la había tratado no parecía de esas que se mataban a hacer las tareas del hogar.

Se incorporó con lentitud y caminó hasta el salón, donde descubrió que la consola no estaba allí, aunque seguía habiendo cuencos llenos de caramelos por todas partes.

Con idéntica parsimonia, entró en el cuarto de su hijo para mirar los armarios. Encontrar todo bien ordenado fue la confirmación de lo que sospechaba: Callum no la necesitaba. Otro polluelo que al fin se había hecho mayor y volaba del nido. Tarde, y sin que ella hubiera ayudado en nada, pero había ocurrido.

—¿Os vais a divorciar? —preguntó, una vez de regreso en la cocina.

Callum no contestó. Tenía miedo de responder con un «sí» que provocara en su madre el temido infarto. Decidió que era mejor callárselo por el momento, hasta que supiera cómo enfocar el tema.

—Está bien. —Maeve se incorporó, un poco molesta por su silencio—. Pues avísame si me necesitas, Caleb.

Callum arqueó una ceja al oírla, pero decidió no seguirle el juego. Si Brennan había aprendido a ignorarla, él también podía, seguro.

En cuanto se quedó solo, fue a la nevera a buscar hielo y sacó un vaso del armario. En el salón encontró la botella de vodka que

227

tenía en mente y, con todo aquello en las manos, encendió el televisor para beber y mirar anuncios, uno tras otro.

Volvió a despertarle el timbre, aunque esa vez le costó más salir de la nebulosa del sueño producida por el alcohol. Parpadeó mientras miraba a su alrededor, haciendo memoria, y entonces vio la botella vacía encima de la mesita.

—Joder —masculló, poniéndose en pie para ir hasta la puerta—. ¿Quién es?

—Tus hermanos, ¿quién si no? —sonó la voz de Malachy.

Aquello estaba mucho mejor, al menos sabía que ellos no se pondrían a predicar la palabra del señor ni a ensalzar las bondades del corazón.

—¿Qué hacéis aquí? —preguntó, al abrir la puerta y encontrar a los tres.

—Brennan nos ha dicho que era importante —explicó Malachy. Alzó una mano, donde llevaba un *pack* de cervezas—. Traigo quitapenas.

—Yo patatas fritas— añadió Cian, haciendo crujir las bolsas.

Los dos se metieron en el piso sin esperar. Brennan entró el último y Callum le lanzó una mirada interrogante. Se preguntaba cómo había sabido su hermano que los necesitaba, ¿le habría llamado Alissa para contárselo? No, no parecía probable. Se llevaban bien, pero no tenían tanto trato como para eso. Abrió la boca para preguntar, pero entonces escuchó un grito de horror proveniente del salón.

—¡¡Dios santo!! ¿Y tu consola?

Sacudió la cabeza, intercambiando una sonrisa con Brennan antes de ir hacia allí. Cian y Malachy contemplaban el hueco en el mueble como si de un meteorito se tratara.

—¿Te han robado? —Quiso saber el primero—. Porque puedo mover algunos hilos y descubrir si…

—Calma, la he guardado.

Ambos lo miraron, y por sus caras de estupor, casi parecía que Callum se hubiera puesto a hablar en klingon[14]. Entonces Cian desplazó sus ojos hacia la mesa, donde descubrió la botella de vodka vacía y el vaso donde los hielos se habían derretido junto a una rodaja de limón reseca.

---

14 Películas y series: *Star Trek*

—Muy bien, ¿qué está pasando aquí? —preguntó, alzando una ceja.

—Anoche terminé con Alissa. —Callum ocupó su sitio en el sofá.

Los dos chicos pusieron la misma cara de sorpresa.

—¿Por qué? —preguntó Malachy, abriendo una lata de cerveza y pasándosela.

—Resulta que me ha mentido desde el principio.

Cian agarró un bote lleno de gominolas, lo encajó entre sus piernas y se preparó para escuchar.

—¿No era todo una mentira, de hecho? —intervino Brennan.

—Bueno, sí, pero con matices —contestó Callum—. Cuando le pedí por favor mantener la farsa por el bien de mamá, al menos fui claro desde el principio. Alissa me hizo creer que me hacía el favor del siglo y resulta que a ella le venía bien también para conseguir ascender a otro puesto mejor.

—No lo entiendo —comentó Malachy—. ¿En qué le ayudaba estar casada?

—Por lo visto, a ojos de su superior le hizo ganar puntos.

—¿Esto quién te lo ha dicho? —preguntó Cian—. Porque si es algún rumor, te diría que no hagas ni caso, suelen ser mentira.

Callum negó.

—No he terminado, hay más cosas. Al parecer, está coladita por un neurocirujano de lo más pedante, tanto como para contarle lo del matrimonio falso y la duración del mismo.

Hubo silencio durante unos segundos que a Callum se le hicieron interminables.

—Así que la eché de mi piso —añadió.

—¿La echaste? —Cian abrió los ojos como platos, sorprendido.

—Pero, ¿le dejaste decir algo, al menos? —carraspeó Malachy, adelantándose a Brennan que justo iba a decir algo similar.

—No había nada que decir. Los hechos son los hechos, punto.

—Y entonces te has pasado la noche dando vueltas y la mañana bebiendo vodka hasta estar medio borracho en el sofá, pero intentar solucionarlo… eso no —comentó Brennan.

Callum le lanzó una mirada irritada.

—No entiendo por qué la tristeza y el enfado —dijo Malachy, haciendo que la irritación de Callum recayera sobre él—. A ver, solo es otra más, ¿no? Quiero decir que nunca vas en serio con ninguna, ¿acaso esta vez era diferente?

—Hombre, vivía con ella —apuntó Cian, sin dejar de comer gominolas.

—Sí, y estaba claro que le picaba la entrepierna, pero en ningún momento ha sugerido nada más, ¿no? —Miró a su hermano.

Callum no encontraba palabras para explicarse. Vale, no había dado detalles sobre la relación a sus hermanos, tampoco le hubieran dado la menor importancia, lo tenía claro.

—Era diferente —se limitó a responder.

—¿En qué?

—En todo, yo que sé. No era un tonteo sin más.

—No hace falta que lo jures —comentó Brennan—. Estás hecho un asco.

—Pero, ¿y qué pasa con la teoría del absurdo? —insistió Malachy—. Se supone que pasamos por esta vida sin ser importantes realmente y que es absurdo preocuparse de nada. ¿No era eso lo que repetías antes?

Cómo no acordarse, si había repetido aquellas estúpidas palabras montones de veces. Palabras huecas que no tenían sentido alguno, excepto el de impresionar a los posibles ligues y al mismo tiempo ponerlas sobre aviso respecto a su capacidad de compromiso, que era cero.

«No hay necesidad de complicarse, nena, ¿conoces la teoría del absurdo?»

«Yo sigo la teoría del absurdo, no hay que buscar problemas innecesarios».

«Acepta lo absurdo. Vive y adopta lo absurdo de la vida, puede ser vivida mejor si se acepta que no tiene sentido».

Todos aquellos ojitos que se abrían al escucharle, deslumbrados. Deslumbrados porque creían que estaban ante alguien con pensamiento propio, como si fuera un ser único y original, cuando lo único que hacía era usar las citas de un famoso filósofo francés para justificar el meterse dentro de sus bragas sin responsabilidades.

Sin saber cómo ni por qué, había encontrado a una persona con la que avanzar y no permanecer quieto, alguien a quien entregar su corazón. Y Alissa lo había aplastado y se lo había devuelto hecho trizas, pagándole con la misma moneda que él había usado tantas veces.

—Esa teoría ha dejado de tener sentido —murmuró, dando un sorbo a su cerveza.

—Nunca lo tuvo —comentó Brennan.

—Muy bien. —Callum se giró hacia él—. ¿Me vas a explicar por qué no paras de tocarme las narices, hermanito?

Brennan se cruzó de brazos, mirándole con indiferencia.

—Creo que te has precipitado un poco echándola del piso sin más —respondió.

—¡Pero si me mintió!

—Y tú le mentiste a mamá, ¿eso te hace mejor que ella?

—¡No es lo mismo!

—¿Por qué? ¿Porque cuando mentías tú era para tu beneficio y ella lo hizo en el suyo? Me parece que alguien no usa el mismo rasero en cuanto a las mentiras.

Cian y Malachy se inclinaron hacia delante, esperando la respuesta de Callum. Este tenía la boca abierta para responder, pero de pronto no supo bien qué decir ante aquello. Algo de razón tenía su hermano, no era tan grave el hecho de que Alissa aprovechara la boda para optar a un puesto mejor. Eso podría perdonarlo, pero lo que de verdad dolía era…

—Mira, eso no es lo que me cabrea, ¿vale? Es el cirujano del demonio.

—No, si ya lo sé. Está muy claro.

—¿Y crees que no tengo derecho a estar enfadado porque me haya hecho creer que quería estar conmigo cuando en realidad pensaba en él?

—Yo lo único que digo es que deberías hablar con ella para aclarar las cosas en lugar de estar aquí haciendo elucubraciones. Lo de esa charla con el médico fue hace meses…

Malachy asentía a todo hasta que de repente frunció el ceño.

—Y tu, ¿cómo sabes tanto del tema? —preguntó.

—¡Eso! —apoyó Cian—. Eres tú el que nos ha traído aquí porque pensabas que Callum podía necesitar nuestra compañía.

Callum miró a su hermano, esperando una respuesta. Entonces le vino una idea a la cabeza. No tenía lógica, pero…

—¿La has visto? —preguntó—. Qué tonto, pues claro que la has visto. Has hablado con ella, por eso sabías lo que ha pasado. ¿Qué te ha contado?

—Lo mismo que tú, pero con las partes que no le dejaste decir —dijo Brennan, sin inmutarse.

No tenía intención alguna de ponérselo fácil a Callum, si quería saber tendría que mover el culo para averiguarlo por sí mismo.

Otra vez hubo silencio, denso, incómodo. Callum quería agarrar a su hermano del cuello y freírlo a preguntas. ¿Cómo estaba? ¿Afectada? ¿Lloraba? ¿Con el corazón roto? ¿O, por el contrario, indiferente? ¿Dónde había dormido? Porque la había instado a abandonar su apartamento y no tenía dónde ir, pensamiento que le había hecho sentir culpable desde que la puerta se había cerrado tras ella. Vale, eso no había estado bien, se había dejado vencer por su temperamento irlandés.

No obstante, se contuvo. Brennan era tan irlandés como él y no pensaba abrir la boca, lo percibía en su actitud.

—No termino de comprender cómo terminaste hablando con Alissa —observó Malachy, no muy dispuesto a dejar correr el tema.

—Te lo explicaré. No te preocupes, que será rápido e indoloro. —Brennan se giró hacia su hermano—. Alissa es la mejor amiga de Quinn. Quinn tiene una casa. Alissa se queda en la calle, así que va a casa de Quinn. ¿Hasta ahí me sigues?

Cian soltó una risita, que cambió a toda prisa por una tos al ver la cara irritada de Malachy.

—Perdón —dijo, simulando carraspear.

—Atento, porque ahora viene lo mejor —siguió Brennan, sin cambiar de tono—. Cuando llegó Alissa yo estaba allí. Por eso me enteré de todo, fui testigo presencial.

Malachy asintió, todavía sin parecer comprenderlo del todo.

—Ah, bueno. Por eso lo sabes, estabas delante.

—Un momento. —Callum se quedó pensativo unos segundos—. Serían las doce cuando salí del trabajo, un rato más cuando llegué a casa. Ella llegó un par de horas después, que tuvo que hacer extras. Media hora en casa entre que recogió sus cosas, se marchó… pongamos las tres, o tres y pico. ¿Qué hacías tú allí a esas horas?

Se permitió el lujo de disfrutar unos instantes viendo el aprieto en que acababa de poner a Brennan, pero en seguida se sintió mezquino. Su hermano no era culpable de sus problemas con Alissa. Aunque sí de no compartir la información que poseía.

De pronto, Malachy y Cian parecían ser conscientes de lo que acababa de insinuar Callum.

—A esas horas solo puede ser una cosa —comentó el primero—. Que estuviera borracha y la acompañaras a casa, como buen señor *Friendzone*.

—Justo lo que iba a decir —apoyó Cian.

—Yo no tengo nada de *Friendzone* —negó Brennan.

—Claro que sí, eres la definición gráfica. Deberían poner tu foto junto a esa palabra, siempre el amigo comprensivo y perfecto.

—En realidad, vosotros dos os acercáis más a esa definición gráfica que yo.

—¿Qué coño dices? —susurró Malachy, sin poder creerse aquella impertinencia.

Callum se arrellanó en el sofá, mirándolos con cariño. No lo podía evitar, seguía sintiéndose desgraciado y jodido, pero al menos la presencia de sus hermanos conseguía distraerlo un poco.

—Un tío que cree haber sido enviado a la *Friendzone* es porque se ha creado unas expectativas de las que ella no es culpable. Es decir, si tu invitas a una chica a cenar o a lo que sea esperando algo a cambio, eso no es muy honesto que digamos. ¿Lo entiendes?

—Yo… —empezó Malachy.

—Solo porque seas amable con una chica en un momento puntual no significa que tengas que esperar algo más de ella. Puedes esperar lo mismo, punto. ¿Lo entiendes?

—Pero…

—Cuando tú la invitaste a salir ya sabemos lo que tenías en mente. Y lo mismo en tu caso. —Miró a Cian, que parpadeó—. Algo que no sucedió en el mío, que fue todo un cúmulo de casualidades. Afortunadas, eso sí… Así que, si hay algún *Friendzone* aquí, sois vosotros.

Malachy y Cian estaban tan anonadados procesando sus palabras que no reaccionaron.

—¿Y qué pasa con el exmarido? —preguntó Callum.

—Se ha largado. Fue sencillo, solo tuve que dejar una de mis neveras sobre la mesa. —Brennan sonrió al acordarse—. Al tipo le dio un ataque de asco y salió a toda prisa, llevándose la consola entre los brazos como si fuera un bebé. Así que…

—¿El repartidor se queda con la chica?

—Eso parece.

Callum desvió la vista hacia sus otros hermanos, que abrían y cerraban la boca sin atinar a decir una frase completa.

—…mándale un mensaje a ver si es verdad…

—Pero, ¿qué dices? No puedo hacer eso.

—Es un farol, te lo digo yo…

Mientras murmuraban y tecleaban en el móvil, Brennan se acercó hasta Callum y le dio una palmadita en el hombro.

—Tienes que hablar con ella —aconsejó.

Callum estuvo a punto de ceder. Al fin y al cabo, Brennan era el razonable. Siempre lo escuchaba cuando necesitaba a alguien con dos dedos de frente. Y realmente quería saber cómo estaba ella porque la echaba de menos, pero solo de recordar al cirujano le salía el enfado, la humillación, el sentirse como un gilipollas al que habían tomado el pelo.

No podía, imposible.

Capítulo 16: Peligrosamente juntos

Tres meses después

—Me han dicho que Isaac vuelve en unos días —comentó Quinn, pasándole a Alissa un café.

Ella hizo una mueca. Llevaba semanas intentando no pensar en aquel tema, pero claro, era imposible. Siempre había algo en el hospital que le recordaba a Callum y su matrimonio, aún vigente. Si Isaac hubiera estado meses atrás, habrían averiguado antes cómo demonios se habían casado y estaría anulado, pero en aquel momento todo le daba igual.

Porque lo que más echaba de menos era a Callum, que parecía que se lo había tragado la tierra. No había vuelto a verlo desde el día que se había marchado de su casa, ni siquiera habían hablado por teléfono o WhatsApp. No se había ido del grupo de «Familia», pero tampoco ninguno de sus hermanos ni Maeve había comentado ahí nada desde entonces. Solo sabía que se había cogido todas las vacaciones que tenía y unas semanas de excedencia porque Brennan se lo había dicho, pero nada más.

—No sé si es bueno o malo —suspiró Alissa.

—Bueno, por lo menos podrás pedirle que te explique qué pasó y cómo anular la boda.

—Ya.

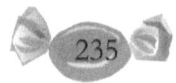

El rostro de Alissa se ensombreció. Brennan entró en la cafetería en aquel momento con una de sus neveras, y Quinn le hizo gestos para que se acercara.

El chico le devolvió el saludo, se aproximó a ellas y le dio un beso antes de sentarse a su lado.

—¿Te encuentras bien? —preguntó, mirando a Alissa.

Esta se encogió de hombros. Brennan dirigió su mirada a Quinn, que imitó el gesto de su amiga resumiendo que Isaac iba a regresar.

—No sé si Callum se habrá enterado. —Sacó su móvil y tecleó—. Ya está, mensaje enviado.

El móvil vibró a los pocos segundos y Brennan se lo enseñó a Quinn. Callum solo había escrito un «OK» sin más. Ni emoticonos, ni comentarios, ni nada. Pero tampoco era muy diferente de la tónica general del comportamiento de Callum desde que echara a Alissa de su casa.

—Voy a buscar un café, ¿me acompañas? —preguntó Brennan.

Se levantó y la miró de forma inquisitiva, así que ella se terminó el suyo de un trago casi quemándose la lengua y le imitó.

—Sí, que este no me ha durado nada. Ahora venimos.

Dejaron a Alissa mirando su vaso de café como si en los posos fuera a encontrar la solución a sus problemas y se fueron a pedir más.

—¿Qué hacemos? —preguntó Quinn.

—Eso quería preguntarte. Llevan ya tres meses como almas en pena por la vida, no pueden seguir así. Quizá que Isaac vuelva sea lo que necesitan para reaccionar.

—Claro, ir a verle los dos para que los ayude a divorciarse es el momento romántico perfecto para una reconciliación.

—Si se te ocurre otra excusa para que estén los dos en el mismo sitio y a la misma hora, soy todo oídos.

—Ya, no hacen más que esquivarse. Y encima si Callum sigue sin venir al hospital, complicado.

Quinn frunció el ceño, estrujándose el cerebro sin que se le ocurriera nada.

—Alissa debería ir a buscar sus cosas, ¿no? —preguntó Brennan.

—Pero no querrá que esté él presente.

—Bueno, ella no tiene por qué saberlo. Ni Callum.

—¿Qué sugieres?

Brennan sacó de nuevo su móvil y lo agitó.

—Le digo a Callum que Alissa va a ir a por sus cosas, ahora que Isaac va a volver y el divorcio es inminente, y que me diga a qué hora no va a estar en casa. Después le decimos a Alissa que Callum quiere que vaya a por sus cosas, y la hora en la que sí va a estar.

—Dios mío, debajo de toda esa apariencia de tío majo, ¡tienes un lado oscuro y todo!

—Supongo que por eso me quieres.

—También tuvo que ver una nevera llena de sangre espanta parásitos, pero sí.

Cogió su taza para volver a la mesa, pero Brennan la sujetó de un brazo para atraerla hacia él y besarla de una forma que hizo que casi dejara caer el café. Cuando la soltó, lo miró sin aliento, preguntándose a qué venía aquel apasionamiento en un lugar tan público. No es que hubieran ocultado su relación ni nada parecido, pero no solían tirarse uno encima del otro en el hospital, precisamente.

—¿A qué ha venido eso? —preguntó—. Que no me quejo, solo pregunto.

—Yo también te quiero.

Entonces fue Quinn quien lo besó con una sonrisa tonta, antes de volver a la mesa con Alissa.

—Con vosotros sí que funciona el dicho —gruñó ella. Ellos se miraron—. El de «la primavera, la sangre altera.»

Que en aquellos momentos estuviera cayendo una granizada no parecía muy primaveral, pero ambos se abstuvieron de hacer ningún comentario al respecto.

—Sí, bueno, ejem —carraspeó Quinn—. Escucha… sobre el tema de antes. Ya sabes, Isaac. ¿Qué vas a hacer?

—Nada, ¿a qué te refieres? No voy a montarle una bronca por casarnos.

—Pero con él aquí ya podéis arreglar el divorcio.

La palabra se quedó colgando en el aire mientras Alissa la asimilaba. Durante aquellas semanas siempre había estado ahí, como una amenaza escondida entre las sombras, pero oculta al fin y al cabo. Pero ya no podía seguir ignorándolo o esperando que todo

se solucionara de alguna forma milagrosa o absurda, que era como había empezado.

—Supongo que no hay por qué alargarlo —murmuró—. No afectará a tu madre, ¿no?

—Lo dudo mucho —contestó Brennan.

—No, supongo que ya se lo imaginará, después de estar separados. No sería un golpe tan fuerte como al principio. Hablaré con Isaac cuando venga, sí. ¿Sabes si Callum tiene abogado?

—No, no me ha dicho nada. Puedes probar a enviarle algún mensaje tú si quieres, a ver qué te dice. —Ella negó con la cabeza—. Alissa, en algún momento tendréis que coincidir, aunque sea para recoger tus cosas, ¿no crees?

—No, no, mejor no. —Sacudió la cabeza—. ¿Por qué no me dices tú cuando no esté y voy?

No se fiaba de sí misma y, conociendo cómo se liaba con las palabras cuando se ponía nerviosa, seguro que si se encontraba con él lo estropeaba todo aún más.

Brennan sacó su móvil y envió un mensaje. Tras intercambiar algunos más, la miró.

—¿Qué tal esta tarde, cuando salgas del hospital?

—Sí, me vale.

Brennan volvió a escribir y se guardó el móvil.

—Entonces arreglado.

Lisa se acercó a su mesa en aquel momento.

—Menudas caras, os hace falta una fiesta, pero ya —sentenció.

—Justo estábamos pensando en eso —replicó Quinn, moviendo la cabeza.

—¿Alguna emergencia? —preguntó Alissa, deseando que hubiera ocurrido algún terremoto o algo grave para así tener una excusa y trabajar hora tras hora, hasta no poder ir a recoger sus cosas a casa de Callum y así posponerlo.

—El jefe te busca.

Alissa se terminó su café con un suspiró y se despidió de sus amigos.

—Menuda temporadita lleva —siguió Lisa—. Me vuelvo al curro, que veo que esta mesa está muy animada y paso de que me lo peguéis.

Se marchó, acompañada de su móvil, aprovechando así para actualizar sus redes sociales de camino a urgencias.

Brennan notó que el suyo vibraba y lo cogió para mirar la pantalla.

—Es Callum —informó. Abrió mucho los ojos al ver lo que le decía—. ¡Mira!

Le mostró el mensaje a Quinn, que lo leyó un par de veces por si acaso estaba entendiendo mal. Pensó si debía informar a Alissa, pero al momento lo desechó. Iban a verse en unas horas, aunque ninguno lo supiera.

Mejor no interferir.

Alissa llegó al despacho de Alec, que tenía la puerta abierta, y se asomó, golpeando la madera con los nudillos.

—¿Me buscabas? —preguntó.

—Sí, pasa, pasa.

Le hizo gestos para que entrara y Alissa cerró la puerta tras de sí. Se acercó a la mesa y ocupó una de las sillas que había vacías frente a él.

—¿Qué tal? —preguntó Alec, con una sonrisa—. Hace tiempo que no veo a tu marido. ¿Todo bien?

—Como la seda.

—Los primeros meses son los mejores. Todavía recuerdo cuando me casé yo, estuvimos casi un año como si fuera todo una Luna de Miel.

Alissa pensó que la suya era más «sin» que «de», como el título de una novela de comedia romántica o algo así, pero se quedó callada. Llevaba años trabajando con él y no le había visto nunca tan feliz, no iba a ser ella la que estallara aquella burbuja que no sabía de dónde venía. Porque si era porque iba a celebrar algún aniversario de boda por todo lo alto e iba a invitarla a la fiesta, desde luego era lo último que le apetecía en aquel momento.

—Cincuenta años vamos a cumplir mi mujer y yo el mes que viene —siguió él, con aquella sonrisa—. Pero lo mejor es que por fin lo podremos celebrar como Dios manda. Nos vamos a ir a un crucero de tres meses, hemos decidido tirar la casa por la ventana.

—¿Tres meses?

Madre mía, menudo lío iba a ser aquello. Otra vez a cubrirlo como si tuviera su puesto, pero sin cobrar por ello, solo metiendo más horas como cada vez que se iba de vacaciones. ¿Tres meses? Bueno, no iba a tener ni un minuto libre trabajando en los dos puestos; por otro lado, así tendría la mente ocupada.

—En fin, que ya está todo listo. —Sacó unos papeles de una carpeta y se los pasó—. Solo tienes que firmar.

Alissa los cogió, aturdida, y leyó por encima.

—Pero… es un contrato —dijo.

—Exacto.

—Por cambio de puesto.

—Claro. Lo que hablamos tú y yo hace unos meses, ¿recuerdas? —Cogió un bolígrafo y se lo entregó—. Te he recomendado para mi puesto, la junta lo ha aprobado y ¡listo! Ya eres la nueva Jefa de Enfermería. Tendrás que buscar alguien para urgencias, por cierto, esa será tu primera tarea.

Ella continuaba mirando los papeles, pero sin leerlos realmente. ¿En serio tenía el puesto? Ni siquiera había pensado en ello en las últimas semanas, pero su objetivo por fin se había cumplido. ¿Por qué no se sentía tan feliz cómo debería?

Tragó saliva mientras notaba que las letras se volvían borrosas. Era lo que siempre había querido, sí, pero saber que no podía celebrarlo con quien más quería lo empañaba todo.

—No llores, querida, te lo mereces.

Alec le tendió un pañuelo y Alissa se secó los ojos forzando una sonrisa. Seguro que el hombre se pensaba que estaba emocionada por el ascenso y no iba a amargarle la jubilación con sus problemas, desde luego.

Sujetó los papeles con una mano y cogió aire para controlar su pulso, de forma que pudo por fin leer el contrato y encontrar la casilla para firmar. Se lo entregó y se levantó extendiendo la mano.

—Muchas gracias por todo, disfruta de tu jubilación.

—Gracias a ti.

Alec le estrechó la mano, le entregó una copia del contrato y Alissa salió de allí pensando en que el hecho de que aquel iba a ser su despacho en adelante le parecía absurdo.

No, mejor surrealista. Aquella palabra la asociaba a Callum y tenía que dejar de pensar en él.

Pasó por las taquillas para guardar el contrato y le mandó un mensaje a Quinn para contárselo, que le contestó con unas frases llenas de emoticonos que demostraban la emoción que ella debería sentir pero que de momento estaba a un lado. Una vez cerrara el capítulo de Callum estaba segura de que tendría ganas de celebrarlo, pero no en ese momento.

Pasó el resto del turno mirando el reloj cada cinco minutos. La hora de salir llegó más pronto de lo que hubiera querido, pero se armó de valor y se dirigió al piso de Callum.

Alissa tuvo que respirar hondo para calmarse antes de meter la llave en la puerta del portal. Había echado tanto de menos estar allí… más de lo que había esperado. Aunque siempre había escuchado que el tiempo lo curaba todo, desde luego en su caso no había sido así: echaba de menos a Callum igual que el primer día. Y estar allí solo se lo recordaba más aún, pero tampoco podía alargar aquella situación.

Se dirigió al ascensor, que justo estaba bajando, y cuando se abrió la puerta se encontró con que salía el señor Krueger. O como fuera que se llamara, porque se dio cuenta de que no había llegado a saberlo.

—Hola, señor… señor —saludó.

—Vaya, la señora de Callum O'Connor. Hacía tiempo que no te veía por aquí. Ni por la iglesia, que llevamos meses esperando que vayáis para formalizar vuestra unión como Dios manda.

—Sí, ya, claro. —Se apresuró a meterse en el ascensor para que no se cerrara—. El hospital, ya sabe, nos tiene muy ocupados.

Pulsó el botón para que se cerrara la puerta repetidas veces hasta que consiguió que funcionara, todo ello sonriendo mientras el hombre la miraba con el ceño fruncido. En fin, ya no tenía que preocuparse por ser una buena vecina, así que le daba igual si se molestaba.

Llegó al piso de Callum y de nuevo cogió aire antes de utilizar su llave. Al abrir la puerta y entrar, se sintió como una intrusa. Una intrusa cobarde, además, porque a pesar de que tarde o temprano tenía que recuperar sus cosas, podía haberlo hecho con Callum allí. Aunque él siguiera enfadado o no quisiera verla, una parte de ella le decía que no lo había intentado lo suficiente. Que tendría que haberlo llamado, haber hablado con él cuando hubiera pasado un tiempo e intentar arreglarlo. Pero había ido dejando pasar los días hasta que se habían convertido en semanas y estas, en meses. Esperando alguna señal o un encuentro casual que, por supuesto, no había ocurrido.

Dejó el abrigo colgado en una percha de la entrada, junto a los de Callum, que rozó con los dedos al notarlos impregnados con su aroma. Maldito fuera, tenía que hacer aquello rápido porque cada segundo allí dolía y le hacía rememorar los buenos momentos juntos. Se asomó al cuarto de invitados, esperando encontrárselo patas arriba, pero no: estaba ordenado, solo en el escritorio había algunos papeles esparcidos. Había esperado que Callum volviera a sus antiguas costumbres con su marcha, pero no había sido así. De hecho, lo único que faltaba era su lista de chequeo en la pared.

Continuó hacia la cocina y no, en la nevera tampoco había *tuppers* de Maeve, sino comida. No toda sana, cierto, pero comestible, al fin y al cabo.

Pasó al salón y vio que seguía habiendo un par de cuencos con chucherías, pero la consola no estaba a la vista.

Así que tampoco podía consolarse pensando que el Callum «mejorado» había sido un espejismo. Sacudió la cabeza, molesta consigo misma y obligándose a centrarse en el tema que la había llevado allí. Se asomó a la habitación y allí las vio: un par de maletas y cajas en una esquina, con lo que suponía eran el resto de sus cosas. Al ir a por ellas pasó junto a la cama, que estaba sin hacer.

«En fin, no todas las buenas costumbres se han quedado», pensó.

Hacer la cama había sido una de las cosas que Callum consideraba más absurdas —para qué hacerla, si se iba a deshacer unas horas después—, así que le pareció normal que con ella fuera de la ecuación, no la hiciera.

Sacó sus maletas y sus cajas al pasillo, y entonces fue cuando la puerta de entrada se abrió.

Se quedó quieta, suponiendo que sería Maeve, que volvía a entrar sin llamar. Pero no, la persona que atravesó la entrada era Callum. Durante un segundo pensó que Callum le había mentido a Brennan sobre la hora, para encontrarse con ella allí, y empezó a sonreír.

Hasta que se dio cuenta de que el chico la miraba con la misma cara de sorpresa que ella debía tener.

—¿Qué haces aquí?

—Recoger mis cosas. —Señaló las maletas y las cajas—. Brennan me dijo que las tenías preparadas.

—Sí, y también le dije que vinieras mañana por la mañana, que tengo turno.

—Me dijo que viniera ahora, que no ibas a estar.

—Obviamente le has entendido mal.

—No, pero bueno, no importa. Ya me iba.

Callum se quitó su abrigo, lo dejó en una percha y se quedó en un lado del pasillo, haciéndole un gesto como de invitación.

—Adelante —le dijo.

Alissa no podía con todo a la vez, pero tenía bastante claro que él no iba a mover un dedo por ayudarla. Cogió las cajas y las sacó al descansillo. Después volvió a por las maletas e hizo lo mismo. Pero cuando regresó a por el abrigo, se quedó con él en la mano.

—¿Se te olvida algo? —preguntó Callum, incómodo por la forma en que ella lo miraba.

Lo último que había esperado era encontrársela allí, sobre todo después de que Brennan le informara de que Isaac estaba a punto de volver. ¡Por fin se iba a acabar toda aquella situación! Había conseguido evitarla tres meses en los que había estado a punto de llamarla unas mil veces, presentarse en el hospital otras tantas… todo para que, a pesar del tiempo transcurrido, nada hubiera cambiado: la miraba y solo quería besarla, llevarla a su habitación y olvidarse del divorcio o de por qué se habían casado y mantenido la mentira. Pero entonces recordaba al cirujano y el dolor sordo en el pecho volvía con la misma intensidad del primer día.

—He conseguido el ascenso —informó Alissa.

No sabía qué decir, cómo empezar una conversación con él, y aquello fue lo primero que le vino a la mente.

Callum se puso más serio aún si cabe.

—Me alegro por ti.

Y no mentía, porque si alguien se merecía ese puesto era ella. Solo que no se sentía con ánimos de abrir una botella de champán y brindar.

—Callum, yo… —Se mordió un labio y avanzó hacia él, pero Callum cruzó los brazos de forma defensiva, dejando claro que quería mantener las distancias—. Me gustaría poder explicarte…

—No tenemos nada de lo que hablar.

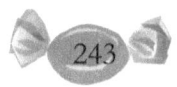

—No me dejaste explicarme el día que me fui. O que me echaste, mejor dicho.

—No negaste nada de lo que dijo el doctor Bouchard.

—¿Preferirías que te hubiera mentido? ¿Que te hubiera dicho que me entendió mal, por ejemplo?

—No, eso hubiera sido peor.

—¿Peor? ¿Cómo? Todo se estropeó por eso.

—Me mentiste, Alissa, no me ayudaste por ser una buena samaritana.

—Y tú engañabas a tu madre, sabiendo que al final iba a sufrir igual con un divorcio. —Movió la cabeza—. Pero no quiero discutir a ver quién actuó peor de los dos. Lo hecho, hecho está y no podemos cambiarlo. Pero sí quiero que sepas que todo cambió en algún momento. Y sé que para ti también, que lo nuestro… —Tragó saliva—. Que no era solo sexo, no fueron unos calentones ni nada por el estilo, sentías algo por mí, aquí. —Le tocó el pecho con su dedo índice—. Igual que yo por ti.

Callum sentía cómo todas las defensas que había construido a su alrededor iban cayendo como si fueran un castillo de naipes. ¿Qué tenía aquella mujer, que conseguía que olvidara todo, hasta sus principios absurdos? Empezó a relajarse, descruzó los brazos y entonces…

De pronto frunció el ceño y retrocedió un paso.

—Te olvidas de lo más importante —dijo.

—Dios, Callum, te juro que nunca hubo ni habrá nada con el doctor Bouchard.

—Solo porque él no lo quiso, es tu hombre ideal, si chasquea los dedos irás corriendo donde te diga.

—Eso es una estupidez. De hecho, he coincidido con él en otra operación y dos veces en el ascensor.

—Qué suerte la tuya.

—Y no ha habido nada porque no me atrae, Callum, no siento nada por él.

Omitió que la primera vez que habían coincidido en el ascensor el cirujano había comenzado una conversación que Alissa intuía que acabaría derivando en una invitación a cenar, por lo que la había cortado al momento. Ahora miraba a «Mr. Loki» y se preguntaba qué había visto alguna vez en él.

Sus palabras parecían haber logrado algo porque Callum dio un paso hacia ella, pero de pronto retrocedió otra vez.

—Joder, no. No pienso caer, ya sé a qué viene todo esto.

—No entiendo.

—Ha sido Brennan, ¿verdad? Solo se lo he contado a mis hermanos y estabas con él hace un rato, así que te lo ha dicho y por eso estás aquí.

—No sé a qué te refieres, en serio.

—A que como ya no soy un simple celador, ya no te parezco tan mala opción.

—¿Qué? —Lo miró, sorprendida—. ¿Qué quieres decir?

—Ahora me dirás que no sabes que he faltado estos tres meses al trabajo para estudiar.

Ella negó con la cabeza.

—Brennan no me ha dicho nada, de verdad. Pensaba que te habías tomado un tiempo sabático. ¿Te has presentado a las asignaturas que te quedaban?

Callum no sabía si creerla, pero ella parecía de verdad sincera, y afirmó con la cabeza.

—He aprobado, acaban de decírmelo. Así que ahora soy enfermero.

Alissa no pudo evitarlo y se lanzó sobre él para abrazarlo.

—¡Oh, Callum, me alegro tanto por ti!. Te mereces trabajar en lo que te gusta. —Se separó un poco y lo miró—. Nunca me imaginé que estuvieras haciendo eso.

—Ya, bueno, tampoco te hagas ideas raras, no lo he hecho por ti ni para ganarte de nuevo.

Aquello la desinfló por completo. No había esperado que fuera así, pero oírselo decir de forma tan brusca era doloroso. Y que no estuviera devolviéndole el abrazo corroboraba todas las señales que Callum estaba enviando: no la quería.

Así que recogió los restos de dignidad que le quedaban, los trocitos de su corazón destrozado y retrocedió separándose de él.

—Te dejaré para que lo celebres, no te molestaré más.

Se dio la vuelta para marcharse, pero al momento notó que Callum tiraba de su mano y la envolvía en un abrazo que le cortó la respiración. Después él enmarcó su rostro con las manos, mirándola a los ojos.

—Lo pensé —le dijo, con las pupilas brillantes—. Pensé que tenía que hacer algo para parecerme a él, para que vieras algo en mí que mereciera la pena. Hacer un gesto en plan película romántica y presentarme ante ti con el título en la mano declarándote mi amor. Pero me di cuenta de que entonces no sería real. Si me querías, si me quieres, tiene que ser por mí, no por un título en un papel o porque sepa cuántas neuronas tiene el cerebro.

—Pero…

—Así que lo hice por mí. Porque si había sido capaz de salir de mi zona de *confort*, de aprender las puñeteras cinco eses y vivir sin los *tuppers* de mi madre, quizá eso significaba que mi etiqueta de descerebrado no era tal y aún estaba a tiempo de ponerme una nueva. Por eso cogí las vacaciones y la excedencia, para poder concentrarme solo en estudiar. Ni siquiera he sacado la consola, venía ahora a hacerme un maratón, después de estos meses me merecía una distracción.

—No tienes que justificarte por jugar a la consola, nunca dije que estuviera mal, siempre y cuando no estés mil horas seguidas no me importa.

Callum se quedó mirándola, tratando de asimilar aquellas palabras. ¿Quería decir que le daba igual que jugara porque no iba a estar allí para verlo o a qué se refería?

Alissa inclinó la cabeza hacia un lado para besarle la palma de una mano.

—Te quiero por ti, tontorrón —le dijo—. Que hayas perseguido tu sueño por ti mismo solo hace que te quiera aún más. —Sonrió de forma burlona—. Aunque no hagas la cama.

El chico puso los ojos en blanco y la besó, de forma pausada e intensa hasta que se separó para sonreírle de la misma forma.

—Yo también te quiero, a pesar de tus listas, y estoy dispuesto a aprender de *bondage* y de lo que tú quieras.

—Callum, no practico el BDSM, es pilates y yoga.

—Ahí también se sufre.

—Bueno… sí, alguna postura es un poco…

—Me vale. —La cogió en brazos—. Vamos a mi cama deshecha, seguro que el pilates y el yoga tienen aplicaciones prácticas.

Alissa se echó a reír, cogiéndole del cuello para dejarse llevar.

No fue hasta mucho más tarde que se dieron cuenta de que se habían dejado la puerta abierta y todas las cosas de Alissa en el descansillo.

EPÍLOGO

—Muchas gracias a todos por celebrar conmigo que por fin sea enfermero… —decía Callum—, y por todo vuestro apoyo, especialmente a mi jefa, que espero que se apiade del novato.

Le guiñó un ojo a Alissa, que se levantó para darle un beso llena de orgullo.

—Por favor, que tenemos hambre —dijo Cian—. Dejad el empalague para el postre, tortolitos.

Chocó su lata de cerveza con la que Callum tenía sobre la mesa y después con la de Malachy.

—Brindando con cerveza, me encanta —dijo Sabrina.

Cogió una lata y la chocó con Anthony, que hizo lo propio con Maeve, aunque esta tenía un vaso de agua. Cuando Alissa los había llamado para contarles que el matrimonio con Callum era algo real y que este había aprobado sus exámenes, ambos habían estado entusiasmados y no habían dudado en aceptar su invitación a una comida de celebración, que estaban realizando en aquel momento en el jardín de Maeve, aprovechando un día en el que por fin había salido el sol.

—Por nuestros hijos —dijo Anthony.

—Espero que Calvin entre en razón, porque en la iglesia están esperando que formalicen la unión. ¿Habéis hablado con vuestra hija?

—¿Calvin? —repitió Anthony, confuso.

—Mamá, ya hablaremos más delante de eso —repuso Callum.

—En fin, solo espero que no me deis más disgustos, mi pobre corazón no lo aguantaría.

Brennan puso los ojos en blanco.

—¿Qué te ha dicho el cardiólogo en la última revisión? —preguntó Cian.

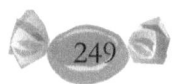

—Oh, nada nuevo, ya sabéis, que esté tranquila. —Les señaló de uno en uno—. Así que nada de disgustos.

—¡Si estamos muy formales! —protestó Malachy—. Hasta mi compañero de piso me lo dice.

—¿Compañero de piso? —exclamaron sus tres hermanos a la vez.

—Ah, ¿no os lo había contado? Vino hace un par de semanas. Lo conocéis, además. Es el ex de tu novia, Brennan. Ya sabes, Justin.

—¿Tu novia? —Maeve lo miró de arriba abajo—. ¿Qué novia? ¿Desde cuándo tienes novia?

Brennan atravesó a Malachy con la mirada como si quisiera matarlo y él se llenó la boca con una salchicha, encogiéndose de hombros en lo que pretendía ser una disculpa.

—No le des más importancia de la que tiene, mamá —dijo Brennan, cogiendo la mano de Quinn, que estaba sentada a su lado—. Llevamos poco tiempo.

—¿Y no me lo habíais dicho? —Sacó su móvil—. Tienes que darme tu número, querida, así te meto en el grupo de familia.

—Mamá, déjalo para luego, que estamos comiendo.

—Oh, está bien, ya hablaremos luego las mujeres. —Dejó el móvil a un lado y cogió un chuletón para ponérselo en el plato—. ¿Ya vivís juntos? Como este hijo mío no me cuenta nada, te lo pregunto a ti. Puedes hablar con libertad, querida. Y ya sabes, en la iglesia serás bienvenida.

—Bueno, yo… —empezó Quinn.

—¿No sería mejor que comieras ensalada? —interrumpió Brennan.

Maeve se quedó con el tenedor en la mano, con un trozo de carne a medio camino de su boca, y lo miró de una forma poco agradable. Pero él no se amilanó, ya de perdidos, al río. A ver si así dejaba el tema de marras.

—Estoy bien, gracias por preocuparte —replicó Maeve.

—Lo más normal sería que te prohibieran la carne roja, ¿no?

Entonces todo el mundo se quedó callado de pronto, mirándolos alternativamente. Callum frunció el ceño al darse cuenta de que su madre tenía una expresión culpable en la cara.

—Sí, esto, ejem, tienes razón… pero claro, a veces… por un poco… —tartamudeó.

—Mamá, ¿qué está insinuando Brennan? —Callum estaba mosqueado—. ¿Puedes o no puedes comer carne roja?

Maeve dejó los cubiertos con gesto desesperado y se cruzó de brazos de forma defensiva.

—Que conste que no os he mentido. Y además me he confesado con el padre Simmons así que no hay pecado. —Sacudió la cabeza—. Además, sí que me pasó algo, solo que menos de lo que pensabais. Me llevaron a cardiología porque no había sitio en la planta de gastroenterología. —Bajó la voz—. Fue una indigestión.

—¿Una qué? —preguntó Malachy.

—¿Una irritación? —dijo Cian.

—¡Una indigestión! —repitió Brennan, con gesto satisfecho—. Lo sabía, sabía que no había sido un infarto, pero no tenía pruebas.

—En fin, ¿qué más da una cosa que otra? Lo importante es que estoy bien, ¿no?

Callum abrió y cerró la boca varias veces, pensando en lo que había hecho para protegerla después de aquel supuesto infarto, pero al final no dijo nada. ¿Qué sentido tenía, si después de todo, había salido bien?

Miró a Alissa, que parecía divertida con todo aquello, y le apretó una mano con una sonrisa.

—Ya te vale, mamá —dijo Cian—. Con lo que te hemos cuidado.

—Eso, si casi no te hemos pedido que nos planches ropa ni nada —añadió Malachy.

—Pero qué morro tenéis —replicó Brennan—. Si sois unos vagos que…

—Perdona, que me pita el móvil y estoy esperando la respuesta de una chica.

Malachy sacó su móvil mientras Cian hacía lo propio.

—Es Lisa, sabía que me diría que sí —dijo Cian.

—¿Cómo que Lisa? —Malachy se echó encima de él para mirar su pantalla—. ¡No será la Lisa del hospital!

—Enfermera, sí, ¿por qué?

—¡Es la que he invitado a salir!

Alissa miró su móvil y vio que a ella le había llegado un aviso de una publicación en la que Lisa la había etiquetado.

—Pues me ha dicho que sí —dijo Malachy, con retintín.

—A mí también.

Los dos se miraron y se encogieron de hombros.

—Oh, Dios mío —exclamó Alissa.

Soltó el móvil como si quemara, el cual cayó cerca de Maeve, que lo cogió por inercia y miró la pantalla.

Y allí estaban, su hijo y su nuera, entre un montón de gente, en lo que parecía una fiesta de fin de año, por los globos con la fecha y el ambiente de jolgorio.

Callum se unió al movimiento de móviles, porque el suyo también había vibrado.

—¡Es Isaac! —exclamó—. Dice que ha enviado el video de fin de año, todavía me está cargando.

—Vaya, pues Lisa se ha dado prisa en verlo y colgarlo en Facebook —repuso Quinn, mirando su pantalla también—. Y etiquetaros.

Alissa alargó la mano para recuperar su móvil, pero sus padres ya se habían colocado cada uno a un lado de Maeve y miraban la pantalla llenos de interés.

—Vaya, qué *look* de novia tan apropiado. —Se rio su madre.

Alissa se tapó la cara con las manos, pero abrió los dedos y a través de ellos pudo ver la pantalla de Callum, que se la acercó para que pudiera recordar qué demonios habían hecho aquella noche.

NOCHEVIEJA

—¡Atención, amigos del Dudeísmo[15]! —gritó Isaac, subido a una silla y agitando unos papeles en la mano—. Que estoy deseando oficiar una boda con mi título recién sacado por internet, ¿quién se anima? Venga, seguro que hay aquí al menos dos que no se casarían en la vida.

---

[15] De el Nota (*Dude*), película *El gran Lebowski* (1998)

Callum levantó la mano, justo en la que llevaba un vaso con un combinado, y casi se lo tiró por encima. Varias enfermeras se rieron y lo empujaron hacia Isaac.

—El matrimio… matro… manicomio es una tontería —balbuceó Alissa, que estaba justo al lado.

—Genial, la jefa de urgencias y el celador, ¡una boda romántica!

Alguien le puso a Alissa un mantel en la cabeza con su centro de mesa de plástico atado con una guirnalda y le dieron unos pompones como ramo. Por su parte, Callum se vio con una pajarita que no sabía de dónde había salido y un sombrero de copa tamaño niño.

—¡Esos votos! —pidió Isaac.

—¿Tafetán, cariño[16]? —preguntó Callum.

—¿Qué es el dudeísto? —replicó Alissa, pasando la mano por el mantel—. Qué velo más chulo. Venga, voto que sí, seguro que es bueno.

—Me apunto, ya sabes que me apunto a todo —añadió Callum.

—¡Puedes besar la novia!

—¡Vivan los queseros[17]! —gritó alguien.

—¡Disidente! —replicó Callum, antes de coger a Alissa en brazos.

—¿Qué pasa con los queseros? ¿No querría decir «enfermeros»? —Alissa tiró los pompones a un grupo de enfermeras.

—No, serán todos los fabricantes de grupos lácteos.

—Dices cosas muy raras. —Apoyó la cabeza en su hombro—. Anda, qué bien hueles.

Cayó una nube de confeti mientras Isaac les entregaba una de las hojas, que resultó ser un certificado de matrimonio en blanco y que acababa de cumplimentar con todos sus datos. Alissa lo cogió sin mirar lo que ponía, aunque la verdad era que veía un poco borroso y le daba igual. Callum se metió entre la gente. Quien estaba grabando intentó seguirlos, pero los perdió entre la muchedumbre, hasta llegar a Isaac, que hizo el gesto de la victoria.

—¡Viva el Nota! Me las piro en un rato, peña, ¡me encanta casar gente! ¿Quién quiere ser el siguiente?

---

16 Película: El jovencito Frankenstein (1974)
17 Película: *La vida de Brian* (1979)

La grabación se detuvo en aquel momento. Durante unos segundos se hizo el silencio en la mesa. Maeve se dio cuenta entonces de todo lo que había pasado, pero cuando abrió la boca para reprochárselo, se calló al recordar que todos sabían que ella también había mentido sobre su ataque al corazón.

Y, de todas formas, tenía que admitirlo: aquello era muy gracioso.

Empezó a reírse, Sabrina y Anthony se contagiaron y pronto todos en la mesa estaban a carcajada limpia.

—Nunca te hubiera imaginado con un centro de mesa en la cabeza —se burló Quinn, secándose las lágrimas de risa.

—Pues no me queda tan mal. —Alissa movió la cabeza—. No quiero ni saber qué otros videos habrá de esa noche.

—Sabíamos que tenías un lado divertido, hija —dijo Sabrina, poniendo de nuevo el video—. Ya te ha costado sacarlo, ya.

—No conozco esa religión —dijo Maeve—. Espero que sea una rama del cristianismo.

Callum alargó la mano para darle unas palmaditas.

—Seguro, mamá, el Nota tiene un aire a Jesucristo, llevan el mismo corte de pelo.

Quinn se echó a reír y la mujer decidió dejar aquel tema a un lado; por lo menos estaban casados, que era lo que le importaba. Solo le quedaban tres y Brennan parecía el siguiente, por lo que volvió a su nuevo objetivo.

—Querida, tengo revisión del card… —Todos la miraron—. Gastroenterólogo, perdón, esta semana. ¿Cuándo tienes turno? Seguro que coincidimos y podemos tomarnos un café.

—Mamá, no tienes cita esta semana, ¿verdad? —interrumpió Brennan.

—La tendré cuando llame mañana. —Miró a Quinn—. ¿Entonces?

—Oh, bueno, supongo que sí podré, claro. Tengo que revisar mis horarios, es que últimamente es un poco caótico todo, con los cambios.

—¿Qué cambios?

—Me he apuntado a un programa de rotación de puestos de enfermería. Me van cambiado de especialidad cada mes y acabo de

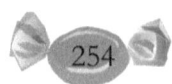

empezar en dermatología. El mes que viene me tocará urgencias, y así estaré un año. Después podré escoger en qué especialidad quedarme, ya que tengo claro que no volveré a pediatría.

Alissa la observaba con una sonrisa. La forma en que hablaba denotaba que estaba mucho más relajada desde que había empezado en dermatología, donde no había el estrés de pediatría ni por asomo. Por otro lado, Brennan era otro gran cambio positivo en su vida: hacía tiempo que no la veía tan feliz, los dos eran tan naturales juntos que parecía increíble que solo llevaran saliendo unos meses y no años.

Notó que Callum le cogía la mano por debajo de la mesa y tiraba de ella, así que se acercó sonriendo.

—Quizá la idea de mi madre no sea tan mala —susurró él.

—¿Qué idea?

—Formalizarlo. No por la iglesia, sino en el ayuntamiento o algo así. Que ni siquiera tenemos unos anillos.

—¿Estás seguro?

—¿Tafetán, querida?

Alissa se echó a reír y se acercó aún más a él.

—Tafetán, mi amor.

Le besó, feliz. Lo importante no era cómo habían empezado, sino cómo habían terminado.

Y aquella respuesta lo demostraba.

Always look on the bright side of life[18]
(Mira siempre el lado bueno de la vida)

---

[18] Película: La vida de Brian

Gracias a todos los que estáis
ahí siempre, vosotros sabéis
quiénes sois.

¡Os queremos!

SOBRE LAS AUTORAS

Eva M. Soler, nacida en Cruces, Vizcaya, un 7 de Junio de 1976, empezó a escribir desde muy pequeña, tras desarrollar un fuerte interés por la lectura alimentado por una extensa imaginación. Siempre dando prioridad al género de suspense y terror, también se mueve en género romántico *new adult* o *chick lit*. Está felizmente casada y vive en Castro Urdiales. En solitario tiene publicadas dos novelas de la saga titulada "Los mejores años".

Idoia Amo, nacida en 1976 en Santurce, con quince años se mudó a Sopuerta, donde se ha establecido de forma definitiva con su marido y sus hijos tras pasar varios períodos en el extranjero. Durante toda su vida ha escrito relatos, pero siempre de forma personal y para su círculo más cercano. En solitario tiene publicada una novela romántica titulada "Acordes de una melodía desenfrenada".

Ambas autoras se conocieron a los catorce años, volviéndose amigas y lectoras de sus propios escritos, pero hace un par de años decidieron que sus estilos podían complementarse bien, lo cual ha dado como resultado los libros "Anxious I & II", "Amor escarchado", "Maldita Sarah", "El año que no dejó de llover", "Luna sin miel", "Carpe Diem", "Érase una vez… las villanas", "Descansad en pedazos" y "Salvación", todos ellos disponibles en Amazon y en su web.

Recientemente han recibido el premio Hemendik que otorga el periódico Deia por su labor como difusión de la literatura romántica.

Para más información, www.idoiaevaautoras.com

En todo grupo de amigas existe esa que se alegra de que las cosas te salgan mal. Esa incapaz de disimular su sonrisa cuando apareces con unos kilos de más. Esa que se regocija cuando te despiden de tu último trabajo. Esa que sonríe cuando tu corte de pelo se descontrola y acabas pareciendo un crestado chino. Esa cuyos piropos son, en realidad, insultos. «Me encanta tu maquillaje, disimula tu enorme nariz».

Una invitación de boda pone patas arriba el mundo de Audrey y Briana, dos chicas adineradas acostumbradas a tenerlo todo. Audrey tiene una cuenta pendiente con el novio y no dudará en planear la manera de estropear la celebración con la ayuda de Briana, aunque arrastren al resto de sus amigas durante el proceso.

Érase una vez un plan maquiavélico y una venganza salpicada de romance. Una historia donde, ni los buenos son tan buenos, ni las villanas tan villanas...

Alexandra es la oveja negra de la familia. Profesora de instituto, divorciada y de aspecto común, nunca ha conseguido estar a la altura de lo que su madre esperaba de ella. Y tampoco va a lograrlo en esta ocasión... ¡todo lo contrario!

En la boda de su estúpida perfecta hermana menor con el guapísimo senador Ethan Lewis, a quien Alex ama en secreto, se monta tal follón que el enlace acaba por no celebrarse. Y Alex decide que es un buen momento para aprovechar ese viaje de novios a la Riviera Maya que tiene pinta de quedar relegado al cajón de «cosas para devolver».

Ni corta ni perezosa, se embarca en un vuelo con su mejor amiga Skye, dispuesta a desconectar y divertirse durante cuatro maravillosas semanas. Quieren playa, sol, excursiones y margaritas, pero cuando llegan allí les espera una gran sorpresa: el senador, su jefe de campaña y una sola suite que compartir...

¡La esperada continuación de "Luna sin miel"!

Skye no está en el mejor momento de su vida. Un año después de las vacaciones en México con Alex, su carrera como fotógrafa se ha estancado, tiene ciertos problemas económicos y su vida sentimental es un desierto desde que abandonó a Owen sin darle ninguna explicación.

Alex le pone en bandeja de plata la oportunidad de dar una vuelta de tuerca a eso con una oferta muy tentadora: el puesto de fotógrafa oficial en la gira de campaña a la presidencia de Ethan, su ahora prometido. para Skye significa recuperar el amor por su trabajo y olvidarse del dinero durante un tiempo, pero también está la parte difícil: lidiar con Owen y los sentimientos que aún tiene por él.

Owen es un adicto al trabajo, Skye es un espíritu libre.

Entre kilómetros y gasolina, ciudades de Estados Unidos y discursos de campaña, equipos revoltosos y tabletas de chocolate, ¿podrán dos personas tan diferentes reencontrarse en el punto donde lo dejaron un año atrás?

Alexander Green es un joven cirujano plástico que vive en Los Ángeles, entre fiestas y surf, hasta que es testigo de un crimen que lo obliga a entrar en protección de testigos. Para su asombro, es enviado a Sutton, un pequeño pueblo de Alaska, todo lo contrario a lo que está acostumbrado. Un lugar tan lejano como el corazón de la jefa de policía local, Rylee Scott, una treintañera que ha renunciado al amor, y que pronto despertará el interés de Alex.

Romance, comedia y nieve, juntos en una sola historia...

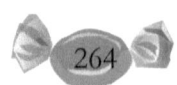

Cosas que haces cuando tu novia te deja:

1) Odiar a su nuevo novio, como corresponde.
2) Evitar coincidir con ella.
3) Refugiarte en tu familia y tus amigos.
4) Pensar que de buena te has librado.
5) Plantearte si quieres seguir trabajando para su padre.
6) Tragar bilis cuando se dedica a restregarte a ese puñetero musculitos.
7) Buscar a una chica que te deba un favor y hacerla pasar por tu pareja, aunque tengas que refinarla antes.

8) Espera... borra eso...

En los planes de Liam no entra que su novia actual, Sarah, le abandone tras enamorarse de otro durante sus vacaciones en Australia. Tampoco que peligre su posible ascenso en el bufete donde trabaja, que su hermana se ponga a salir con un guaperas que a todas luces le partirá el corazón, y mucho menos que su atractiva, aunque plebeya vecina, Summer, le destroce el coche durante un accidente en el aparcamiento.

Harto de que Sarah se dedique a amargarle la vida paseando a su nuevo ligue ante sus ojos, este abogado estirado decide seguir un consejo poco sensato: convencer a Summer de que se haga pasar por su novia ante ciertos eventos del bufete. Para que todo salga bien solo necesita refinarla un poco, pero lo que en principio parecía algo sencillo acaba derivando en un giro inesperado...

Bienvenidos a Kiltarlity. Un pequeño pueblo escocés donde no faltan los hombres rudos, los dialectos imposibles, la tradición de los clanes milenarios y, por supuesto, la persistente lluvia.

A sus treinta y dos años, Leslie Ferguson ha logrado alcanzar el éxito en el trabajo y posee un alto nivel económico, pese a que su carácter avinagrado no despierta demasiadas simpatías en sus relaciones sociales. Cuando es enviada a un pequeño pueblo de Escocia por motivos laborales, la estirada joven no tiene más remedio que viajar hasta allí acompañada por su ayudante personal, Shane. Pronto, Leslie descubrirá que su refinado estilo de vida no es compatible con este lugar: sus empleadas no la respetan, no tiene centros comerciales donde satisfacer su vena consumista, y el encargado de ayudarla en su proyecto es un atractivo highlander que no para de burlarse de ella.

Pero lo que parecía ser una pesadilla compuesta por niebla, humedad y gente tosca, no solo pondrá a prueba su paciencia durante un año, sino que cambiará su vida de forma radical...

Little Falls es un pequeño y tranquilo pueblo de Minnesota donde nunca sucede nada.

Los habitantes de este idílico lugar desconocen los turbios asuntos que se gestan en Camp Ripley, la base militar afincada a unos kilómetros, donde se están llevando a cabo una serie de peligrosas pruebas virales.

La desaparición de una joven del lugar pone sobre aviso a la jefa de policía Emma Jefferson, quien no tarda en descubrir que se ha propagado un virus, resultado de un proyecto llamado Anxious: un virus que produce infectados rabiosos y que pronto se convertirá en pandemia con consecuencias catastróficas.

Drama, supervivencia, miedo… ¿estás preparado para que tu mundo cambie por completo?

Me dirijo a todos los supervivientes del desastre que está asolando nuestra querida nación para darles un mensaje de esperanza. Me he visto obligado a declarar el estado de excepción, pero el ejército está ahí para ayudarles. Si se encuentran con algún soldado, no huyan: identifíquense y serán evacuados a un lugar seguro.

No todo está perdido.

Nuestro país se encuentra inmerso en una lucha por la supervivencia y pasarán años antes de que sea habitable de nuevo. Nuestro ejército y científicos se están encargando de ello. Hasta entonces, estamos organizando varios lugares donde poder reinstaurar nuestra sociedad y modo de vida americano.

Aquellos que se encuentren en la costa Oeste, diríjanse a los puertos de Seattle, San Francisco y San Diego.

En la Costa Este, a los puertos de Jacksonville, Nueva York, Boston y Portland.

La frontera con México se encuentra cerrada y Canadá está en la misma situación que nosotros, por lo que las únicas salidas son por mar.

Unidos, lo lograremos.

Buena suerte.

Imagina un concurso televisivo dispuesto a todo con tal de subir la audiencia.

Imagina que alguien desaparece sin dejar rastro en un área de servicio.

Imagina que tu deseo más preciado se cumple, y debes pagar el precio.

Imagina que un reflejo hace aflorar tu lado más perverso.

Imagina que el mundo llegara a su fin, y solo tuvieras un último día.

Imagina un túnel de terror en vivo, cuyo macabro recorrido se convertirá en una experiencia aterradora.

Imagina...

Adolescentes sin escrúpulos, lugares de pesadilla, desapariciones misteriosas, padres perversos, demonios internos, rituales de iniciación, una pizca de amor, y sangre... mucha sangre.

«He trazado un círculo, hecho con sangre. Un círculo que delimita Salvación de principio a fin. Nadie puede salir de aquí, y el que lo intente, morirá. Vais a pagar... un sacrificio cada doce meses. Uno por año, como ofrenda por mi sufrimiento.»

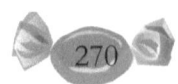

Si te gustan nuestros libros, te pedimos que apoyes nuestra carrera de forma legal y rechaces el pirateo. Es la forma de que podáis seguir disfrutando de cómo escribimos, ya que sin ventas es muy difícil seguir publicando, tanto en Amazon como en editorial. Apoya a tus escritores de la manera correcta.

¡Gracias!

www.ingramcontent.com/pod-product-compliance
Lightning Source LLC
Chambersburg PA
CBHW030120180626
46812CB00002B/497